焦桐花开

寻找焦裕禄

JIAOTONG HUAKAI
XUNZHAO JIAO YULU

余 玮◎著

江西高校出版社
JIANGXI UNIVERSITIES AND COLLEGES PRESS

图书在版编目（CIP）数据

焦桐花开：寻找焦裕禄 / 余玮著 . -- 南昌：江西高
校出版社，2022.10（2023.6 重印）
ISBN 978-7-5762-3074-1

Ⅰ.①焦⋯　Ⅱ.①余⋯　Ⅲ.①纪实文学—中国—
当代　Ⅳ.① I25

中国版本图书馆 CIP 数据核字（2022）第 128885 号

出版发行	江西高校出版社
社　　址	江西省南昌市洪都北大道 96 号
编辑电话	（0791）88170591
销售电话	（0791）88170198
网　　址	www.juacp.com
印　　刷	河北京平诚乾印刷有限公司
经　　销	全国新华书店
开　　本	710 mm×1010 mm　1/16
印　　张	18.75
字　　数	205 千字
版　　次	2022 年 10 月第 1 版
印　　次	2023 年 6 月第 2 次印刷
书　　号	ISBN 978-7-5762-3074-1
定　　价	45.00 元

赣版权登字-07-2022-889

为人民而死，虽死犹荣。

——毛泽东

焦裕禄同志是我们共产党人的楷模。

——邓小平

向焦裕禄同志学习，全心全意为人民服务。

——江泽民

焦裕禄同志是全党同志和全国各族人民公认的中国共产党的好党员,人民的好公仆,县委书记和广大干部的好榜样。

——胡锦涛

焦裕禄精神跨越时空，永远不会过时，我们要结合时代特点不断发扬光大。

——习近平

序

在那桐花盛开的地方

焦裕禄是一个红色传奇。我早在 1980 年代语文课本上就学过课文《县委书记的榜样——焦裕禄》，也读过不同版本的焦裕禄题材的小人书，1990 年代看过电影《焦裕禄》，10 年前还完整看过电视连续剧《焦裕禄》。这些作品以不同的方式再现了焦裕禄的人生轨迹与感人故事。

焦裕禄是一个红色符号。早年"向焦裕禄同志学习"的热潮涌动神州大地，新中国成立 60 周年时他被评为"100 位新中国成立以来感动中国人物"之一，新中国成立 70 周年时他被评为"最美奋斗者"，中国共产党成立 100 周年时以他名字命名的精神被列入中国共产党人精神谱系。

2022 年，时值焦裕禄诞辰 100 周年。很高兴有机会推出自己的专著《焦桐花开——寻找焦裕禄》，并得到审读专家的肯定。也很幸运，近些年来我有机会重访焦裕禄曾经生活和工作过的地方，寻访焦裕禄事迹的知情人与相关重大事件的发生地，走读焦裕禄精神的点点滴滴，以自己的方式诠释焦裕禄这个红色传奇与红色符号。

"心中装着全体人民，唯独没有他自己""吃别人嚼过的馍没味道""敢教日月换新天""任何时候都不能搞特殊化"……这些评价和语录似乎很抽象，但随着重访、寻访、走读的深入，一个平凡而英雄的焦裕禄在我眼前真切起来，一个全党和全国人民公认的好党员、人民的好公仆的光辉形象在我的笔下生动起来。

正是他，以坚强的毅力、炽热的情怀带领兰考全县干部群众治理"三害"，他那战天斗地、撼人心魄的故事让我难以收笔。一路走来，从投身革命到为人民殉职，他的成长、奋斗印记中的一个个珍贵的细节被逐一还原。

近20年来，我出版过不少红色专著，经常有人向我"取经"，我总是笑笑：我这个"文忙"只有一个"笨"路子，那就是用脚写作，要么在场，要么尽力再现当时的场景。撰著这部书也是一样，我努力靠双脚走近他，用平实的心去探寻他，用新时代的眼光重新认识他，以近乎白描的方式贴近他。写焦裕禄，无须粉饰，无须拔高，无须包装，他的身上有的是故事，那种特殊的力量打动你我。人物用不着塑造，我所要做的是撕去特殊年代被人为贴上的那些特殊标签，我所要做的是参与到他的生活或工作场景中,倾力去还原、呈现。

在我收藏的大量焦裕禄主题的红色报纸里,我似乎读到了历史的回响。在纪念馆里那把有大窟窿的藤椅前,我对焦裕禄精神有了更深的理解。在他生前栽下泡桐树、治理风沙的地方,我深切感受到了当地群众以永不懈怠的精神状态和一往无前的奋斗姿态,把精神之源转化为建设拼搏兰考、开放兰考、生态兰考、幸福兰考的磅礴力量。在与焦家子女的对话中,我看到了一种红色精神的接力。走进陈旧甚至说得上破旧的兰考县委办公楼,我不由得感叹:这才是真正的"最美县委院"!我自卷起裤腿的干部身上看到:焦裕禄回来了!

在匆匆的走读中,一些曾经模糊不清的印象渐渐清晰起来,一个有血有肉的汉子站在了我的眼前,一个大写的"人"字挺在了我的一行行文字里。这部《焦桐花开——寻找焦裕禄》也对焦裕禄精神的源流、内涵、时代价值自史、论、实等角度进行了立体式的别样解读。

每逢清明前后,兰考的那一树树桐花成为当地一景,淡雅的香弥漫着一丝丝甜。还有一景,就是经常有许多人站在一棵高大、葳蕤的泡桐树下听当地人讲当年那棵小树长成眼前合抱大树的故事。这棵泡桐就是著名的"焦桐"——焦裕禄当年亲手种下并与之合影的泡桐。这哪里是一棵树,分明是一种精神力量,它在当地鲜活地承袭、茁长着。蓬勃的,不只是枝叶;芬芳的,也不只是花香!

兰考一次次接受历史的大考,又一次次在实干中得到大变。焕然一新的是面貌,不变的是对焦裕禄精神的坚守。

翻开《焦桐花开——寻找焦裕禄》,你读到的何止是一个人?!

2022 年 8 月 12 日于北京

目 录

引子

行乎昭以日,言乎昭以月,春秋踏遍、一千里碱害涝情。骤雨更骄阳,艰辛何计。每起早贪黑,走贫访困,意绵绵共济同舟。抱病沥丹忱,永系黎元。呜呜然百姓高呼,名垂党史、功垂党史。

仰不愧于天,俯不愧于民,肝胆掏空、十八年宵衣旰食。柔肠兼铁血,慷慨无私。纵家寒境苦,舍己为公,心皓皓穷神尽瘁。举灯干子夜,常温官训。凛凛哉九州深念,生亦沙丘、死亦沙丘。

这副长联,是纪念焦裕禄逝世50周年涌现出的众多征联中的一副,是焦裕禄参加革命工作18年生涯的真实写照。

兰考,焦裕禄精神的发祥地。这块土地,于笔者而言,既熟悉又陌生。熟悉的是,那篇《县委书记的榜样——焦裕禄》大通讯曾感动过我们一回回,从此我们知道了"心里装着全体人民,唯独没有他自己"的县委书记焦裕禄,知道了曾饱尝风沙、内涝、盐碱之苦的豫东兰考。正是在那民生多艰的非常时刻,党组织派来了焦裕禄!陌生的是,这里现在给人的视觉感受一时难以与历史对

1

接,这里已发生翻天覆地的变化。

当年的火车站候车室里,到处是衣衫褴褛、争相离去的灾民;今天的站台上,迎面而至的是衣着光鲜、难掩喜悦的归乡人。当年,看着那些背井离乡的灾民,焦裕禄的眼睛湿润了;今天,看到幸福而时尚的兰考人,我们的眼睛为之一亮。

就是在这小小的火车站,兰考人民曾迎回已病逝近两年的焦书记。火车站离墓地不到三里地,那一次送行的队伍却走了足足两个半小时。当年那一天,成为兰考历史上一个被泪水浸泡的黑色日子。而今的每一天,兰考这个城市的人民因为焦书记而感到无上的荣光与自豪。

徜徉兰考大地,已无法找到一丝与风沙、内涝、盐碱或者贫困相关联的景象。乡村到处是成片的麦浪与葳蕤的泡桐,县城也不失繁华,车水马龙让人感受到这里充满活力与魅力。如今的兰考县,早已经发生了天翻地覆的变化。焦裕禄的事迹却依然在兰考大地上传颂,他留给兰考的不仅仅是成片的泡桐树、畅通的河道和肥沃的良田,他留给兰考人民的更多的是他的精神以及那些永难忘却的记忆。

（一）

北崮山下的小小禄子

热土怀情思往事，亲人含泪唤英魂。

地处鲁中山区北部的博山，古称"颜神"，清雍正十二年（1734年）始建博山县，属青州府。民国初，废府，改济南道，后废道，归山东省政府管辖，现为淄博市的一个区。博山全境尽山，几无平坦之地，博山之名具有多山之意。因境东南有博山，故以山名为地方名。

博山地势南高北低，境内山岭起伏，有大小山头1300多个。其中岳阳山地势险要，历来为兵家必争之地。齐长城沿岳阳山自西向东穿过，现其主峰西侧一公里处还有齐长城遗址，风门道关、烽火台、城堡等遗址仍清晰可见。《续修博山县志》载："岳阳山，县东南三十里，居县境中心……有九十九顶，其绝顶有神庙三院。"据传，因周围地势相对平坦，晨曦晚照，可观日出日落，无时不光，遂取岱岳向阳之意，称之为岳阳山；又因山前有5条长岭，犹如5条盘踞的长龙，故也称五龙山。

岳阳山东接鲁山，西连泰山，向东蜿蜒伸入淄川，群峰攒簇，逶迤相连。岳阳山主峰位于崮山镇北崮山村东北3公里处，海拔811

米。《焦氏族谱》载:"吾祖自北直枣强于明初迁于山东章丘清平乡,六世祖又迁莱芜县焦家峪庄。祖讳平,则迁于北崮山定居。"可见,是一位叫焦平的祖先,带领族人迁到了北崮山。

据北崮山村村志碑记载:明正德年间建村,以山名村曰孤山庄。清康熙九年(1670年),《颜神镇志》载村名"孤山庄";清乾隆十八年(1753年),《博山县志》载村名为"北固";民国二十年(1931年),《博山乡土志》载村名为"北孤山"。该村位于岳阳山以南、孤山西北方,便以方位命名,后演变为"北崮山"。

今天,崮山脚下的北崮山村因为出了个"县委书记的榜样""毛主席的好学生"焦裕禄而闻名遐迩。北崮山村辟有焦裕禄纪念馆。近年来,来此参观者络绎不绝。

距纪念馆数百米外,即已对公众开放的焦裕禄故居。院落占地约三四分,焦裕禄的祖父母、父母和焦裕禄本人,各有独立的居室;另有一间大概是焦裕禄哥哥的居室,被改造成焦裕禄生平展示室。小院里3间正房、6间厢房和闲置的石磨、放农具的棚子以及4棵高耸的刺槐,都已被当作文物保护起来。

焦裕禄侄媳妇赵心艾是现在唯一一个在焦裕禄故居看家护院的焦家人。赵心艾的丈夫焦守忠(2009年离世),是焦裕禄的亲侄儿。"我只在老家见过叔公一次,到我嫁过来的时候,他已经去世四五个月了。"赵心艾说,"叔公以前的很多事,都是守忠活着时讲给我的。"她还说,在自己心里,焦裕禄"不是啥县委书记,就是个叫我可尊重、可骄傲的叔公"。

焦裕禄故居是典型的北方农家四合院格局

这座小小四合院，曾承载了焦裕禄的年少悲欢，承载了一段让人敬仰和刻骨铭心的记忆。

1922 年 8 月 16 日黎明，博山县北崮山村的一间草房里，贫穷的青年夫妇焦方田、李星英迎来了他们的第二个男孩。焦方田的父亲焦念礼，深受地主恶霸的剥削、敲诈，巴望着孙子将来不受苦、不受压迫，能够过上丰衣足食的太平日子，特地请来私塾先生，给小孙子起了个饱含美好愿望的名字——裕禄。焦裕禄天资聪颖，很讨乡亲们喜爱，长辈们都亲切地叫他禄子。

焦裕禄故居内景

博山北崮山村焦家老屋内景，墙上的照片为焦裕禄的母亲李星英遗像

5

今天说起焦裕禄,北崮山村的男女老少无不怀着一种崇敬的心情,向外来的人传颂着他的故事,表达着老家人对他的追思。

曾有一些传记写道:北崮山村有个胡姓大财主,为了把自己的土地连成一片,早就对焦裕禄家的二亩山地垂涎三尺。这年,焦念礼给这个大财主打长工,到年底领工钱时,财主欺他不识字,让他在借钱的账本上按下了指印。直到第二年财主逼债时,焦念礼才知道中了这个恶霸的圈套。焦念礼一气之下,发誓一定要供禄子念书,再不吃当睁眼瞎的亏。

事实上,焦念礼从未给一个胡姓财主打过工。"他家开了一个小油坊,自己忙不过来,雇了两个人。"生于1925年的北崮山村村民郑汝信接受媒体采访时曾回忆说。不过焦家也没多少钱,虽有雇工,但自己也要干活。

据郑汝信介绍,解放前,北崮山村共有70多户,700余口人,村民大多很穷,"十家有八家念不起学",郑汝信就一天学堂没上。焦裕禄家境况相对好些,焦裕禄因此成为北崮山村少数可以读书的孩子之一。

焦裕禄就出生在山东博山这间茅草屋里

现存于河南省档案馆的焦裕禄本人1955年4月填写的干部履历表与1955年12月26日亲笔撰写的干部历史自传,相当具有史料价值。其自传内称:"从出生到 15 岁,家庭有 15 口人,15 亩地,牛 2 头、骡子 1 头,房子 20 余间。全家依靠种地生活,农闲时开一小油坊,打蓖麻油,资金大部是外债。"

焦家在北崮山算是大户,这个家族自河北枣强、山东章丘与莱芜辗转迁至北崮山。生齿日繁,合族分为十支,焦裕禄家这一支为长支。

焦裕禄所说家中 15 口人,包括了太奶奶、爷爷、奶奶、父亲、母亲、哥哥,还有叔叔、婶婶和他们的儿女。

焦裕禄的爷爷焦念礼,是个生性耿直倔强而又明白世事的人,他的两个儿子——焦裕禄的父亲焦方田和叔叔焦方佃都是少言寡语、老实巴交的庄稼汉子。焦裕禄的母亲李星英的性格与焦方田截然相反,她开明聪慧,处事果断,凡事拿得起、放得下,有主见,又特别能吃苦耐劳。她的娘家在南崮山村,与北崮山村咫尺之遥,父兄都有木匠手艺,日子过得还不错,算是个富裕户。可她很少去娘家告贷,日子过不下去时,宁愿拉着孩子挖野菜,也不愿求娘家接济。

李星英唯一一次求娘家,是为了两个孩子读书的事。焦裕禄的哥哥焦裕生,长他七八岁,曾在舅舅们的接济下到南崮山学堂读了几年书。焦裕禄在本村读完小学后进入南崮山学堂读高小,也是舅舅们接济的。

至于自己读书时的情况,焦裕禄在自传中写道:"8 岁(1931 年,焦裕禄在自传中自填出生于 1923 年)入本村小学,12 岁小学毕业,考入南古（崮）村第六高级小学，15 岁高小毕业。在学校阶段，因家是几辈子老农民，与地主阶级子弟入不上伙，并时常受他们压迫和歧视。任何组织未参加过，只知道好好读书。在学校所受的教育，主要是国民党编制的课本，教师对我们贯（灌）输的思想，是拥护蒋政权。教师也对我们讲当亡国奴痛苦，也宣传要抗日，但抗日救国必须依靠蒋政权，因当时对蒋介石建设中国抱很大幻想。"

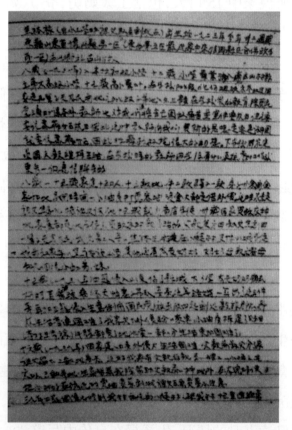

焦裕禄亲笔写的自传手迹（吴志菲 摄）

焦裕禄兄弟俩读书特别勤奋，放学后还常背上筐子去山上割草砍柴，补贴家用。哥哥焦裕生写得一手漂亮的毛笔字，焦裕禄入学后，更是表现出聪颖天资，门门功课都是优秀。因为闹灾荒，焦裕生读到四年级就辍学务农，娶妻生子后去了博山县城的买卖铺子当学徒。

焦裕禄的同班同学李洪生、同桌李安祥晚年都对焦裕禄的好脾性称赞不已：他没有不合的人，无论那人什么性格，而且他乐于助人，没有不愿办的事，没有办不成的事。李安祥回忆说："南崮山学堂四年级之前为私塾，自五年级起，念洋书。当年，男同学信服他，女同学信赖他，老师信任他。"

焦裕禄的母亲贤惠、勤劳，经常教小儿子认识并采挖马齿苋、花荠菜、灰灰菜、苦苦菜等野菜，做成野菜粥充饥。山里长大的孩子，山上也去，林里也去，爬树捉雀，野果任摘。崮山下有一眼泉，名阚家泉。喝阚家泉泉水长大的焦裕禄小时候在泉边曾留下许多美好回忆。

焦裕禄的作文《阚家泉的风景》曾在学校引起轰动。作文中写道："仁者爱山，智者乐水。我钦佩那些为国建立过功勋的仁人智者，更爱哺育过无数仁人智者的好山好水。而最念（令）我喜爱的，就是岳阳山南山脚与崮山西山脚交汇处的阚家泉……"一时间，焦裕禄成了学校的名人，大家心目中的才子。

学校组织了一支学习二胡、笛、箫、琵琶以及西乐军号、军鼓的乐队。焦裕禄初司军号，之后又练二胡，之后又练鼓乐。其二胡弓法娴熟。

冬闲时,焦裕禄常与同村的少年伙伴到煤窑去挖煤。他们下的是当地的一种地窝子窑,这种地窝子窑在博山县的浅山区到处都是。之所以叫地窝子窑,是因为煤窑小得如同地窝子,人在里边转不开身子,只好跪着甚至仰躺着挥镐。由于巷道窄,往往要把挖出的煤用篓子背着,爬出巷道。这样的地窝子窑毫无安全保障,冒顶塌方、瓦斯爆炸是家常便饭。谁也不敢保证早晨下了窑,天黑时能囫囵着从那活地狱里爬出来。焦裕禄也曾有过遇险的经历。

（二）
一言难尽的悲苦青春

1937 年，日军侵占了博山县城，国民党军队一枪不打就跑了。日本一个联队 500 多个鬼子，在县城的"四十亩地"安营扎寨，又在二郎山、北博山、西石马、下庄等 25 个村子设了据点。他们还收编了投降的土匪武装和国民党军队，组建了伪军警备大队。崮山是交通要枢，于是也成为日伪军重点把守的地方，日伪军经常到焦裕禄家乡一带扫荡。

焦裕禄在后来所撰写的自传中写道："看到日本鬼子势力那样强大，国民党，还有其他各种队伍虽多，但只向老百姓要粮要钱，无人敢抵抗鬼子。自己只好老老实实地当亡国奴，但仍然幻想蒋政府还能回来将鬼子打跑。"

焦裕禄的奶奶让鬼子兵吓出了毛病，天天怕鬼子进村，后来上吊自缢了。没多少日子，焦裕禄的太奶奶也去世了。时局艰难，家里的油坊欠下的外债越滚越多，不能支撑，只好抵还本村王希芳家的债务，牛和骡子全卖了，地也卖掉了大半。这个原本日子还算过得下去的自耕农家庭，一下子陷入极度贫困。于是焦裕禄辍学了。

1938 年,焦裕禄的父亲和叔叔分灶另过。分家之后,焦裕禄家有爷爷、父母、哥嫂和一个小侄,共 7 口人,三亩半薄田。据焦裕禄后来记述,当年"汉奸、国民党游击队四起,苛捐杂税严重……除靠种地生活外,哥哥到八陡村商店学徒,我担扁担、推小车,正(挣)些钱补助生活"。哥哥焦裕生在博山当学徒不久,主家买卖铺子关停,哥哥便和几个同伴去武汉谋生。

焦裕禄当时还只是个十几岁的娃娃,找不到解脱穷人苦难的钥匙,但责任感促使他像个有模有样的男人一样,用他还稚嫩的肩膀,勇敢地挑起家庭生活的重担。那段时间,焦裕禄经常同叔叔焦方佃一起推着重载的独轮车到博山县城替人家卖油,卖了油再推一车金贵的煤炭回来。往返几十里山路,肩膀让绳勒出了血,脚上的血泡磨破一层又一层,走在高低不平的山路上,针扎一样痛。叔叔讨了个偏方:用马尾丝扎破血泡,挤净里边的血水,再把白萝卜籽炒了垫进鞋里。这一招果然管用,脚上不再起新的血泡了。这个办法,后来在焦裕禄率领河南尉氏县民工支前大队去淮海战役前线支援时派上了大用场。

最让焦裕禄无法忍受的,是每天进出村庄、县城都必须向站岗的鬼子鞠躬行礼。有几次焦裕禄没向鬼子行礼,被鬼子用皮靴踢。一次,血气方刚的焦裕禄挽起袖子要和鬼子拼了,叔叔唯恐惹下大祸,硬把他拉走了。

当时国民党、汉奸、地痞流氓队伍四起,谁来都要粮要钱,不给就抢就打,老百姓说不定何时便被抓去关起来,受罪不说,还得花钱才能出来。

"那时候鬼子经常来北崮山这一带扫荡,汉奸和国民党也来要粮要款。老百姓被逼得没法儿,南崮山村李星七组织了个红枪会,起来抗日自卫。我跟焦裕禄一起入会了。"村民陈壬年日后回忆道。焦裕禄在干部历史自传的介绍中这样叙述:"入会(红枪会)后不准吃葱韭芥蒜,不吃肉,不准和女人同床睡觉,每晚烧香叩头,打仗时便枪刀不入,周围几十个村子很快组织起来数千人,每人持一红缨枪,站岗放哨。"

红枪会"枪刀不入"的愿景很快就破灭了。1938年6月,日寇大队人马扫荡村庄,红枪会集合了数千人准备抵抗,但最前边的西石马村红枪会一交火就被日寇机枪大炮打死、打伤20余人,红枪会的人便纷纷逃散了。焦裕禄跑到山里躲了两天才敢回家,后来红枪会也就土崩瓦解了。当年,他除在家种地外,农闲时也做点小生意维持生活,主要是与父亲卖菜卖油,在古山桥卖锅饼,冬天到黑山后的煤窑做工。

1941年,山东地区遭受严重旱灾,庄稼绝收,焦裕禄一家整日饥肠辘辘。焦裕禄曾记述道:"(一九)四一年,家庭没啥吃,又欠下了外债,我还要结婚,父亲终日愁闷,秋天上吊自杀了。"

发现焦方田悬梁自尽的时候,是一个寒冷的深秋早晨,天刚蒙蒙亮,李星英端了瓦盆,到破烂的碾坊中去喂猪,突然看见老实巴交、相依为命的丈夫吊在碾砣之上的屋梁上,的的确确死了。如雷击顶的震惊之后,便是痛不欲生……

　　"裕禄"这个昭示着生活幸福、美满、富裕的名字并没有给他带来好运,还没有成家的他就早早尝到了丧父之痛。这时,他的哥哥流浪在外,音信杳然;嫂子年轻,又带有一个三四岁的孩子,早乱了方寸。

　　母亲拉起肝肠寸断的焦裕禄:"禄子,你哥回不来,只有你给你爹顶棺打瓦了。你给娘记住,人到啥时都不能塌了脊梁骨。"焦裕禄含泪频频点头:"娘,我会把这个家撑起来的,富家穷家都是家呀!"

　　父亲死后,家里生活更困难了,还欠下了不少债。不久,焦裕禄与哥哥分了家,与母亲一起过。为了维持生计,他从南崮山村李奎正酒店赊了一担酒,跟同村的焦念刚、焦念石等人一起出门,到邻县售卖,再买油担回来挣些钱。谁知在途中碰上国民党游击队五一军,他们用刺刀将酒桶穿破进行检查,酒流了一地,一担酒所剩无几。这件事对家境本已衰败的焦裕禄打击很大,他1955年回忆此事时说:"这次赔了大本。回家后再也不敢出门了。通过这次才进一步认识了国民党游击队是祸害人民的土匪,幻想他们打鬼子的想法打消了。"

　　此时焦裕禄尚未及弱冠,他也开始听到有关八路军的传说。"听说在我村东南七八十里的小冯等村,山沟里有八路游击队,但没见过,只听说夜间出来扒路炸桥。"

　　八路军的动作不断升级,日伪军的反击也逐渐加强。"19岁(1942年),我东南两方山沟里的八路军游击队力量较大了,经常扒路炸桥,打鬼子汽车。日寇扫荡也更加疯狂了,开始了5次'强化治安',大规模地屠杀中国人民。"

这一年,母亲给焦裕禄张罗了一个媳妇。自从大儿子常年出走,大儿媳就是李星英的精神支柱,辛酸有人知,痛苦有人诉,困难有人商量。可是屋漏偏遭连夜雨,贤惠、勤俭、孝顺的大儿媳赵氏被刺死在日本鬼子的刺刀之下。公爹死、丈夫死、儿媳死……成串的大灾大难让李星英的内心世界几乎崩溃,然而这位坚强而伟大的母亲最终挺过来了。

在这样的境况之下,焦裕禄没办法不听母亲的安排。在村东南10里的郭庄,他找到了一位遵循慈母之命、媒妁之言的妻子。女方姓郑,比焦裕禄大两岁,小脚、没文化。心地善良、脾性极佳、人缘极好的焦裕禄像处朋友一样与妻子郑氏相处。他惜疼她,从来不轻视她。

1942年6月下旬的一天,天气很热,焦裕禄刚吃过早饭,听到门外狗叫得很厉害,他光着膀子到门口一看,两个鬼子与一个汉奸翻译正在看他家的门牌。他在自传中这样详细叙述:"我见势头不对,出了大门向南拐,想跑掉。但未及走,从南街走来两个汉奸便衣,各持手枪,迎头碰上。(他们)用枪指住(我),将我抓住,叫带路找一开小铺的焦念镐。到了焦念镐小铺,人早已跑了,汉奸将小铺钱纸烟叶收拾一光,便带我到了村外汽车跟前。我一看,汽车上已捆满了邻近村的老百姓,我对门一家的一个祖父焦念重也被捆上了汽车。鬼子、汉奸还正从各街向汽车跟前抓人。我被捆上汽车。

一回(会)又从外村开来很多汽车,一起开到了博山城西冶街赵家后门日寇宪兵队。从此开始残苦(酷)的地狱生活。"焦裕禄亲笔撰写的自传长达近万字,纸已发黄,大有一碰即破的娇贵,但笔迹清晰,字字血,声声泪!

就这样,焦裕禄和邻近3个村的村民一起被拉到宪兵队。焦裕禄和其他10余人被关进第一号监牢。牢内正有两人躺在地上哭喊,其中一个放牛青年被日寇用火烧得遍身焦烂,另一位老农则被铁锹打断了腿。牢内的人有的还未被审问,有的则挨打较轻,被灌了凉水。焦裕禄等人都被吓坏了。"后来问已被审问者,日寇都问些什么。他们才对我们说,日寇一开始便问在不在共产党。说在党少挨打。不说,鬼子便灌凉水,用火烧,到底不说,便被打死。我们一同押进去十几人便商量好鬼子问时,都说在党,说了少挨打,最后死也死在一起。(实际那时只听说有八路军、共产党,但还不知八路军、共产党是什么关系。)"读来真是椎心泣血。

入狱当天晚上,"一鬼子、一翻译每人提一根棍子,将我叫去了。到了一个大楼地(底)下,已有几十人被审问拷打,有的被吊在梁上,有的正被灌凉水,有的正被火油烧。一见到眼前即发黑,腿站不住了。汉奸翻译将我拖到日寇宪兵队桌子跟前跪下。鬼子上去踢了我两脚,便问是不是共产党。我说是共产党。又问是正式党员还是候补党员。这时自己家乡是敌占区,根本没见过共产党,也不知什么是正式党员和候补党员,便说不知道。鬼子脑(恼)火了,一面咕噜一面说:大大撒谎。拿起扁担浑身上下打了数十下。

一回（会）头晕眼花晕过去了。睡过来，浑身是水，全身发麻"。

接下来的经历，仍然触目惊心。"过了十来天，我们都能走了，鬼子又将我们集中到一李家家庙。我们到时，已有数千男女被扣在这里……我们被押在这里，每天吃两顿饭，每顿二个尖并（煎饼）四两重，喝半碗凉水。七月天气很热，渴得要命，谁要水喝，便被鬼子拉出，跪到院内，一气要喝一大磁（瓷）盆，喝不完就打，喝了便被鬼子推倒，用脚踩肚子，水吐出来再喝。谁说话打吨（盹）被鬼子看见就要毒打，甚至被打死。我们一起被押数千人，终日有被鬼子用各种方法毒打、刺刀穿、男女裸体跳舞等残（惨）无人道的残害，差不多每天夜里都向外边抬死人。"

在焦裕禄写给党组织的干部历史自传内，这段被日伪扣押的经历占据了最大篇幅，可见当时受迫害之严重和内心阴影之深。他在"参加革命前的情况"介绍中也记载了在宪兵队的这段遭遇："在第二天晚上，我被提审了，受了鬼子脚踢棍打灌凉水，直到灌过凉水后醒过来承认了和共产党有联系才被投入牢中。过了六七天，因人抓得太多了，又将我们拉到李家庙，这时被抓去的男女老少已有2000多人，在此家庙内坐牢到旧历十一月底还都穿着单衣。日寇各种各样的刑罚和杀人办法都见到了，自己也受了无数遍的审问拷打，每天吃半斤煎饼，喝两半碗凉水。十二月（1943年1月）又用汽车拉到张店宪兵队，一个月后又送到伪救国训练所，住半月检查了身体，发给了棉衣送到抚顺大山坑煤窑。"

按其讲述，在李家庙被押到1942年12月初，他们一部分人被捆上汽车拉到了胶济铁路张店车站宪兵队，关押了一个多月，又辗转被押到济南日寇最高宪兵队，半月后又被送到济南伪政府救国训练所。在这里，焦裕禄每天被迫念反共口号。"我们到时，已有数千人，大部是日寇抓去的老百姓和八路军，每天吃两顿饭，每（次）吃饭前要念汉奸编印好的誓词，念完了再吃饭，谁不念被汉奸看见了便不叫吃饭，或拉出毒打。誓词内容记不清了，只记得头一句是'我等逃脱九死一生之难'，最后是'坚决反对共产党'。总之大意是感谢日寇不杀，坚决反对共产党。"

在这个训练所住了 7 天，日伪给焦裕禄等人检查完身体后，又将他们交给了抚顺劳工招募所，每人发了一套棉衣，送上火车，拉到了抚顺市大山坑煤窑。

抚顺是中国的煤都。早在 1000 多年前，这里就有了手工开采煤炭的作坊。清政府废止禁边政策后，许多闯关东的人又到这里来开矿，渐渐形成了一个工业重镇。1905 年 5 月 1 日，日本侵略者在抚顺成立隶属于日本军部大本营的采炭社，开始了对中国煤炭资源的疯狂掠夺。

日寇对抚顺煤资源实行"人肉开采"政策。矿工每日出工十二三个小时，日工资却少得可怜：甲级小洋三角九分，乙级小洋三角四分，丙级小洋三角，丁级小洋二角六分，戊级小洋二角三分。这仅相当于日本国内矿工工资的四成，矿工生活状况困苦不堪。

大山坑煤矿是个大"采炭所"，有十几个劳工队，上千名劳工，焦裕禄他们工号叫"扩大利用新生队"，大部分劳工来自"矫正辅导院"。这"矫正辅导院"实际上就和关押过焦裕禄的"救国训练所"一样，是鬼子给中国人设的监狱。鬼子把老百姓抓进来，安个"政治犯"或"反满抗日"的罪名，就送到这里来做苦力，连戊级矿工的工资也不用付。为了更多地补充不付工薪的劳工，人员不足时，鬼子索性去一些中小城市的大街上抓"浮浪"（流浪汉）。

矿工下井，要过八道关。头四道关是催班、排灯、翻牌子、搜身，被称为"鬼门关"。进了掌子面，是大票溜掌子、鬼子查掌子、大票的榔头、鬼子的狼狗，这后四道关被称为"阎王殿"。

焦裕禄他们掌子面的监工姓杨，外号杨大榔头。他到掌子面巡视，手里总拎着一根木榔头，看谁干活慢了，不问青红皂白，抡起榔头照着头就敲。矿工们说他是鬼子的一条狼狗。刚下井那几天，焦裕禄和他本村对门的"小爷"焦念重，可没少挨杨大榔头的榔头，焦念重后来在辛苦的煤窑劳作中死去。

抚顺大山坑煤矿

焦裕禄早年被押到辽宁抚顺大山
坑煤矿给日寇当苦工（油画）

焦裕禄在阴冷的矿井下挖煤，还遭受工头、
汉奸的毒打（油画）

　　杨大榔头因作恶多端，被矿工们设计制造的一场冒顶事故埋在了井下。正当矿工们欢呼雀跃时，焦裕禄却主张把姓杨的扒出来。他用一番道理说服了工友：如果姓杨的死在井下，那么鬼子肯定不会善罢甘休，到时候大家都会遭殃；如果把这小子救出来，没准会感化他。矿工们的举动果然感动了这个监工，也让工友们避免了一场灾难。焦裕禄又因为会拉二胡，认识了井口门房的一位姓洪的矿警，他也知道了焦裕禄他们救杨大榔头的事，对这个青年钦佩有加。

　　三个月之后，杨大榔头因"监工不力"被调到井上去了，代替他的是一个日本大票头。这小子手辣心毒，在掌子面巡视，挎着洋刀,手里拿着皮鞭,虎视眈眈地盯着每一个矿工,看见有人干活慢了,上去就是几马鞭,有时还抽出洋刀,用刀背砸击矿工,甚至在掌子面几次出现事故苗头时,他还横刀巷口,不让矿工撤离。大家早就恨透了他。终于有一天,焦裕禄和工友们在忍无可忍之时,对这个恶魔实施了反抗,把他打死在掌子面中。

大家立即面临着一个十分棘手的问题,那就是大票头的尸首很快就会被发现,到时谁也逃不掉干系。唯一的办法,就是他们中有一个逃走。这个逃走的人不言而喻便承担了所有的罪责。

从这活地狱中逃走,又岂是容易之事。鬼子在矿区的警戒十分严密,井口有两三道岗哨,矿区有两层电网、三道铁蒺藜,鬼子的巡逻队来回巡逻着。焦裕禄担当起了这个"出逃者"的角色。

老洪虽在矿上做警务,但出身穷苦,是一个有血性、有良知的中国人,早就恨透了灭绝人性的日本鬼子。他以身家性命相许,冒九死一生之险,成功地把焦裕禄送过了铁丝网,并把身上的钱全掏给了焦裕禄。

焦裕禄逃离虎口之后的情况,他在后来所填的干部履历表中的"参加革命前的情况"一栏里写道:"从煤窑跑出到一老乡(姓郑,名字忘记了)处,他在抚顺干消防队,他介绍我到市卫生队做扫马路工作,到8月,挣下了回家的路费,但没有劳工证不能坐火车,又通过郑老乡坐汽车到沈阳买火车票到家。"

（三）
裹着血泪的乞讨岁月

　　1943年8月，焦裕禄自大山坑这个人间地狱逃回北崮山村老屋，见到母亲，百感交集，母子抱头痛哭了一场。刚回老家五六天，住本村的汉奸听说后又以他没有"良民证"为由，把他抓到汉奸队。于是家人变卖家产托伪镇长到汉奸队保释。焦裕禄的母亲卖了半亩地，买了大烟送到汉奸队，焦裕禄才被放出来。这时正值伪军招兵，生活无着落的焦裕禄没办法，只好去"卖兵"（即替别人当兵）。可是在"卖兵"的路上又被日军抓去，所幸关了3天后被放了回来。

　　这一年是灾害之年，庄稼绝收，家里能变卖的东西都卖光了。焦裕禄在所填的干部履历表中有这样一段话："回家后没啥吃，将以前爱人的嫁妆、衣服等全卖光了，曾两天吃了半斤豆腐。没有伪军'良民证'不敢出大门……实在走投无路。"

　　他还写道："这时我对门邻居从夏庄一个新成立的队伍回家，他到我家对我说，这是正式队伍，组织好就打鬼子，新成立正招人……刚一去了夏庄，见人不多，大部分穿便衣，大部分是新兵，便将我们分到尚庄第四连当兵。到了尚庄后只有二十余人，三四根破枪，吃的是谷子带糠的窝窝头，一顿分一个。我们刚去也不叫站岗，不叫外出，夜里山上乱打枪。过了三四天，一天夜里小便时我跑回家了。白天汉奸便派人去抓我，我跑到了西山……不敢回家，无奈才与老婆带着孩子跑到郭庄村岳母家，与岳母一起跟黄台村几家老百姓逃荒到江苏省。"

焦裕禄在干部履历表中写的是："……不敢回家，无奈才与老婆带着孩子跑到郭庄村岳母家，与岳母一起跟黄台村几家老百姓逃荒到江苏省。"在亲笔自传中也只是说："……不敢回家，便同爱人、孩子跑到郭庄村岳母家住了几天，才与岳母及岳母的婆母及黄台村几家老百姓一同逃荒到江苏省了。"两处都没有点明孩子是男孩还是女孩。据焦裕禄的侄子焦守忠生前讲述：他的叔、婶是带着一个仅两三个月大的小男孩逃离博山的。据考证，焦裕禄与郑氏完婚的第二年，生下了一个叫连喜的男孩。

根据这些记载，一段尘封的往事在笔者眼前渐成影像：在那个硝烟四起的年代，逃荒避难的百姓相互搀扶，手推肩扛着所有带得动的家当辗转迁徙、由北而南。一个叫焦裕禄的 21 岁青年历经艰险逃离山东境。宿迁与焦裕禄老家相隔 200 余里，彼时只是淮海区的一个县，却北望齐鲁，南接江淮，居两水（即黄河、长江）中道，扼二京（即北京、南京）咽喉，为南北交通要塞。

到江苏宿迁，需在徐州火车站下车，然后转道跋涉。可是就在这个火车站，焦裕禄的家庭遭受了一次惨不忍睹的人祸：背着行囊的焦裕禄和抱着小连喜的郑氏以及岳母夹在人流拥挤的铁罐车门口,要上车的逃难者堵严了车门,双方争执不下,你上不得,我下不去。日本站警闻声赶来,举起枪托一阵乱砸。好不容易,焦裕禄与妻子、岳母挤下车,这才发现:小连喜已被挤扁了脑袋,气绝夭亡。人间百痛莫如丧子,焦裕禄望着苍天,欲哭无泪……这是焦守忠的讲述。焦裕禄在后来的自传中没有详提此事,只是极简单地说"有个孩子生病了,没钱治死了"。或许他不愿再一次鲜血淋漓地揭开心肌上厚结的伤疤。

在逃出博山之前,焦裕禄只听说徐州东南地面广、人烟稀,凭一身的力气,凭艰辛的经历与经验,自认为能够活下来。他们一路乞讨,边走边打短工卖力。正值日寇疯狂的时期,不时传来日军扫荡的消息,不时传来中国人集体被杀、被活埋的噩耗。从东北的抚顺,再到家乡东南的徐州、宿迁,焦裕禄看到了太多的鲜血,经历了太多的苦难和灾害。

这年9月,焦裕禄逃荒到江苏宿迁县,一开始住在宿迁县东15里的双茶棚——这里有早来的黄台村老乡。后来经张家饭铺掌柜介绍,焦裕禄到宿迁县城东二里第二区园上村一个胡姓地主家当长工,干了两年。

在焦裕禄的亲笔自传中能找到注脚:"……逃荒到江苏省宿迁县城东十五里双茶棚村,在已早逃荒去的黄台村几家老百姓家住下。岳母的婆婆出去要饭,岳母给一家开饭铺姓张的家烧锅做饭(因岳父早已死了,实际她跟姓张的过了),我女人纺花,我与姓张家担水混几顿饭吃,在此住了半个月。饭铺姓张的将我与我们一同逃荒的皮峪村一姓张的共同介绍到城东二里园上村当雇工，我与女人在地主胡春荣家当雇工，住在地主一头是猪圈一头是牛草的小棚里，女人纺花，老岳母跟我一起要饭，我与地主种地。姓张的老乡雇在我们西院地主胡春荣的二哥家。我在地主胡春荣家当了二年雇工，第一年正（挣）五斗（每斗十四斤）粮食，第二年正（挣）一石五斗

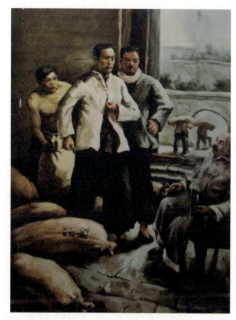

焦裕禄早年在江苏宿迁打长工（油画）

粮食。"经考证，焦裕禄自传中的人名"胡春荣"是"胡泰荣"的笔误。

宿迁城东二里第二区园上村，即今天的宿豫区豫新街道雨露社区十三组。村民胡程远老人说："当年我在陆桥小学教语文，不常在家。一个周六下午，我到家里，听说四爷家来了个姓焦的，没人知道他的名字，大家都叫他老焦。这个人四方脸，高高的个子，听家里人说是从山东临沂推着独轮车，卖一些酒壶、黄盆等，一路逃难过来的。"胡程远老人尘封已久的思绪一下子又回到了过往的岁月。

胡程远口中的四爷正是焦裕禄自传中所指的胡春（泰）荣。胡家当时有"3间主屋、2间东屋和3间过道"，胡泰荣和胡程远的父

亲是兄弟,分家后胡泰荣得到了二三十亩地。胡程远回忆说:"家里没有男丁,农活都是找人干,之前的长工李景志随家人去了南京,刚好姓焦的来了,就得了这个工作。"

在胡程远的记忆中,因为与四爷家一墙之隔,他和居住在四爷院子里的姓焦的只打过几次照面,"没说过话,但人看得清楚,四方脸,高高的个子,很精干的模样,生得显老,所以大伙都喊他老焦"。小小的村庄里,老焦这样的外地人自然被当作谈资,胡程远不止一次听人说起焦裕禄来时的情景。

距离胡程远老人家不远,住着张学美老人一家。她是胡泰荣继子胡俊波的妻子,丈夫已去世多年,晚年与女儿女婿相依为命。焦裕禄来时,张学美还没过门,相关事情多是听胡俊波说的。"我公公生了3个女儿,我老伴那时小,家里二三十亩地,忙不过来会找几个帮工。于是老焦夫妇就在我家落脚,农忙时帮助干活,农闲时做些小生意,卖些他从老家带来的土瓶土罐,或者是泥响吧(一种用泥做的玩具,吹起会发出响声)。公公怎么给他算工钱不知道,但管吃、管住在那个年代已经不容易了。"

根据张学美的讲述,跟老焦夫妇一起来的还有他的丈母娘。"女儿出生后,老焦丈母娘也就过来了,在家里边带孩子边纺线卖,帮衬家用。"老焦当时生的这个女儿,就是长女焦守凤,小名小梅。

厚道、勤快是胡家人对长工老焦的评价,话不多的他很快融入了小乡村的生活。偶有交流,老焦会说"之所以流落至此,是因为老家打仗不太平,老乡都跑光了"。

突然而至的老焦，走得也毫无征兆。"突然有一天，应该是日本鬼子投降那年，他们一家4口就说要走了。"胡程远回忆说，到后来才知道是他老家快解放，流散在外的人相约一起回家了。

"老焦走时，我公公还变卖一头白色毛驴换了19块洋钱给他做盘缠，并备足干粮。"张学美说。老焦走了，从此再无音信。在那个兵荒马乱之后百废待兴的年代里，胡家人和园上村村民们也渐渐忘记了这个过客，继续着各自柴米油盐、或悲或喜的生活。直到20多年后的一天，胡程远从老村长的口中再度听到了那个业已陌生的名字。"老焦原来叫焦裕禄啊？"老村长如何得知这一点，胡程远已不大记得，"可能是看到报纸上的照片吧"。

不管怎样，那个当年匆匆而来又匆匆而去的长工老焦，又一次成为园上村的谈资。不同的是，笑侃变作了对英雄楷模的仰视。这种仰视，无疑一直延续到了今天，也将延续到明天。

张学美的女儿胡森说，焦裕禄和自己家庭与家乡的这种联系，让他们这些做晚辈的会不自觉地更加关注其人其事，"可以说是听着这个名字长大，深受熏陶和影响"。

（四）
红色烽火中接受锤炼

1945年，新四军解放了宿迁，中国共产党在当地建立了人民政府。焦裕禄目睹了老百姓从深受压迫到当家做主的过程，这才真正彻底认识到共产党才是为老百姓办事的。

这时，焦裕禄迫不及待地返回老家。博山县尚未解放，但人民政权已建立，正领导群众反奸诉苦。回乡后，经积极申请，焦裕禄在共产党员、民兵队长焦方开的推荐下，很快参加了村里的民兵组织。他曾自述："……我参加了民兵，并积极参加了斗争汉奸焦念镐、焦兆瑜，又积极参加民兵连解放淄博县城，看押俘虏。"

这年8月下旬，山东解放军野战兵团第一路前线部队在鲁中区党委书记兼军区政委罗舜初、司令员王建安的率领下，从东、西、南三面向淄博矿区日伪军发动攻势。23日，攻克博山，博山获得第一次解放。

同年9月，在国民党山东省主席何思源的策动下，济南日军3000余人在数千伪军的配合下于6日沿胶济铁路东犯，相继占领周村、张店、淄川、博山，鲁中区和淄博特区党政军领导机关撤出。

22 日,国民党矿区党部成立,并先后在博山、西河、洪山等地成立了区分部,杀害共产党员和抗日干部。

当时,焦裕禄想参加民兵,通过本家爷焦念书去找民兵队长焦方开。焦方开一听是焦裕禄想加入,乐开了怀:"好啊! 他有文化,人又机灵,写报告、管文件他都会干,叫他干吧! "

焦裕禄当了民兵,民兵队发给他一支汉阳造步枪,还有一把军号。民兵队长焦方开说:"这把军号是区上发下来的,可咱没人会吹这玩意儿,你来得正好,就归你了。"

北崮山村以西几里路的八陡村,是国民党、还乡团的地盘,敌人常常集结成势,进犯共产党管辖的区域,北崮山村便成了前哨阵地。焦裕禄常背一支长枪,与民兵战友一起在村西的一个小桥上站岗,遥遥监视着西方随时可能进犯的敌人。

据北崮山村的第一个共产党员、1944 年入党的王西月老人讲述:那时,王西月常隔几天就和焦裕禄同站一班岗。一天,焦裕禄首先发现了一个活动目标——敌方岱庄的方向出现了一个人影,手里牵着一头黄牛,向岱庄走去。原来,是一个陈姓农民利用高秆庄稼做掩护,欲将土地改革(后文简称土改)分得的耕牛高价卖到敌占区去。王、焦二人快速冲上前去,抓起缰绳往回拉。这时,岱庄的敌人开枪了。王、焦便进行猛烈还击。闻讯而至的民兵迅速加入战斗,敌人支持不住,连滚带爬地逃了回去。清理战场时,发现三具敌方尸体,还有受伤的敌人丢弃的七八支长枪以及弹药等战利品。

事后,全区通报,要求翻身农民珍惜胜利果实,不得将土改分得的粮食、牲口流往敌占区;并通报表扬了王、焦二位民兵战士,对他们机智勇敢的战斗给予了高度评价。

民兵队弹药不足,焦裕禄提出就地取材,用满山遍野的石头制造地雷。这年冬季,深知军事技术和军事装备重要性的焦裕禄求知心切,主动要求去崮山西南方向的朱家庄学习制造石雷的技术。造雷的师傅名叫安海林,博山县下庄人,他不但会制火药,制造发火装置,还会一手石匠活儿,会选一些结构密实的青石做雷。

民兵们选了一个山洞做兵工厂,制造了大批石雷,这一下解决了弹药不足的问题。崮山民兵的石雷,让周围的敌人闻风丧胆,使他们吃够了这些开花的石头的苦头。石雷花样繁多,有踏雷,有滚雷,有吊雷,只要触上、绊上、碰上就响,敌人防不胜防。

据老民兵王西月夫妇介绍:多才多艺的焦裕禄经常在石雷上写上标语或是骂还乡团头目的字句,有时还画上他们的头像——一些还乡团头子看到石雷上自己的头像,暴跳如雷——很好地打击了敌人的嚣张气焰。

焦裕禄就是这样,将自己的生命置之度外,充分发挥个人的才智,积极参加斗恶霸、打蒋匪的革命斗争,投身革命洪流之中。

1946年1月1日晚,鲁中军区九师向淄川、博山之敌发动进攻。12日,攻克淄川,歼敌1000余人;攻克博山,歼敌500余人;洪山、西河等城镇也相继收复……

这年1月,焦裕禄加入了中国共产党。

曾有书刊认为王西月或李景伦是焦裕禄的入党介绍人。王西月作为北崮山村的第一个党员，既有介绍、发展焦裕禄入党的资格，又有将这个先进分子发展入党的义务。王西月晚年曾讲，在经过一系列的交谈和思想摸底工作之后，他同意做焦裕禄的入党介绍人，"焦裕禄宣誓入党的地方，是离北崮山村8里远的高庄……"。李景伦曾就焦裕禄入党经过致信北崮山村焦裕禄纪念馆，其中写道："……焦裕禄贫农成分，解放前外出逃荒。他回到家时，北崮山正在开展对地、富、反革命的清算斗争，组织地方武装。焦裕禄参加民兵，上级同意了。（区委设崮山）后让焦裕禄担任民兵班长，并发展为党员。……那时我在北崮山坚持边沿斗争，是县里派下去的。任务是发展武装民兵，对敌清算，动员南下。焦裕禄就是第一批南下的干部。"也有更多的文献称入党介绍人是民兵队长焦方开。其实，任何一个英雄人物的成长，一路上都有不少人的帮助、培养，更何况当年党组织处于绝对秘密的状态。

1955年12月，身为大连起重机器厂机械车间实习主任的焦裕禄在干部历史自传中这样写道："1946年1月，民兵队长焦方开及在我村领导工作的区委组织委员焦念文，将我叫到农民焦念祯家入了党。这时党员是绝对保守秘密的，入党时也未举行仪式，只有支书李京（景）伦讲了下党章和念了几遍党员教材，介绍了谁是党员，告诉我候补3个月。这时支书（是）李京（景）伦，党员只有民兵队长焦方开、民兵焦念来、焦念书、孙迎志等，领导我村工作的是区委组织委员焦念文、区武装部长王祥章。"

一个月后，在中国共产党党员登记表中，焦裕禄这样描述自己的入党动机："当时入党时，只想到过去个人受了鬼子、汉奸那么多罪，现在解放了，当了民兵，诉了汉奸的苦，还能打鬼子、汉奸报仇，很感谢共产党。再入了党，能当干部，村里有啥事都先讨论，将来能当干部脱离生产，生活困难解决了，个人也有出路了。"

入党后，焦裕禄即被组织任命为博山县八陡区武装部干事。他曾出谋划策，智退进攻北崮山解放区淄川、博山、章丘3县的国民党返乡团，受到区领导的赞扬。

郑汝信当年也是北崮山村民兵，他曾对《南方都市报》记者回忆说，当时焦裕禄没有粮食吃，王姓村长先给他救济了些粮食，待土改分了粮后再扣下。郑汝信和村里另一年长者均说，焦裕禄土改时被定为中农。从焦裕禄相关档案看，新中国成立之初，包括1955年4月的干部履历表，其家庭出身栏都填写"中农"，但1955年12月的干部历史自传，家庭出身已改填为"贫农"。在焦裕禄干部历史自传最末，焦裕禄曾写有一段"对组织上的要求"："我个人成分问题，过去曾填下中农、贫农，过去认为不管中农、贫农，反正个人不是敌阶级，好好工作就是了。我去年回家一次，才知土改时划为贫农。我现在考虑根据政务院划分阶级决定，解放前3年（当地解放是1945年秋），四五年、四四年在江苏宿迁县当雇工，女人除给地主做活外，还纺花，生活主要依靠两人出卖劳动力，四三年在抚顺市下煤窑和打扫马路，因此我个人出身应是雇工，希组织结论。"1961年填写的中国共产党党员登记表，焦裕禄自填"雇工"，

曾经和焦裕禄一起当民兵的山东淄博市北崮山村社员郑汝信
（前排中）向民兵讲述焦裕禄在家乡当民兵时的战斗事迹

而到了 1963 年，他在兰考任内的干部任免呈报表，家庭出身又恢复为"中农"。

"北崮山村并没有地主，只有两个富农。"郑汝信在晚年提起焦裕禄时，眼角立刻淌出了浑浊的泪水。他说："焦裕禄参与斗富农，把富农土地没收，房屋和屋里的东西都分给老百姓，斗得很厉害。有个富农当过保长，是汉奸，被吊起来打。焦裕禄很积极，我们干民兵的都积极。"

郑汝信说，北崮山村当时有 17 个民兵、15 支枪、100 多发子弹，没有手榴弹，但有若干地雷。"我们黑天都去郭道洼抓汉奸，去敌区侦察，白黑站岗。也有跑出去的地主，组成还乡团，三天两头来抢粮，打分地的老百姓，有两个民兵就被他们活埋了。"还乡团枪多,民兵不是他们的对手。"谁不害怕?不赶紧走不行,我们都跑到山上去。等他们大部队走了,留下些人,民兵就把他们赶跑了。"郑汝信说,他们一个民兵,也曾打死一个还乡团成员。在郑汝信印象中,焦裕禄身材较高,"什么事说干就干,但也很面(没脾气),有时像大闺女似的"。

1946年7月,盘踞在山东的国民党军队向解放区发动了大规模的进攻。我军第九师根据上级指示,开到崮山地区一带,进行保卫解放区的战斗准备。组织上挑选了焦裕禄做向导,配合野战军完成侦察任务,由师部王参谋率队,带领具有侦察经验的战士若干名。部队在一个风雨之夜悄然出发,在昏天黑地、山路泥泞之中,焦裕禄领着战士走一条早年熟识的捷径,擒拿到深知敌人底里的伪镇长,并让他向我方侦察员贡献敌七十四师妄图进攻崮山根据地的军情和相关布防情况等。

而后焦裕禄又化装成卖油的小贩,刺探敌情,捉捕舌头。崮山区武装部得到有关情报后,当即召开紧急会议,并向区委、县委作了汇报。上级告知,为完成部署的作战任务,我方主力部队早已远离崮山地区,考虑到地方武装兵力太弱,不可能战胜进袭之敌,特命崮山地区人民做好撤离与坚壁清野的工作。

组织撤离前,焦裕禄选派会写字的人在崮山地区及区外的几十个村庄的外墙上用石灰水刷上"× 团 × 营驻,× 营 × 连驻,× 连 × 排驻"和"× 村民兵驻"等字样。与此同时,故意走漏八路军部队正在部署,准备在岳阳山上打一场漂亮伏击战的消息。

转眼到了月底，敌人仍旧未来进犯。这时，我方已完成撤离工作，坚壁清野工作也全部完成，民兵占领了山头险地。终于有一天，敌人探明中了空城计后，便疯狂向崮山地区扑来。民兵占据有利地形，居高临下，交织出疾雨般的火网，逼迫敌人卧伏爬行，民兵边打边撤。敌人穷追至村里，丧心病狂地搜索民兵和村民，却一无所获，踩响、踢响、碰响、绊响一个个石雷，死伤不计其数。就在这时，八路军野战军完成战斗任务，及时赶回根据地，向反动军队发起进攻。敌方丢盔弃甲，慌忙逃窜，或被缴械后投降。

（五）
以智勇与赤诚迎接黎明

1947 年夏季以后，新解放区迅速扩大，需要大量干部。7 月中旬，焦裕禄被选调到渤海地区的惠民县油坊张村集训。从此，他告别家乡，直至 17 年后才拖着病体最后一次回归。

"咱们淄博人有着一种天然的侠义精神。齐鲁优秀的传统文化，经过几千年的积淀，更是让这里的人们充满了质朴、厚道、诚信的精神，而焦裕禄身上继承了这些优秀的品质。同时他又把对普通老百姓的爱融入他平时的工作当中，他的心始终和老百姓在一起。"淄博市博山区焦裕禄纪念馆的负责人这样分析家乡文化对焦裕禄精神的构建。

1947 年 10 月，焦裕禄所在的工作队开始南下。工作队有1000 多人，来自全国各地，山东人最多，是部队建制，着军装，配武器。工作队分为江南大队、华中大队、淮河大队，3 个大队又各有 3 个中队——焦裕禄被编到淮河大队一中队一分队，任第三班班长。

由于国民党飞机不断地尾随轰炸和扫射，部队不得不将白天行军改为夜间行军。敌机的照明弹不时悬照于夜空，几次投弹都在队伍近处爆炸。入冬以后，夜行军看不清道路，不少同志陷进雪坑。工作队中的女性较多，由于精力、体力透支，不少人难以坚持。焦裕禄身为班长，常替女队员背背包，最特殊的情况下背过4个背包。有一次他发起高烧，中队长把一匹枣红马让给他骑，焦裕禄坚辞不骑。

为了鼓舞士气，淮河大队王政委决定组织一支宣传队，能写会唱的焦裕禄成为首选人。王政委还给宣传队买了二胡、板胡、笛子、锣鼓等乐器。每当部队停下来休息时，焦裕禄不是教战友们识字，就是从背包里抽出竹板，给大家即兴来一段山东快书。宣传队不仅排练了便于行军演出的歌曲、快板，还排练了一出大型现代歌剧《血泪仇》，由延安方面调来的杨指导员导演，焦裕禄扮演剧中主人公——苦大仇深的贫雇农王东才。

《血泪仇》讲述了河南省的贫苦农民王东才一家在官僚地主的压迫之下家破人亡、妻离子散的悲惨遭遇，控诉了蒋介石反动政权在中国造成的深重灾难，表现了无产阶级在地主阶级的迫害下的血泪深仇。因身世与王东才极为相似，焦裕禄一接触剧本就产生了强烈的共鸣。演出时，他的唱词字字血，声声泪，产生了极好的演出效果。

据当时在淮河大队做宣传工作的董照恒撰文所述："……真料不到，他的演出获得那样好的效果。与其说是在看戏，倒不如说是对蒋政权的血泪控诉。台下一片哭声和吼声，焦裕禄的扮相真是逼真极了。那时大队办了一个行军快报，编委会委托我采访一下焦裕禄,问他为什么能把这个角色演得那样好。焦裕禄面露悲痛之色,沉重地说道:'我也是穷苦人,王东才一家的悲惨遭遇就是我家的遭遇。我本来不会演戏,但这样的戏不用人教我也会演。要说是演戏,不如说是我在哭诉……'"

淮河大队本来是要开进大别山的,但此时解放战争已进入大规模的战略反攻阶段:刘邓大军渡过黄河直取大别山;华东野战军已经解放了鲁西南,横扫了豫皖苏地区的蒋军。在这种形势下,新解放区的政权建设迫在眉睫。于是上级决定让淮河大队留在豫皖苏边区。焦裕禄先是被分到区党委民运部,1948年2月随豫皖苏党委土改工作团来到河南尉氏县。

尉氏古称尉州,位于中原腹地,居郑州、开封、许昌三市构成的三角地带,境内贾鲁河穿过。当时,由于县城还被大土匪曹十一占着,区党委民运部设在尉氏县南二区的蔡庄镇,焦裕禄就住在蔡庄镇的舍茶岗村。他刚来没几天就参加了阻击大土匪曹十一所部师老七的水台战斗。在这场战斗中,焦裕禄表现得英勇顽强,他独自抱着炸药包炸毁敌堡垒,荣立战功。

不久,焦裕禄又被任命为土改工作队分队长,率领分队到第五区(彭店)工作,任区委委员、区分队指导员。焦裕禄领导的这个分队兼工作队、宣传队、武工队,有20余人。他们在周庄村召开群众大会,宣布成立彭店区政府,以周庄、砖楼、彭店、梨园村为土改工作试点村,深入开展剿匪反霸和土改分田斗争。

彭店村是伪乡公所驻地,又是土匪头子聂峦的老巢。据村民刘庚申回忆，土匪头子在逃跑之前留下了恫吓的话，并造共产党的谣言，说共产党共产共妻，搞完了就跑；还威胁说，谁跟共产党跑，等老聂打回来就扒了谁的皮，挖了谁的肝，放到油锅里滚三滚儿！

不多久，焦裕禄带领队员进了村，向老人和儿童打听，问这个村谁最穷，谁最富。大人支支吾吾躲着走，孩子口上没上锁，说道刘庚申家最穷。

焦裕禄通过调查发现刘庚申与他的母亲是孤儿寡母，俩人日子过得十分窘迫，就把自己的联系点选在了这家。焦裕禄一进家门，就喊比他大一岁的刘庚申叫哥哥，还拉着刘庚申老母亲的手说："以后您有两个儿子啦，娘，我叫焦裕禄。"

焦裕禄不仅说要给老人当儿子，而且也尽了做儿子的义务，他经常用自己微薄的工资给老人买面、买菜，还给老人做饭、挑水、扫院子。1962 年，焦裕禄调回尉氏县工作时，还特意买了烧饼，骑车去看老人。

尉氏流传焦裕禄有"人前三不说话"，即不笑不说话，不叫大爷大娘不说话，不叫哥嫂不说话。不管职务怎么变，他对老百姓的感情始终没变。在尉氏当地，流传着的焦裕禄认母的事其实不止一件。尉氏县门楼任村一位老大爷深有感触地说："焦书记对穷人亲得很。在村里时，听说谁家里穷，他都会尽量去接济。"

1948 年 3 月的一天，国民党鄢陵县保安团团长洪启龙带领 400 多兵丁向彭店村扑来，焦裕禄沉着指挥，靠 3 支短枪、10 多支长枪打退了敌人。

在彭店村长期的工作斗争中,焦裕禄没脱过衣服睡觉。兜里装着针线,破补烂缝,洗洗烫烫。连村中的妇女都夸他针线活儿做得好,衣服整洁利索。

这年冬,淮海战役打响,中央指示中原局,必须保证中原野部队和华东野战军转入豫皖苏地区作战部队的粮食供应。尉氏县成立了淮海战役支前总队,每个区组建了一个支前大队。焦裕禄带领蔡庄、彭店1000多人的队伍开赴前线。

走着走着,队伍停下了。原来前边有条大河,把路截断了。焦裕禄提出涉水过河的办法。虽然水不深,水流也不急,但水已经非常冰凉。

焦裕禄让人找来了一条长绳子拴在腰上,脱了鞋,挽起裤腿下了河,一直蹚到对岸,又蹚回来,经过几个来回,探出这里最深的地方水在膝盖以上、河底是沙,这才上岸。他提议先把粮食背过去,再把空车扛过去。

他率先扛起一袋粮食下了水。大家都学着他的样子,扛起口袋下了河。一个钟头不到,焦裕禄带领的所有支前队的人马车辆过了河。

由于连日行军,大家脚上都打了泡,焦裕禄用在老家的办法,把白萝卜籽用火炒了,加上白矾碾成末,撒在鞋里,解决了问题。夜行军过敌占区,独轮车推起来吱呀吱呀响,上千辆车走在路上动静不小,很容易暴露目标。焦裕禄想了个办法,拿肥皂抹在车轴上,车就不响了,推起来还省力。大家说他真是个"赛诸葛",一拍脑袋一个主意。

支前队伍在夜幕的掩护下行进。焦裕禄不断给大家打气："如果我们不打败国民党反动派，我们的胜利果实就保不住，我们就会受二茬罪。我们今天受苦，正是为了明天能过上不受苦的日子。"

焦裕禄带领的支前队出色地完成了任务，战役结束时豫皖苏区五分区奖给这个支队一面"支前模范"的锦旗。此时，焦裕禄已被调至中共尉氏县委宣传部工作。

1949年春，焦裕禄被上级任命为尉氏县大营区副区长，分管剿匪反霸工作，不久后任大营区区长。

大营因岳飞抗金率兵马在此安营扎寨而得名，而此时大营却是有名的穷沙窝，也是方圆百里有名的土匪窝，有歌谣说："大营九岗十八洼，洼洼里头有响马。"全区70多个村庄，村村有土匪，小的不算，比较大的土匪头目就达100多个。

百里闻名的土匪头子黄老三罪恶滔天。他曾经是伪县长曹十一的拜把兄弟，也当过大营镇的伪镇长，有一支几百号人的土匪武装，横行一方，为非作歹。黄老三常挂在嘴边的一句话是："谁要是夜里惹了我，让他活不到天亮；白天惹了我，让他活不到天黑。"他要是看上谁家姑娘，三天不送到，就上门硬抢。他要是看中谁家的地，敢说个不字，就让你横尸村头。一年不到，大营接连换了7任区长，谁也不敢在这里待下去。因为最大的土匪黄老三带头阻碍，大营的土改工作步履维艰。

今天，尉氏县的老人们津津乐道焦裕禄干过的一件大事，就是他智擒匪首黄老三。

一天，焦裕禄写信给时任尉氏县县长的张申，以争取黄老三："黄老三想回来将枪交出，但他正在犹豫，恐怕政府说话不实，骗他回来杀他。这人能争取回来的话，可能带回许多人来。"在汇报完镇匪的情况后，他笔锋一转，提到百姓疾苦："大营西边君李一带这几个村子水淹得很苦，红薯都烂到地里去了。现在东西有两片水，约计有 50 顷。群

1950 年初，焦裕禄在剿匪反霸时期的照片

众叫苦，要求政府帮助他们挖河，将这片水放到大河。我想这一工作在群众秋收完毕后，我们可具体研究下，结合发动群众生产，将这水想法输出。"

众土匪在乡间盘根错节，焦裕禄摸透乡情民意，认真贯彻"教育多数、孤立少数、打击顽固分子"的政策。黄老三手下的土匪有些也是贫苦农民出身。为了分化瓦解土匪队伍，将穷凶极恶的匪首一网打尽，焦裕禄费尽心思，三擒两纵。

据当地老人讲述，焦裕禄第一次利用空城计，引诱黄老三一伙来袭，为了放长线钓大鱼，将其围住后放走；第二次在山川寺，焦裕禄趁土匪聚会时将黄老三抓获，为了分化瓦解土匪，又将其放走；最后一次利用清明节黄老三上坟以及黄老三到大营区部等机会又擒住他。后来，焦裕禄向身边人解释，黄老三手下人数虽多，但大

部分还是有改过自新的想法的。放掉黄老三,就是为了让他们看到,连黄老三这样的匪首都可以得到宽大处理。

区政府贴出了号召土匪自新的告示后,天天都有人到区部缴枪自首。有不愿露面的,就半夜里把枪丢在大街上、井里头。据焦裕禄第二任夫人、当时同为土改工作队成员的徐俊雅回忆,那些天收缴的长枪短枪整整装了五大车。

"扳倒黄老三,大营晴了天。"这是当年流传下来的一句民谣。三擒两纵黄老三,惩治了以黄老三为首的多名匪霸,促使股匪很快分化瓦解,100多个大小土匪头目被肃清。

北崮山村的焦裕禄纪念馆中,保存着当年尉氏县公安局徐局长作为黄老三案件的公诉人呈报河南省陈留行政专员公署的《刑事判决诉状》,也保存着焦裕禄当年亲笔书写的有关惩匪的报告。

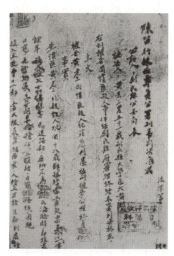

焦裕禄捉拿归案的惯匪头目黄老三的判决书（吴志菲 摄）

扳倒黄老三,大营晴了天（油画）

43

最后,焦裕禄终于代表党和政府宣读了对黄老三判处死刑并立即执行的判决书。

据当时在大营担任区民政助理的马振营回忆,镇匪之后焦裕禄又带领群众做了一件实事:为了治理大营北面沙岗,焦裕禄采取"以工代赈"的办法,用救济粮买鲜柳树橛,让生活困难的群众去栽,既造下了500余亩的封沙育林区,又解决了群众春季生活问题。他还在大营东面的二道岗上与群众一同栽下了洋槐树,此前茅草不长的沙丘地由此长出好庄稼。

焦裕禄还有一个拿手好戏——自编打油诗,他以这种诙谐幽默的民间文学形式宣传革命道理,发动、鼓舞群众。为此,他有个"顺口溜专家"的绰号。土改斗争时,大营区有些地主利用封建宗族关系威胁和迷惑群众,焦裕禄编了段顺口溜让大家学唱:"千姓万姓,世上只有两个姓:一个姓富,一个姓贫。有贫就有富,有富就有贫。贫农团结起,齐心斗富人。"解放初期,针对工农干部中文盲较多的现状,焦裕禄来了段这样的顺口溜:"大老粗,不要怕,干工作,学文化,蚂蚁能啃大骨头,咱遇座大山也搬走它!"剿匪反霸、土地改革时期,为宣传发动群众,他编了很多顺口溜,譬如:"恶霸为啥霸?旧社会,天黑呀!反动派,护着他。老百姓,腰杆塌。现如今,天亮了。共产党,反恶霸。有靠山,不用怕。穷人一起挺腰杆,抱成一团打倒他!穷人一起挺腰杆,翻身解放力量大!"这段长短句结合、蕴含昂扬斗志的顺口溜,极富鼓动性,在剿匪反霸斗争中很有威力。

1950年夏，28岁的焦裕禄被提任为尉氏县大营区委副书记兼区长。

一次，焦裕禄途经一个村庄，发现年仅16岁的姑娘王小妹在犁地种地，干起活来比有些小伙子还利落，马上意识到这是一个很好的妇女参加社会劳动的典型。他便走到地里，一边帮王小妹干活，一边详细询问她家的情况："你叫什么名字？锄地、犁地、耙地都行吗？"颇有男子汉气概的王小妹便告诉焦裕禄，自己家中没有兄弟，父母年老体弱，打土豪分田地后她就学会了干各种农活。王小妹还自豪地对焦裕禄说，自己还是村里的土改积极分子呢！

焦裕禄回到区里已近深夜，依然抑制不住写作激情，连夜赶写了一份王小妹的典型材料，向县党委作汇报。第二天，他带着乡村干部到王小妹家的田头开起了现场会，还在会上即兴编了一段顺口溜："王小妹，十六岁，斗地主，抓土匪，犁地耙地她都会。学习王小妹，赶上王小妹，不畏艰苦不怕累，咱是青年的先锋突击队……"为了让农村妇女冲破封建牢笼，解放生产力，让更多妇女走出家门，参加农业生产，焦裕禄请示县委，要树立王小妹这个典型。这次现场会不久，王小妹这个典型就从大营区推广到了全县，成了青年妇女学习的楷模。

当年那首顺口溜所唱的主角王小妹在晚年还清晰地记得当时的情景："那是1950年秋天。一天中午，俺赶着拖车从西南地里往家走，到村口遇上四五个身穿土布军装、背长枪的人。其中一位走上前来问俺干啥去了，俺答刚犁完地。我告诉他我叫王小妹，锄地、犁地、耙地这些活难不住俺,俺早就跟爷爷学会了。后来俺才知道那是焦书记。那时候刚解放,妇女下地干活的少啊,俺在家就当个男孩使。后来县里开劳模会,俺也去了,但一些胡子老长的老头还是不信,说一个黄毛丫头能干啥? 焦书记就在县城南关农场让俺现场好好地露一手。地头上准备好了两匹骡子和一副七寸步犁,俺是第一次使这些家什,那咋整? 俺以前都是套着小驴子,哪使过骡子啊,还一下子弄了两匹。到这时候了,也得犁啊,这手扶犁,这手甩着鞭子。'嘚儿——吁——喔喔'驾着骡子来回犁了两遭,掌声响起来了,原本不服气的老人领头叫好,现场的人都服了。"王小妹晚年在描述当时场景时,激动得从椅子上站起来,比画着当年她犁地时的动作,回味着当时焦裕禄表扬她的话。

一时间,人人学习王小妹的热潮在尉氏大地上翻涌。在榜样的感召下,当地一大批劳动标兵、技术能手纷纷涌现。

提及往事,王小妹滔滔不绝:"1951 年青年节,焦书记带俺去开封参加省里的团代会,还教俺写自己的名字。俺到城里就迷路了,他领着俺逛街,隔着商店的玻璃罩,里头摆着灯、盆、布料啥的。他指着各种商品问俺'这东西好不',俺说'好'。他问'这东西咋来的知道不',我说'不知道'。"王小妹拖着浓浓的河南腔调还原当年的对话:"这是工人老大哥造出来的,回家以后,搞好农业生产,支援工业老大哥。""中!"

焦裕禄深刻地影响了王小妹的一生,使她从地头的小姑娘成了县里的劳模,后又成为党的优秀干部。王小妹对焦裕禄充满了

1950 年 10 月 21 日，河南省团校四期三支七组毕业留念（前排右一为焦裕禄）

敬意和感恩之情。

1950 年冬，焦裕禄被调任中国新民主主义青年团尉氏县委副书记。在团县委工作时，有一次，两名干部为争用一架油印机而发生争执，双方火气越来越大，谁劝也没用。焦裕禄恰好从外而入，听清缘由后径直走到油印机前，来了首即兴之作："一架油印机，两人争夺你。不因价钱贵，只为物太稀。一抢一不让，你却白看戏。请你莫旁观，快快讲和气。都是为革命，何必分我你？"在哄然大笑中，两位干部也红着脸赔笑，互相让着要走开。焦裕禄谁也不让走，由他帮忙合印两家的材料。事情办完了，刚才吵架的两人已心情愉快地开起了玩笑。

屈指算来，离开家乡，离开自己的寡母妻女已 3 年了。3 年里，母亲生活得怎么样？妻子的处境如何？女儿守凤多高了？焦裕禄往家中写了不少信。

最终，因妻子不愿离开故土，无法共同生活，焦裕禄与妻子离了婚。焦裕禄在洛阳工作时，让人将女儿守凤送到了自己身边生活。

做团县委领导干部，主要是围绕党的中心工作开展活动，团干部被抽调下乡，或是土地改革、清匪反霸、扩军参军、抗美援朝，或是发动群众、恢复生产、组织劳力、兴修水利。焦裕禄对党与团的关系曾有过两句形象的比喻："党是头颅，团是手足。"在他看来，头颅所想所思的问题，当然需要动作敏捷的手足为之完成。

焦裕禄勤于思考，善于分析，深入浅出地宣传党的政策，随时都将政治工作与艺术感染力相融一体。他当年的老战友、老同事徐振东撰文介绍：他的顺口溜得益于广泛地汲取群众语言的精华；他的顺口溜编得快，来得巧，用得妙，常能画龙点睛。

在尉氏，焦裕禄领导了剿匪反霸、土地改革运动，不仅完成了从一个革命战士到一个建设者的转变，还在这里找到了心有灵犀的伴侣。尉氏县就是焦裕禄的第二故乡。

据焦裕禄自传，"因原爱人（系）家庭妇女，没文化，不能共同工作与生活，经尉氏县委同意，写信当地区政府，与爱人离了婚，并带去半亩地。（一九）五〇年（农历）十月经尉氏县委批准，与现爱人徐俊雅结婚"。

徐俊雅出生在尉氏县城关镇一个书香门第。虽然没正经上过学堂，然而在身为私塾先生的父亲的熏陶下，徐俊雅积累了颇为

1951年5月4日，河南省首届青年团代表大会召开，焦裕禄（三排左一）与陈留专区代表合影

1951年，焦裕禄在尉氏参加并领导土改和剿匪斗争时的照片

丰厚的文化底子，也许是出于这个原因，她格外欣赏有才气的人。1950年，徐俊雅结识了在尉氏团县委工作的焦裕禄，这个外貌俊朗、能拉会唱的青年令她倾心。

焦裕禄对生活的无限热爱，曾强烈地感染着他身边的每一个人。当年，徐俊雅就是循着焦裕禄那悠扬的二胡声来到他身边的。闲下来的时候，焦裕禄拉二胡，妻子伴唱，其乐融融。

焦裕禄的二女儿焦守云说："在人们心中，我爸确实有些艰苦朴素过了头。我爸近一米七八的个儿，很英俊，特别是年轻的时候，用现在的话说是个帅哥，也是个有文艺范儿的年轻人。当时比较时尚的东西，写文章、打球，他都参与，吹拉弹唱、跳舞都会。"高大英俊，皮肤黝黑，谈吐幽默，能歌善舞，很有范儿，这是焦守云心目中的父亲。"他的二胡是在小学的时候学的。我妈和他走到一起，是在农村工作队。有时候联系群众，他就拉二胡，我妈刚开始是站得远远地听，后来近一点听，最后我爸拉，她唱，就这样走到一起了。当时好几个女孩都喜欢我爸，但都没我妈那么大胆，所以也算倒追吧。"

共同的理想、共同的爱好，把两颗年轻的心紧紧连在了一起。1950 年 11 月，焦裕禄与徐俊雅喜结连理。

婚礼办得简朴而热闹，只是由于工作节奏太紧张，来不及做什么准备，徐俊雅只绣出一只枕头。女伴说："一只就一只吧，总不能因为一只枕头再把婚期拖上两个月。你看，这一只枕头上不是绣着两只鸳鸯吗？"

这成为徐俊雅的一个心结。焦裕禄去世后很多年，徐俊雅一直在为这一只枕头的事懊悔——以为由于自己的草率铸成了焦裕禄早逝的谶兆。她对儿女们说："你爸走得这么早，全怪我结婚时

焦守云说，父亲当年是个帅哥，是个有文艺范儿的年轻人（图为作者余玮采访焦裕禄女儿焦守云时留影）

电视连续剧《焦裕禄》剧照

只绣了一只枕头。"

"父母亲的感情一直很好。"一幕幕场景一直存留在长子焦国庆的记忆中，"妈妈对爸爸非常体贴，连手绢也不让他洗。后来爸爸得肝病受的那份罪，妈妈最清楚。冬天，妈妈总把秋衣、棉衣、罩衣套在一起，放在两层被子的中间焐热了，再让爸爸一下子穿上。而父亲只要一有空，就为在家操劳的母亲拉二胡，那如泣如诉的琴声见证了父母之间深深的眷恋之情。"

（六）
拉牛尾巴的人成了洛矿元勋

　　1952 年，焦裕禄被调任青年团陈留地委宣传部部长。1953 年夏，又调任青年团郑州地委第二书记。

　　新生的共和国百废待兴，开始由革命战争转入大规模经济建设的快车轨道，党的工作重点也由农村转入城市。1953 年 6 月，在"农业支援工业老大哥"形势的推动下，一批优秀的青年干部从地

1953 年，焦裕禄从尉氏到青年团陈留地委任宣传部部长时的留影

1953 年 5 月 12 日，欢送裕禄（前排左二）、克刚二同志留影纪念

方被抽调到工业战线。已是青年团郑州地委第二书记的焦裕禄被调到正在筹建中的洛阳矿山机器厂。

当时国家"一五"计划开始,大规模的工业化建设展开,"一五"计划期间苏联援建的156项重点工程项目中的7个落户洛阳,洛矿就是其中一个。那时工业干部奇缺。焦裕禄就是在这种情况下从青年团郑州地委被调到洛矿的。

1953年,焦裕禄在洛阳矿山机器厂留影

洛阳矿山机器厂在涧西,离城区40多里,此时还是一片荆莽丛生的空旷河滩。荒野之上插上了很多作为标志的小旗,搭起了一排排席棚子,最大的那个席棚子门口挂着一块牌子,上面写着"洛阳矿山机器厂筹建处"。焦裕禄担任基建工程科副科长兼青年团总支部书记。

焦裕禄在车间检修设备

建厂的当务之急,是要修一条从老城区通往厂区的道路,焦裕禄被任命为修路总指挥。他带领工人们在筑路工地上扎了窝棚,与工人一起挥汗如雨地赶抢工期。他带头参加重体力劳动,抬土搬石。他关心工人生活,保证职工吃饱吃好。不少同志由于拼命劳作而中暑,焦裕禄亲自安排他们休息、治疗,并请食堂专做了病号饭。

公路修到哪儿,他们的窝棚就扎到哪里。公路修到一个只有五户人家的村庄,工人挤满了各式各样的工棚,仍挤不下。焦裕禄手一挥:"共产党员、青年团员、干部们睡露天,体验体验天当房、地当床的诗意!"党团员、干部争先恐后地把工棚让给工人群众。大家有说有笑地睡在露天地上,青年人还点起了篝火,把露营搞得快乐又浪漫。

经过几个月的奋战,终于抢在设备进厂之前完成了筑路任务。当一辆辆拉着机器设备的卡车,车头扎着红绸大花,鸣着喇叭驶进厂区时,筑路人互相拥抱着、欢呼着,把安全帽抛向空中。那一条从他们的手臂上延伸出去的路,让他们热血沸腾。

1954年8月,洛阳矿山机器厂党委决定派出100多位年轻干部和技术人员去全国著名高等院校深造。焦裕禄等5人被选派到人人艳羡的工业高级建设人才的摇篮——哈尔滨工业大学学习深造。

当时,焦裕禄已经把家安在了洛矿,妻子徐俊雅做统计工作,岳母帮他们照顾长女焦守凤、长子焦国庆、次女焦守云这3

1954年的焦裕禄

个孩子。听说安排焦裕禄进大学去深造,全家人都高兴得不得了。徐俊雅用省吃俭用攒下来的钱,紧着给焦裕禄做了一身新衣服。

进入哈工大之后,焦裕禄等5人被安排在南岗平房住宿,同住一间屋内。可是没想到刚入学,就被兜头浇了一盆冷水。校方向焦裕禄他们传达了对"调干生"的要求:先学习速成中学课程,在达到高中文化程度之后，再编入大学本科班学习。如果考试不及格，将被劝退。

于是，每个"调干生"都领到了十几本初、高中课本。大家捧着这一大摞课本，觉得头都大了。从洛矿来的这 5 个人，文化程度不一，有初中，有高中，焦裕禄只读过高小，但是他为同来的工友们打气说："咱们 5 个人中，论学历我最低，论年龄我最大。毛主席在七届二中全会时就告诫全党'我们熟悉的东西已经过去了，我们不熟悉的东西强迫我们去学习'。还是那句话，我们是为建设大工业来当学生的，得拿出拼命三郎的劲头儿来。只要功夫深，铁棒磨成针。"

从此，他们白天上课，晚上抓紧时间自学，天天学到半夜。解不开的难题，他们就带到课堂上请教老师。

和焦裕禄一起到哈工大学习的王明伦回忆起往事时称，在哈工大学习时，焦裕禄只有高小文化，学习起来难免吃力，每天下课后，他就一头扎在课本堆里，经常看书到凌晨。"方程怎么解，公式如何代入，字母怎样替换，老焦像个小学生一样问我们。要是大家都不会，他就抄下来去问老师，弄懂了回来再跟我们讲。"回忆一起上学的时光，王明伦记忆犹新。

在哈工大，焦裕禄是年龄较大的学生，同学见他有学长风度，亲热地叫他焦大哥。入学后一段时日，哈尔滨的天气凉起来，同班的一位大连籍的同学只盖一条毛巾被，焦裕禄等 5 人将小床并在了一起，节省出一条被子帮助那位同学。大连的同学非常感动，带来了家乡的苹果酬谢焦大哥。

他们终于闯过了一道道关口，通过了严格的考试，登上了本科生录取榜。但就在他们即将转入本科学习时，洛阳矿山机器厂的培训计划作了重大调整，决定让他们中断学习，立即返厂。

包括焦裕禄在内的 5 人一时都想不通：最难的关口已经闯过去了，这个时候中断，多可惜呀！于是其他 4 名学员表示："宁可不要工资、不要助学金也不回厂里。"

焦裕禄心里也很矛盾，一个人在院子里走，后半夜才回到宿舍，对大伙说："回厂吧，我们学习是为了更好地建设工厂，现在厂里需要我们回去，我们是共产党员，就得服从组织的决定。"

他们首先回到了洛矿驻京办事处，见到了厂长纪登奎。纪登奎以简洁的语言告诉辍学的 5 人："现在建厂的进度加快了，派出学习的同志全部回厂。你们准备到有基础的老厂里去实习，尽快地掌握管理工厂的实际本领和技术知识。"

1955 年春，回洛矿一个星期后，厂党委任命焦裕禄为领队，带领哈工大预科的原班人马加上徐俊雅，到有一定工业基础的大连起重机器厂实习。厂里交给他们的任务只有一个：尽快掌握管理工厂的技能。焦裕禄被分配到大连起重机器厂机械车间任实习车间主任。他们几人中，也唯有他带家眷——岳母和 3 个幼小的孩子，一同来到这里。厂里特地为焦裕禄安排了一间离厂区很近的宿舍。

解放前，焦裕禄只读过几年小学，文化水平低，尽管在哈工大学习过速成中学课程，但科学知识依然欠缺，摆在他面前的是一个崭新的、十分艰巨的课题。焦裕禄知道，单凭热情，不懂业务、技术，根本适应不了现代化的工业生产。他抓住一切机会学习工业技术和管理经验，拜年轻人为师。

据知情的工友于盛华后来回忆："他（焦裕禄）刚到大连的时候，机器叫啥都不知道，更不懂图纸里那些代数和几何知识。他就把机器上的零件绘成小图，记在日记本上，天天看，不懂就问有经验的师傅。为了弄清楚钢材的材质，他专门拣些钢屑装衣兜里，有空就比比看看，还跟老工人请教。老工人教给他一个教科书里没有的土办法，直接用砂轮打一下，看看打出的钢花形状，就能知道钢的型号、材质。"

焦裕禄这个实习车间主任倒像个小学徒工，从最基础的地方学起，工人师傅在机床边操作，他就站在一边打下手。有时为了弄清一个零部件的工艺线路，要跟着这个部件的工艺线路围着十几台大大小小的机床来来回回走好几遍。跟了白班跟夜班，一条龙跟下去，天天到半夜才回家，回家后还要看图纸，把一天所看的、所学的"过一遍电影"。

焦裕禄除了学习工艺操作技术，还注意学习企业管理知识。为了熟悉车间生产计划的安排程序，每当计划员编排计划，他就边看边问，追根问底，迅速积累了技术知识和管理经验。

他的名字也隔三岔五出现在大连起重机器厂的厂报上、广播里。无论是关于生产经营还是思想工作的文章，他都写得有骨有肉，常常引起厂里重视。"实习结束的时候，大连起重机器厂想把焦主任留下来，为此不惜另派两个独当一面的工程师去洛阳交换，但洛阳这边就是不放人。"于盛华笑着说。

焦裕禄当然是婉言谢绝大连方面，告诉大连起重机器厂领导，自己是来取经的，洛阳方面培养他并寄厚望于他，他不能学凤凰爱把高枝占。于盛华记得："走时，大连那边领导问焦主任有要求没，他犹豫半天，不好意思地说，能不能带走几个技术熟练的工人。最终这个愿望实现了，我就是他带走的技术工人之一。"

"我妈常回忆说自己最好的日子在大连，那时可以赶时髦，她能穿上时兴的布拉吉（连衣裙），我爸穿着蓝呢中山装，那是他穿过的最好的衣服。"焦裕禄的二女儿焦守云讲，"在大连厂门口就有卖五香大螃蟹的，一毛钱一个。我妈说她买一个，边走边吃，到车间门口正好吃完。那里大虾特别便宜，煮煮晒干，回洛阳时还背了半棉布袋，白菜炖豆腐时搁几个，那汤跟牛奶一样白。"

那套蓝呢中山装是焦裕禄一生中穿过的最好的一套衣服，现收藏于兰考焦裕禄同志纪念馆。纪念馆里，这套脱了绒、掉了毛的呢子衣服，已变成了蓝灰不分的颜色，后领下有一商标尚可辨认——地方国营大连被服厂出品。商标的上半部早已磨破，下部有"辰儿"字样——从再下部绣制的红日放光芒的画面推断，"辰儿"便是磨掉了上部的"晨光"二字。

1956年秋，实习期满的焦裕禄回到洛阳矿山机器厂，担任一金工车间主任。徐俊雅在分厂做统计、收发资料等多项工作。

初到洛矿时，有些人还曾嘲笑学历不高的焦裕禄，说"拉牛尾巴的人也来搞工业"。和焦裕禄一起到洛矿报到后又一起到大连

1956年9月9日，焦裕禄（前排左三）与洛阳矿山机器厂的工友合影

焦裕禄（前排左二）与前来洛矿厂部
报喜的先进集体合影

焦裕禄（右二）与领导干部在
一起学习工业管理知识

实习的赵仲三曾撰文回忆：一次，焦裕禄非常激动地对他说，有些人瞧不起咱拉牛尾巴的人，认为咱们拉牛尾巴的根本不会使用复杂的机器。咱拉牛尾巴的连天下都打下来了，我非把这些死的机器制服不可，天下没有学不会的事情。

洛矿退休工人赵广宜回忆说："老焦虽然是半路出家的工业干部，但是他特别爱学习，对懂技术的工人更是特别关心和照顾，而且真的做到不耻下问。"提起焦裕禄,赵广宜打开了话匣子。作为焦裕禄曾经的同事和下属,尽管已经时隔半个多世纪,但赵广宜仍然清楚记得焦裕禄拜自己为师的情形。

1957年10月,在苏联一矿山机械厂进修一年多的赵广宜回国没多久,被分配到洛矿一金工车间。在这里,赵广宜第一次见到了焦裕禄。赵广宜回忆道,当时的焦裕禄,冬天总是披着黑棉衣,穿着露棉花的大棉鞋,看上去和普通工人没有区别。"第一次见他,他在看一本叫《机械工业企业管理概论》的书,他的桌子上也摆满了各类书籍。"

赵广宜后来才知道,早在他来车间之前,焦裕禄就已经把他的情况摸清楚了。"他知道我在苏联进修过,又会讲俄语。"赵广宜说。

在日后的交往中,赵广宜发现焦裕禄是个没有领导架子的人,他喜欢和技术人员、普通工人打成一片。"他对技术人员特别有好感。有一天,他很自然地和我说:'你是从苏联学成归来的,我这个外行就拜你为师了!'"赵广宜说,当年焦裕禄拜他为师的事情让

焦裕禄(右一)等与苏联专家在洛矿合影　焦裕禄(左一)等与外国专家在一起

焦裕禄（左一）在洛矿和外国专家座谈

他感觉有点不可思议。"我当时觉得焦主任也就是说说而已，没想到他还真的让我教他学俄语、学技术，一点都没有领导的架子。那时候要是不懂俄语，连图纸、工艺文件都看不明白。他练得连舌头都肿了，终于熟练地掌握了 33 个俄语字母的发音。"就这样，赵广宜成了一金工车间"西跨"工段的工长兼苏联专家翻译，也成了车间主任焦裕禄的师傅。

虽然尚未投产，但于盛华已被安排当装配车间主任。23 岁的于盛华担心自己没经验，承担不起。焦裕禄鼓励他说："我看你能行。人哪有全是一朵花，没有豆腐渣的，那也不符合辩证法啊，是不？"他又嘱咐说："成天说你好的，那可能是溜须拍马；成天说你孬的，哪怕有几个人，你也得好好团结这些人，让他们服气你，那才是好同志。你在车间里选班组长也得找忠厚可靠的，不要油头滑脑的。"

"那时候焦主任真好学，能钻研，拿工厂当自己家，晚上 12 点也不走，困了就在用装箱板做的长板凳上眯一会儿，还撵着我们走。我们从这门走，又从那门回来，被他撞见，他问我们咋回来了，我们说你不走，谁能走。"回首当年往事，于盛华难掩激动的情绪。

焦裕禄（前排左四）同苏联专家及工友们在洛矿车间合影

"他爱学习，更爱人才。"谈起当年的焦裕禄，从洛矿退休多年的徐魁礼记着焦裕禄当年的知遇之恩。

1935 年，徐魁礼出生在朝鲜新义州。1952 年，他回到中国，在沈阳矿山机器厂从事减速器制造工作。1956 年 12 月，徐魁礼从沈矿被调至洛矿工作。"当时我和几个同事坐火车从北京到洛阳，车上遇到一个中年人，和我聊起了天。"徐魁礼回忆初识焦裕禄的情景时说，他就是在去洛阳的火车上和焦裕禄不期而遇的。

聊天时，听说徐魁礼等人也去洛矿，焦裕禄立马兴奋起来，说："咱们以后就是一家子了，都是同事。"焦裕禄的话让徐魁礼等人倍感亲切。焦裕禄年长几岁，便成了同事口中的老焦。徐魁礼个子高，焦裕禄称他大徐。几个人之间的距离感小了，话题也多了起来。当徐魁礼透露自己在沈阳矿山机器厂当了 3 年的减速器技术员时，焦裕禄一边听一边默默点头。也正是这次相遇，让徐魁礼日后的生活发生了很多变化。

徐魁礼说，他刚到洛矿时被分配到洛矿技校当实习教师，但是干技术出身的他更想去车间，所以对这份工作并不十分满意。"焦主任对我有知遇之恩，我很感谢他。"徐魁礼回忆说。一次回宿舍的路上，他偶遇了焦裕禄，这次偶遇让他迎来了工作上的转折。

焦裕禄对这个火车上偶遇的大徐仍然印象深刻，他认真询问徐魁礼的工作情况。"当时，我就觉得焦主任像个老大哥一样，我就把我心里的委屈和想法都和他说了，我和他说我想'干实事'。"

听到徐魁礼的愿望，焦裕禄当场问道："那你到我的一金工车间来吧，就干你的老行当，做减速器。愿不愿意？"

向往技术岗位的徐魁礼被这突然而来的幸福弄得有些不知所措。"我当时问焦主任：'我能去吗？'焦主任让我放心去申请，他来协调调动岗位。"就这样，徐魁礼被挖到了焦裕禄所在的一金工车间，在装配车间从事他熟悉的减速器制造工作，干得相当出色。

1958年3月，一金工车间接了个大活——试制2.5米双筒大型卷扬机。焦裕禄与全体职工向厂党委保证：4月底试制成功，向五一国际劳动节献礼。

在设备不全、技术不足、经验全无、毛坯供应不及时的情况下，限期成功试制卷扬机并非易事。焦裕禄是这场战役的总指挥，他研究图纸组织攻关，置身前线，及时调度后勤。"那时候我们真是铁人啊，能扛就扛，但后来身体就不行了，跟弹簧一样，被压得变形。我到现在晚上睡不好觉，还得吃'安定'。"赵广宜感叹道，"有的同志看到焦主任一直在车间跟班劳动,实在太累了,就劝他回办公室休息,他却说工作需要,咋能回办公室。"有一个同志反驳说:"坐办公室也一样工作嘛。"焦裕禄却风趣地说:"屁股和板凳结合得多了,腿就会软,脚跟就站不稳,容易跌跤。"

"当时生产我国第一台卷扬机的时候,有 200 多个零部件,老焦愣是记住了各个零部件的名字,还有它们安装在什么位置,起到什么作用。"赵广宜说。焦裕禄拿着图纸,每天泡在车间里和技术人员一起研究,有不懂的问题就拉着人问。

许多老工人晚年时还记得,为了弄明白机床每个部件的功用,焦裕禄每天在大家上班前就早早来到车间,拿着图纸,钻到机床下,逐一比照每一个零件。计划员问:"焦主任,您不用费这么大劲,拿图纸让技术员标上部件名称不是一样吗?"焦裕禄摇摇头:"你要了解一台机床,就得亲自把每一个部件都看明白了。吃别人嚼过的馍,没味道啊!"

王有益和焦裕禄正是那时在一金工车间相遇的。"刚去车间的时候我就挨个儿办公室找他,最后还是在车间机床旁才把他找到。"说起焦裕禄,王有益的评价是"实干""话少""爱在生产线上转"。紧张的生产工期使大家连轴转,生产不停止,作为设计者的王有益也不能离开车间。

到了晚上,王有益环顾车间,看遍了周围也没发现一个能睡觉的地方。焦裕禄指着二楼走廊里的大板凳对王有益说:"小王,晚上就在这上面将就将就吧。"看着板凳,王有益犯了愁,硬着头皮躺下去，又窄又硬的凳子面硌得后背很不舒服，怎么也睡不着。看王有益一直不睡，焦裕禄便主动教他睡板凳的窍门——侧着身子躺，把腿蜷着。按照焦裕禄说的方法，困极了的王有益很快便在板凳上睡着了。第二天一早，睡了一宿板凳的王有益腰酸背痛。"我只是睡了几天板凳，就已经受不了了，可是听车间的工友说，焦裕禄当时几乎每天都在车间里睡板凳，真不知道他是怎么熬过来的。他在哪里都是这股子干工作不顾身体的劲头啊！"

其实，许多工友注意到，尽管焦裕禄家也在厂区，但是他一个多月没回去过，吃住全在车间里，那条大板凳派上了大用场，他往往拿大衣裹着身子，往上一躺，就当床铺了。徐俊雅曾回忆说："在夜以继日的拼搏中，他在车间的一条长凳上躺过 50 多个夜晚。"

大型国产卷扬机终于如期试制成功了，成就了新中国重工业起步的一个里程碑。据悉，1958 年造的大型卷扬机几十年后仍在黑龙江鹤岗煤矿正常使用。

1959 年春，洛阳矿山机器厂全面投入生产后，焦裕禄被调到厂调度科任科长。调度科是指挥全厂生产的枢纽，焦裕禄成了一个比厂长还忙的人。为了做好全厂的生产调度工作，他逐一熟悉各车间的情况，对人员、设备了如指掌，对全厂上千台设备心中有数。他安排生产工作，任务明确，措施具体，受到工人们的赞扬。

那期间，焦家又先后生了三女儿守军、二儿子跃进和三儿子保钢。三子三女加上孩子的姥姥，组成了一个热热闹闹的 9 口人的大家庭。焦裕禄本人和妻子徐俊雅的粮食定量太少，孩子中大的正是长身体的时候,小的还嗷嗷待哺,让这个家能揭得开锅,就成了妻子和岳母最操心的事。口粮不足时,只好去郊外挖野菜。而焦裕禄却把家里仅有的一点大米送给了南方籍的工程技术人员。他将家里的布票也送给了孩子多的工友,自己穿的衣服补了一层又一层,辨不出原本的颜色。

1961年初夏,汛期之前,厂里又下达了生产45吨启闭机的硬任务。这是大型防汛设备,工期紧,任务重。

启闭机生产最紧张的那些天,焦裕禄天天在车间里。有一天,他突然觉得自己的肝部一阵紧似一阵地疼,他胡乱地吃了两片止痛药,实在扛不住了就拿个硬东西顶在那里,剧烈的疼痛使他大汗淋漓。工友们心疼,让他歇歇,可他考虑到汛期马上就要到了,任务紧迫,仍咬牙坚持。

6月20日,全厂几个车间协同作战,45吨大型启闭机终于完成了最后的安装。而焦裕禄也累倒了。那天,他在一金工车间和工人一起搬运铸件,到最后一个部件运进车间,他再也支持不住,一下子倒在了车间门口。经过检查,焦裕禄患的是肝炎,且已经很严重。于是厂领导给他制定了"三不准",但谁也看不住他,这对他养病很不利。

老工人王明伦晚年讲,焦裕禄高负荷地工作,经常加夜班,"晚上11点以后,厂里才给二两面条吃,咋能吃饱啊,再加上缺营养,很多人得肝炎。那时候发了3斤黄豆,他舍不得吃,拿回家给孩子磨豆浆。住院吧,他也不安心,老打听厂里生产是不是不正常了"。

1962年春，焦裕禄因肝病过于严重，转入郑州医院疗养。在郑州住了两个月的医院，把焦裕禄给憋坏了。不过这两个月他可没闲着，只要医生、护士不在近前，他就偷偷地整理图纸，撰写生产调度报告，医生、护士把纸笔收走，他就从褥子底下再摸出一套来，谁也拿他没办法。

不久，洛矿路书记到省城开会，来看望焦裕禄，告诉焦裕禄，省委决定从工业系统抽调一批年轻干部去加强农业第一线的建设，开封地委点名要他，省委也点名调他，他特来征求焦裕禄的意见。焦裕禄只说了一句话："书记，我没别的想法，我是个党员，一切听组织的安排，没二话！"

同时焦裕禄提出请求，表示想出院回厂先工作一段时间，边工作边等待上级组织安排新的工作。路书记说，厂党委已作出决定，让他回尉氏岳父家静养一段时间。焦裕禄在尉氏养病期间，老中医杨培生配制了一些中药丸，焦裕禄服用后病情有些好转。

（七）
"1.5 书记"推广"中原小火车"

1962 年 6 月,焦裕禄被调回熟悉的尉氏县,任县委副书记。

离开洛矿时,焦裕禄已经成为管理和技术上的多面手,从一个工业上的门外汉变成了内行人,拉牛尾巴的人终于也玩转了机器。可是他没有想到自己又回到了尉氏。

当年,焦裕禄全家老小 9 口住在洛阳矿山机器厂 2-6 宿舍一单元西侧的一个只有 17 平方米的背阴房间,条件十分简陋。崔合义时任尉氏县委通信员,晚年他回忆道:"县委派俺开卡车去洛阳接焦书记一家,他那些破破烂烂的家当不用一车就装完了。"

对焦裕禄上任的情景,跟他同在尉氏工作过的老同事晚年记忆犹新:他穿一身破旧的中山装,挎着一只绿色军用挎包,手里提着行李卷儿,敞着怀,一下车就直奔县委。

当时的县委书记夏凤鸣回忆:"我看了介绍信,感到不解其意,县委书记是我,薛德华是第二书记兼县长,可介绍信却是这样写的:'焦裕禄同志任中共尉氏县委副书记(名列薛德华同志之前)。'上级从未有过这样的安排呀,我心里默默想道:副书记怎能排在第二

1962 年，焦裕禄任尉氏县委副书记期间的办公室

焦裕禄（右）为先进工作者颁奖

书记之前呢？一时摸不着头脑，便安排焦裕禄在办公室休息，自己打电话联系地委，问明情况。地委明确答复：'对焦裕禄同志这样的安排是合适的。以后县委只设一个书记，其余都是副书记。'"

县委已有第一书记，已有县长，将其安排于二者之间，焦裕禄从此便成了该县的常务副书记。于是夏凤鸣诙谐地说："老焦是尉氏县的 1.5 书记。"

焦裕禄遇事不自作主张、独断专行，无论什么时候，都和薛德华搞好协作关系，互相配合，肝胆相照。尊重别人也就是尊重自己，薛德华也非常尊重这位排名于自己之前的副书记，拥护上级的这次特殊人事安排。据时任尉氏县委办公室主任的董金岭回忆："1.5书记"很会处理事情和人际关系。焦裕禄把握了职责、原则，有着极强的约束自己的能力。薛德华县长风格高尚，不计较这个特殊的安排方式以及个人得失。焦裕禄尊重薛德华的行为，令尉氏县的干部受益匪浅。

从抓土豪斗土匪的阶级斗争到社会主义建设,从工矿企业的机器大生产再回到熟悉的农村的广阔田野,丰富的基层经验和开阔的工作思路使焦裕禄迅速成长为一名成熟的党的干部。再次回到阔别 11 年的尉氏后,焦裕禄把一个叫袁庄的村子作为自己的定点联系村,他不仅经常骑自行车往村里跑,还时不时住下,和社员们一起下地劳动。

这年,袁庄村生产队种了几亩西瓜,焦裕禄经常在瓜地里拾掇西瓜苗,拔草、施肥、上水,样样都干。可是到西瓜快成熟时,焦裕禄却不怎么去瓜地了。生产队里的老农看着一个个成熟的大西瓜,自然而然地想到了焦裕禄,就派了社员袁平用骡车拉上些大西瓜,去县城送给焦裕禄。

骡车到了县委,可焦裕禄下乡去了,县委办公室的人听明来意,就把瓜放到了焦裕禄办公室里。第二天,焦裕禄一上班,看到西瓜,问明详情,把办公室的人批评了一顿后,就让把瓜拉回去。

袁平接到县委办公室的通知,让把瓜再拉回去,就放下手里的活,匆匆赶到了县里。"咋着,俺辛辛苦苦把瓜送到县委还让俺再拉回去?"袁平生气了,尽管办公室的人反复做了解释,但袁平一气之下打听着把瓜送到了焦裕禄家里。

"集体的西瓜我不能收,这是群众的血汗。"焦裕禄仍然推辞。"你在袁庄村驻村时活没少干,现在瓜熟了,群众过意不去,让我来给你送几个,尝尝甜不甜还不中吗?"袁平说破了嘴皮,后来又撒谎说这几个瓜是队里分给他个人,他个人再送给焦裕禄的。

焦裕禄长女焦守凤（中）带领弟妹们学习

"你个人的也不能收，那是你的劳动果实。当干部的不能占群众一点便宜！"焦裕禄脸上挂着微笑，语气却非常坚定。两个人正在推让，焦裕禄的几个孩子回来了。袁平拿刀切开一个西瓜，赶紧递到孩子手里。

这下你焦裕禄总该收下了吧。没想到焦裕禄脸色一变，硬是从孩子手里把瓜夺了回来："你们没有为集体劳动，怎么能吃集体的瓜！"刚咬了一口西瓜的孩子吓得哭起来。

"咋着啊，焦书记，孩子没劳动，你不是在俺们村劳动了嘛！"袁平抬高嗓门，一时有点下不来台。看袁平真生气了，焦裕禄赶紧笑嘻嘻地劝他："回去代我向社员们致谢，这个情我领了。可我是党员，党对我有要求，不能沾集体的光。这个瓜我就留下，其他的麻烦你辛苦一趟捎回去吧。"

唉！袁平真是没法儿了，把瓜收拾好，驾着车就往外走。焦裕禄拿出几毛钱塞到袁平手里，不料袁平把钱往地上一扔，驾着车就走了。可没过几天，焦裕禄骑车去袁庄，把钱直接交给了生产队。

在同事们的眼里，焦裕禄见识不凡，有胆识，有气魄，足智多谋又勇于担当,处理问题果断利落,从不拖泥带水,办事讲究科学性又不怕担风险,和班子里的每一个同志都合作得很愉快。每次县委开会,焦裕禄总是第一个到会场,开会时他不断鼓励同志们踊跃发言。同志们在他面前百无禁忌,什么话都往外掏。

在尉氏县、鄢陵县和扶沟县之间的贾鲁河滩,有一片枝繁叶茂的林业地。1962 年的秋收时节,就在这片林业地上,分别为三县管辖的靳村、马庄、小岗杨村的农民群众为了争夺林地发生了纠纷,先是唇枪舌剑,后是拳脚相向,一场后果不堪设想的械斗就在眼前。

尉氏县委得知了这个消息后,提议由焦裕禄前去制止械斗、平息纠纷。纵贯尉氏县南北的贾鲁河曾是黄河故道,解放前河滩内全是飞沙,寸草不生,无人耕种;解放后,南曹公社的靳村农民为了治理风沙,在尉氏、鄢陵、扶沟三县交界的河道沙滩里植树造林,压柳条,插柳橛,约有 1500 亩——几年工夫,柳林冲天而起,挡住了风沙,柳行中慢慢地能够长起庄稼。原来,这近 1500 亩河滩地在黄河泛滥期属三县所辖的三村所有,荒沙滚滚中谁也不争所有权。一旦荒滩变成了绿林,收益又逐年增加,马庄、小岗杨村的农民便一再提出要收回他们的土地。但出了力、流了汗、投入了本钱的靳村人坚决不答应,矛盾逐渐激化。

焦裕禄持久耐心、入情入理的政治思想工作,使靳村群众觉悟了,同时也懂得了土地所有权的问题是一个法律问题。他们发扬共产主义风格,无代价地将林区划给马庄、小岗杨村 700 亩,合理地解决了纠纷。

焦裕禄的工作赢得了大家的称赞。有人说，"1.5 书记"名不虚传，干工作一个顶一个半人用。夏凤鸣说，哪里是顶一个半用，他一个人要顶好几个人用哩。

在农村调查中，焦裕禄发现"三年困难时期"过后，农村生产力受到了很大程度的破坏，牛马驴骡等牲畜几乎损失殆尽，生产工具匮乏，农民只好以人代畜拉犁拉耙。上级让供销社从东北进了一批架子车，这种车子结实耐用，价格便宜，能大大解放生产力，但当地农民不认这种东西，很少有人问津。为此，焦裕禄组织专门的工作组，用 5 天时间跑了 4 个公社、5 个大队，推行试点工作。他给群众讲诸葛亮造木牛流马的故事，还编了个顺口溜："架子车，小火车。光干活，不吃喝。个子小，用途多。"他算了一笔账：搞运输，一辆架子车顶三五个劳动力。如果利用架子车搞农田水利基本建设，那更能节省大量的劳动力，提高生产工效。使用架子车是发展农业的当务之急。

他在席苏村抓点，大面积使用架子车。村上烧窑到山地运煤，十几辆架子车连在一起，人家看了说这叫"中原小火车"。黄庄修引黄工程三干渠，上百辆架子车大显神威，工效飞快提升。焦裕禄组织现场会，使更多的人认识了架子车的好处，农民踊跃购置。为了解决购买架子车资金不足的问题，焦裕禄又协调了低息贷款，仅两个月，就从东北购进了两万七千辆。一时间，尉氏兴起了架子车热，生产力得到极大提高。尉氏人自豪地把架子车称为"中原小火车"。

《河南日报》和河南省广播电台先后报道了尉氏推广架子车的经验，"中原小火车"一下在河南出了名，引得很多县市代表来参观。

返尉氏工作期间，焦裕禄的肝病症状已十分明显，时不时手托肝部，皱一皱眉头。但是多年的工作惯性早已让焦裕禄闲不下来，他忍着病痛忙开了。他总是工作到深夜才离开办公室。办公室主任根据常委意见起草的文稿，他都一句句推敲，从不马虎。改过之后，还要同办公室主任商量，问改得是不是合适。

有一段时间，焦裕禄骗家人和身边的工作人员说去县里的贾鲁河滩挖治病的中药，早出晚归，大家都不见他挖回半点药材，倒见他一天天累得够呛。家人起了疑心，追问起来，但他闪烁其词，顾左右而言他。后来有知情人向焦裕禄家人吐露了内情："那中药现在这季节哪有，他哪是去挖中药，他是去考察、治理淤塞的贾鲁河哩！"

尉氏境内的贾鲁河，曾倚靠黄河助纣为虐，夹杂泥沙吞噬豫苏皖 44 个县。拖着病体的焦裕禄数次组织整治贾鲁河，清沙疏塞，修坝筑堤。如今放眼贾鲁河畔，两岸堤坝齐整，鱼塘首尾相连，杨柳成荫，花草成簇，无声吟唱着一曲英雄赞歌。

当年，农村社员分了自留地，有了责任田，焦裕禄敏锐地察觉到，要鼓足干劲、千方百计调动农民的积极性，于是大胆地在尉氏县席苏大队开展了集体经济试点，树立了县里第一面农村发展的红旗。

席苏大队改变了过去栽红薯的老模式，改为麦棉套种。不长时间，席苏大队发生了翻天覆地的变化。全大队 4 个生产组，麦棉套种 800 亩,亩产小麦 500 斤,亩产籽棉 400 斤,每亩产值达到了空前的 500 多元。

这年 7 月,焦裕禄在席苏大队巩固集体经济的试点总结上写了这么一段话,从中可以清晰地了解他对经济建设的一些理念:"必须向群众讲清形势,讲清前途,讲清党的方针政策,讲明党的态度;每一时期,必须抓住突出问题,抓住突出思想,抓住突出人物;每一项工作,都必须有调查研究……只有这样才能加强党群关系。"

如今的席苏村集体经济活力充沛,橡胶厂、面粉厂、电缆厂、木器厂、植物油厂,都给村里带来源源不断的效益。村里楼成排,田成方,大树绿荫罩厂房,一派社会主义新农村景象。村里人说,席苏村能有今天,离不开当年焦书记的村集体经济试点,席苏村的热土上有焦裕禄的心血和汗水!

（八）
带着 36 万人的翘首期盼赶赴兰考

　　1962 年 12 月,河南省委和开封地委研究决定:调焦裕禄到兰考县工作。为此,尉氏县委举行座谈会。会上,大家问焦裕禄生活与家庭上有什么困难,焦裕禄一听,说:"感谢同志们的关怀,我没有什么困难,请各位对我在这里的工作集中提意见吧!"

　　焦裕禄在尉氏县干了半年,就要奔赴兰考了,却连件过冬的棉衣都没有,大家心里酸酸的:兰考风大沙大,冬天比尉氏冷得多,焦书记又爱整天往乡下跑,没有棉衣哪行? 于是大家商量着要给他做一套新棉衣,作为礼物给他。可是焦裕禄说什么也不答应这提议,说:"干部调走要带东西,不是个好风气! 大家的心意我领了,但是这个主意我不能答应!"

　　"大家决定由县委常委会作出一个决定,以组织的名义让他收下。夏凤鸣书记代表常委会跟焦书记说了,可他就是不同意。最后实在没办法了,只好请示地委。地委负责同志说,你们县委做得对,要尽快办好。可等棉衣做好,焦书记早就去兰考了。县委派人把棉衣送到兰考,还附上一封信,告诉他这是县委的决定,地委也

焦裕禄在尉氏县时与他朝夕相处的崔合义（左）回忆道，当年焦裕禄仅有的一件毛衣袖子已磨破了。一旁的王小妹搭话，"对，从袖口到胳膊肘都烂了"

批准了，焦书记这才收下。"当年的尉氏县委通信员崔合义曾颇为感慨地这么回忆道。

当年，焦家孩子还穿着破单衣，大家有些过意不去，于是由尉氏县委办公室出面，批给焦家 50 尺布票。焦裕禄坚决不收，还批评说："你们不能这样做，国家经济困难，我们当干部的要带头为国家分忧解难，不能多占计划供应物资。咱们共产党员以及家属宁可忍得一时寒，免得百日忧啊！"

焦裕禄个人的工资不高，孩子又多，加上岳母及后来过来的老母亲，一大家 10 口人平日里节衣缩食，虽然徐俊雅精打细算，上顾老下顾小，但日子仍过得捉襟见肘，出现"财政赤字"。于是在工资支持不到月底之时，焦裕禄去尉氏县委机关的储金会借了 137 元现金。焦裕禄要调去兰考时，尉氏县委和福利部门经过研究，决定用集体福利款替他还清这笔债务。可是这又被焦裕禄婉言谢绝了："自己的困难自己设法解决，不能占公家的便宜。"他到了兰考之后，省吃俭用，不久就如数汇来了 137 元钱，分文不少地还清了这笔债务。了解他的人都心疼地说："这钱可是他从牙缝里省下来的。"

地处豫东平原的兰考紧邻黄河,县境及其附近出土的石器、陶器等文化遗迹证明,远在五六千年以前,就有先民在这一带繁衍生息。西周时期,其西部属卫国,东部属戴国,是华夏民族戴氏族裔的发源地和寻根问祖地。春秋时期,春秋五霸首霸齐桓公在葵丘会盟诸侯,葵丘即在今兰考境内。后来,此地分别设置了东昏县和谷县,进而演变为兰阳、仪封和考城三县。今日兰考县,就是由历史上的兰封(由兰阳、仪封合并)、考城两县合并而成。

在兰考的历史上,洪水是人们悲痛的记忆。一部兰考史,也是一部兰考人民与黄河洪涝灾害的斗争史。黄河被誉为中华民族的母亲河,哺育了灿烂的华夏文明。但在下游地区,历史上黄河频繁地溃决泛滥和改道,给生活在这里的人们带来无尽的苦难。

周定王五年(公元前 602 年),黄河发生了有记载以来的第一次大改道。在之后的 2000 多年时间里,黄河下游河道经历了从北到南、从南再到北的大循环摆动,其中决口、改道不计其数。清咸丰五年六月十九日(1855 年 8 月 1 日),原本东去的黄河水突然于兰考的铜瓦厢(已淹没在河底)漫决,又一次大改道,形成现今地图上所见到的河道。这是黄河自公元前 602 年以来的第 26 次大改道。自此,原从东南方的苏北入海的黄河,掉头向东北奔去,改从山东利津入海。从地图上看,自西向东的河道在兰考境内陡然转弯,拐向东北。由于拐角大,兰考东坝头承受的压力可想而知。洪水来时,兰考就像一只兜住黄河的袋子,岌岌可危。

铜瓦厢决口后,当时的水利人员在黄河下游的最后大拐弯处根据地势修建了不少险工（为防止水流淘刷堤防，沿大堤修建的丁坝、坝垛、护岸工程）。黄河下游现有险工约 160 处，其中东坝头为最出名的一处。但水利工程并未完全阻挡住奔涌而来的洪魔。

据兰考县志记载："清光绪二十七年(1901 年)，河决兰仪四明堂，六月二十一日河溃，灌考城，城外水深八九尺，淹没八十多村……"

1933 年农历六月二十一日，黄河在兰考县东坝头西的南北堤决口。后来，一首民谣在兰考广为流传："六月二十一，打开南北堤。先淹考城县，后淹小宋集。"

1938 年，蒋介石为阻止日军南下，下令扒开郑州花园口黄河大堤，导致洪水漫流，灾民遍野。天灾加上人祸，使沿岸百姓流离失所，背井离乡。

新中国成立后，黄河水患才逐渐被治服。1952 年 10 月 30 日上午，毛主席出京巡视，专程来兰考看黄河。他沿着黄河大堤向东走去，一直走到东坝头，目睹黄河滚滚而来，怒触东坝头，又掉头北折而去，不由得说："我正是要看看这个地方！"他对当时的河南省委书记感叹："一定要把黄河的事情办好。"

后来，毛主席又多次听取治黄工作汇报，对治黄工作作了重要指示。1964 年，他已经 70 多岁高龄，还一再提出要上溯黄河源进行实地考察，念念不忘治理与开发黄河。

1958 年，大炼钢铁。用什么炼？树木。结果是钢没有炼出来，树木遭殃。"大跃进"一阵风刮来，豫西的大铁矿更是需要无偿平调大批木炭,以保"钢铁元帅"。于是兰考这个郁郁葱葱的泡桐之乡,在刀光锯影之后,被木炭窑纷纷燃起的烟火笼罩,这千万车木炭被拉去烧炼半生不熟、炭渣相杂的铁疙瘩。从此,沙荒重归兰考大地。日暮风起,沙土劈头盖脸刮掠过来,天垂黄土,犹如幔帐。继而大引大灌黄河水,盐碱重现,排水体系打乱,内涝形成。由此,豫东兰考留下了风沙、内涝、盐碱"三害"。

携带大量泥沙的黄河决堤后,在近岸留下一座座沙丘。由于缺乏树木防风固沙,兰考大地上风沙肆虐。白花花的盐碱地上草木难活,种庄稼,一亩地打下几十斤粮食就是上好年景。风沙、内涝、盐碱异常猖獗,为害百姓,兰考人民陷入一场苦难。

1962 年,春天风沙打毁了 21 万亩麦子,秋天内涝淹坏了 30 多万亩庄稼,盐碱地上有 10 万亩禾苗被碱烧死,全县的粮食产量下降到了历年的最低水平。干部忧心忡忡,灾民大量外流。全县 9个区中,7 个区严重受灾,有灾社队 1524 个,灾民 193192 人。兰考36 万人民翘首期盼有人指出一条解决温饱之路。

就是在这样的关口,党派焦裕禄来到了兰考,调任兰考县委第二书记。焦裕禄一到兰考,就听到坊间流传的许多有关灾难的民歌:"春天风沙狂,夏天水汪汪。秋天不见收,冬天去逃荒。""旱了给人熬碱,涝了给人撑船。不淹不旱要饭,死了席子一卷。"……彼时展

兰考难民在水灾中逃荒的情景

现在焦裕禄面前的兰考大地，是一幅苦难的景象：横贯全境的黄河故道，是一眼看不到边的黄沙；片片内涝的洼窝里，结着青色的冰凌；白茫茫的盐碱地上，枯草在寒风中抖动……

赴任前，开封地委组织部负责同志和焦裕禄谈话时明确告诉他："兰考是一个最穷的县、一个最困难的县，可以说得上'内忧外患'，你在思想上要有接受严峻考验的充分准备。"面对党组织的期待，焦裕禄十分坚决地说："感谢党把我派到最困难的地方，越是困难越能锻炼人。请组织放心，不改变兰考面貌，我决不离开那里！"组织要焦裕禄回去安置好家里再去兰考报到，而焦裕禄却立即到兰考报到去了。他说："兰考正在严重困难的时候，那里的群众正盼望党组织派来的人组织他们向困难作斗争。"

其实，组织上已知道焦裕禄患有较严重的肝病，开封地委曾考虑多名人选，但选来选去都不能保证他们在那个艰苦的环境下可以胜任工作，于是决定派工作能力强的拼命三郎焦裕禄奔赴兰考。

焦裕禄是带着《毛泽东选集》来的，是怀着改变兰考灾区面貌的坚定决心来的。他认为，只要加强党的领导，即使有天大的困难，也一定能杀出条路来。

1962 年 12 月 6 日，焦裕禄来到兰考县委报到。当日，兰考县委正召开三级干部会议，县委书记王金碧主持。

随即，王金碧宣布了焦裕禄来兰考县工作的组织决定。焦裕禄在会上扼要地传达了地委关于当前农村工作的指示：积极贯彻党的八届十中全会精神，抓好阶级斗争，搞好经济调整工作，巩固集体经济,恢复和发展农村生产。他建议:领导干部要深入农村基层,进行调查研究,掌握思想动向,带领广大农民群众牢牢占领农村社会主义阵地。

随后,焦裕禄一声不响地坐在会场的一个角落,细听各公社的汇报发言。县委办公室通信干事刘俊生看到他戴顶"四块瓦"的火车头帽子,面色黑红,满面笑容,边听边在小本子上记下要记的问题。焦裕禄听取有关公社的汇报,不时地询问有关情况。这情景,刘俊生在晚年接受专访时仍历历在目。

当晚,焦裕禄修改了会议总结报告。在关于领导问题上,他增加了5点意见:一、通过社会主义教育运动,使基层干部和广大群众认清形势,明确方向、道路,提高爱国主义、社会主义思想和阶级觉悟;二、从生产入手(实际上是从生产救灾入手),解决生产、生活上的突出问题;三、通过"三大纪律、八项注意"的优良传统教育,进一步提高干部思想水平,改进干部作风;四、认真贯彻"六十条";五、通过总结经验,进行评比表彰,认真表彰先进单位、劳动模范和"五好"党员、团员、民兵、社员,树立起办好集体经济、搞好农业生产和各项工作的旗帜。

次日,焦裕禄在三级干部会议上就当时的政治形势、经济形势和巩固集体经济、发展农村生产等问题讲了话,并具体安排了冬季生产和救灾工作。他强调:"对于灾区的住房、烧柴、疾病等问题,都要随时注意解决。对牛屋进行一次检查,修补破房,堵塞风洞,增加保温设备。"他要求领导干部要深入基层。

12 月 8 日，焦裕禄和县委办公室干部张思义到灾情严重的城关区考察，每到一个村庄，他都要问清村名的来历和现实情况。在五爷庙南的沙丘上，他说："这里可以栽上树，防风固沙。几年后就是一片好绿林。"走到郭庄南的盐碱地上，他说："想法儿治住它，把一片白变成一片青。"走到县委北边的一个大水坑旁，他说："这里可以种藕、养鱼。"

回到县委，他兴致勃勃地对大家说："兰考是个大有作为的地方，问题是要干，要革命！兰考是灾区，穷，困难多，但灾区有个好处，它能锻炼人的革命意志，培养人的革命品格。革命者要在困难面前逞英雄！"

焦裕禄的话，说得大家心里热乎乎的。大家议论说，新来的书记看问题高人一着棋，他能从困难中看到希望，能从不利条件中看到有利因素。

到兰考的第 4 天，焦裕禄来到了城关区的老韩陵村，挨门挨户到群众家中访问，问吃得咋样、烧得咋样，看屋里有多少粮食，有棉衣、被子没有。他来到饲养员萧位芬的牛屋，坐上地铺，说道："大爷，喂牲口很辛苦哇！"萧位芬回答说："解放前我啥苦没吃过？比起那时候，这不算苦。"焦裕禄说："和老天爷斗，要有不怕苦的精神。解放前的苦，苦得没有指望。如今的苦，是先苦后甜，日子越过越好。"经身边人介绍，萧位芬才知眼前装束平平的人就是新来的县委第二书记焦裕禄。

3 天之后，焦裕禄在老韩陵村召开了一天群众座谈会，晚间便住进了萧位芬的牛屋。这一次，他给这位老饲养员出了一道大题，问他改变兰考的面貌有什么好主意。萧位芬十分为难地说道："焦书记，这么大的事儿，我这个大老粗能有啥主意？"焦裕禄笑道："改变兰

焦裕禄病逝后，老韩陵村饲养员萧位芬哭得死去活来

考面貌，人人都有份。您年纪大，有生产经验，我今天是来学习请教的。"

萧位芬想了想，说："沙土窝能种泡桐树，挡风压沙用处多。俺村一头牲口合50多亩地，非多养牲口不可。"焦裕禄听了高兴地说："这个主意好！"他们越谈越兴奋，一直谈到深夜。

在基层调研，焦裕禄听到一个令人啼笑皆非的真实故事：兰考县原本盛产优质泡桐木材，已是全国闻名。由于近年遭受了灾难性的破坏，偌大的县境内竟收购不到一车木材。上海的一家乐器厂来人收桐木制作乐器，却无处可觅，最后竟然挨家挨户收购了一车农民炊事所用的兰桐板制作的破风箱，解了乐器厂的燃眉之急。焦裕禄心想：当年斧头让兰考的生态受到了严重破坏，今天我们要用锄头种上泡桐，还上环境上的历史欠账。

12月17日，焦裕禄在深入调研的基础上写出《关于城关区韩陵公社进行巩固集体经济发展农业生产第一步工作情况的报告》。在这篇报告中，他对当前形势、集体经济状况、各阶层思想动向作

了细致准确的分析,并具体分析了此地种泡桐树的有利条件和益处,还强调"应该大力发展牲畜,这是搞好农业生产的主要一环"。县委批转了这份报告。

因县委书记王金碧正式调走,焦裕禄被正式任命为县委第一书记,开始了他主政兰考的新时期。

（九）
"泥腿子"的时间到哪儿去了

到兰考后，焦裕禄先后找县委副书记，正、副县长，县委常委等十几位同志谈话。他对一部分干部被灾害吓倒、缺乏改变兰考面貌的信心，少数人不愿留在灾区的现象进行了深刻的批评教育。

焦裕禄经常讲："要尽量减少会议，走出办公室，到下边去巡回检查，调查研究。要眼睛向下，面向基层，面向生产。布置生产，检查工作，要以生产为出发点和落脚处。"

一个冬夜，北风呼啸，天气寒冷。62岁的副县长张奇给焦裕禄打电话，想找他汇报劝阻灾民的情况。焦裕禄接到电话，说："你不要来了，我到你那里去。你恁大年纪了，这么大的风，天又冷，等着我……"说完，放下电话，赶到张奇住处。

听张奇汇报完劝阻灾民外流的情况后，焦裕禄说："我有事正要找你商量，你是老同志，在兰考工作时间长，你对当前我们的领导干部有什么看法？"张奇说："现在个别人害怕困难，在灾难面前畏首畏尾，嫌灾区苦，不愿留在这里工作。"

焦裕禄说："人的思想出了毛病，比庄稼出了毛病危险更大。

这些问题,我们必须马上解决。"他俩谈了很久,就兰考当前的形势、干部的思想状况、如何尽快改变兰考面貌——交换了意见。

为了及时反映全县各条战线的工作和思想情况,他指示县委办公室创办了《情况摘要》。之后,每一期他都亲自批阅。

1963年1月1日,焦裕禄收到群众来信,反映城关区盆窑公社个别干部的问题。他亲自到公社了解调查情况,发现一些干部不执行按劳分配政策,有的严重贪污多占,甚至剥削雇工,放高利贷,损害集体利益,严重地挫伤了群众的劳动积极性。他立即会同区、公社党组织进行了认真处理。第二天即向全县发出《看盆窑公社部分党员干部的思想作风恶劣到何种程度》的通报,严厉批评道:"少数人已没有一点共产党员的气味了,他们的所作所为和过去的地主、伪保长无大区别,简直坏极了!"他要求全体干部群众"结合社会主义教育运动,坚决搞好生产队的分配,认真解决和端正干部的作风"。

这期间,焦裕禄经常思考:"群众在灾难中两眼望着县委,县委挺不起腰杆,群众就不能充分发动起来。'干部不领,水牛掉井',要想改变兰考的面貌,必须首先改变县委的精神状态。"

在县委扩大会议上,焦裕禄要求各级领导同志带头到困难队去,与基层干部和群众同甘苦共患难,为改变穷困地区面貌作出贡献,为基层干部作出榜样,真正做到身不离群众、心不忘灾区。

1月初的一个寒夜,焦裕禄通知县委委员开会。人到齐后,他说:"咱们到车站去看看。"大家不知意图,跟着前往。

　　兰考火车站风雪弥漫，天寒地冻，许多灾民等候着开往外地的火车。此情此景，让焦裕禄想到当年自己一家几口随老乡逃荒到徐州火车站的场景，他的双眼湿润了。

　　焦裕禄心情沉重地问身边的几个灾民："你们是哪里人？到什么地方？"一问，肯定了之前的判断：这些人都是兰考灾民，多是到外地要饭或投靠亲友的。焦裕禄噙着眼泪不停地向乡亲们鞠躬："大家是被灾荒逼走的，真对不起你们哪！我们很快会用热炕头、白面馍馍把你们接回来的！"

　　焦裕禄问了一圈之后，在风雪中哽咽着对县委委员们说："同志们，这些人绝大多数是我们的阶级兄弟，是灾荒逼迫他们到外面去的。这不能怪他们，责任在我们身上！党把36万人民交给我们，我们没能领导他们战胜灾荒，应该感到羞耻和痛心……"讲到这里，大家都难过地低下了头。焦裕禄满脸是泪，再也讲不下去了。据了解，全县36万人中逃荒出去的就有3.8万人。

　　回到县委会议室，已经是午夜时分了。大家的心情都很沉重，发言都很激动，并表示：今后要齐心协力，带领群众改变兰考面貌。

　　焦裕禄听了大家的发言之后，说："我们经常口口声声说要为人民服务，我希望大家能牢记着今晚的情景，这样我们就会带着阶级感情，去领导群众改变兰考的面貌。"

　　地处豫东黄河故道的兰考县，是个饱受风沙、内涝、盐碱之患的灾区。环境如此凋敝，何谈产粮。故乡无粮，只能希求他乡。曾在兰考火车站瑟瑟发抖、准备到蚌埠找出路的穷娃子，当年的坝头雷辛庄大队会计雷中江，到 76 岁之年还记得 1963 年 3 月的一个夜晚，焦裕禄一手握着他的手，一手揽着他的肩，问他是哪个村的，到哪里去。这让衣薄裤单肚皮空的他心头一热。"1963 年 3 月，我背着家里的土布上蚌埠，想跟人换些红薯片、萝卜干、高粱啥的，跟几个小伙伴要扒火车的时候，被焦书记遇到了。他说：'我是县委老焦，恁走，说明我没领导好恁。'"晚年回忆起第一次遇到焦裕禄的情景，雷中江潸然落泪，"他穿得很朴素，也没官架子，不说也没人认得他，那样子比老百姓还老百姓。"

雷中江情不自禁地做着焦裕禄当年对大家讲话时的手势，不时用手擦着眼角，有些哽咽："想起那个场面，很难忘。像我们这些人，提起他就要掉泪啊！为啥掉泪？他那个吃苦耐劳的劲头，那种实干精神，那种对群众的感情都是实实在在的。"每次到兰考县城，雷中江老人都会抱着一颗怀念之心拜谒焦裕禄陵墓。

县委大院坐落在一片碱洼地上，屋里屋外总是湿津津的，几天不打扫，墙上、地上便会长出半寸长的白碱毛。有人风趣地戏称县委大院是制碱厂。在焦裕禄来兰考之前，大家便在酝酿搬家的事，还提出了一个装潢县委和县人委领导干部办公室的计划。

焦裕禄来兰考后，这个问题被提了出来，引起他很深的思考：兰考是灾区，穷室破檐，资金困难且不说，最严重的是一些干部滋长了追求享乐的不良作风。他针对这部分人的思想，提出了一个"与人民共甘苦共患难"的口号，更提出了一个尖锐的问题："住在湿屋子里，坐在破椅子上就不能革命吗？兰考的灾区面貌还没有

焦裕禄当年在兰考的工作笔记（余玮 摄）

改变,还吃着大量的国家统销粮,群众生活十分困苦,富丽堂皇的装潢不但不能搞,连想一想也很危险!"

一番话引起大家的深思,有的干部当即表态:"艰苦奋斗是我党的光荣传统,不能丢掉!"最终,县委摒弃了装修办公室的计划。

当年,焦裕禄组织县委委员们学习《为人民服务》《纪念白求恩》《愚公移山》等文章,鼓舞大家的革命干劲,勉励大家像张思德、白求恩那样工作。后来,焦裕禄还专门召开了一次常委会,回忆兰考的革命斗争史。在残酷的武装斗争年代,兰考县的干部和人民同敌人英勇搏斗,前仆后继。有一个区,曾经在一个月内有9个区长为革命牺牲。烈士马福重被敌人破腹后,肠子被拉出来挂在树上……焦裕禄说:"兰考这块地方,是同志们用鲜血换来的。先烈们并没有因为兰考人穷灾大,就把它让给敌人,难道我们就不能在这里战胜灾害?我们常讲为人民服务,为人民服务是具体的,不是抽象的,现在正是我们为人民服务的时候,不然的话,我们就对不

起党,对不起烈士,辜负了人民
对我们的期望。"

一晃,1963 年的春节就在
眼前。焦裕禄亲自起草了一份
《关于鼓足干劲,搞好生产,勤
俭过春节,防止浪费的通知》。
通知指出,兰考是灾区,面临许
多困难,过节必须坚持勤俭节
约、谨慎持家的精神,从俭办一
切事情。不论集体或个人,不许
浪费一分钱,不办不该办的事。

通知要求全县共产党员和

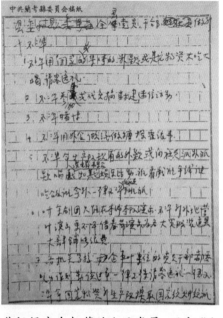

焦裕禄亲自起草的全县党员、干部"十不准"(吴志菲 摄)

干部切实做到"十不准":1. 不准用国家的或集体的粮款或其他物
资大吃大喝,请客送礼;2. 不准参加或带头搞封建迷信活动;3. 不
准赌博;4. 不准用粮食做酒做糖,挥霍浪费;5. 不准拿生产队现有
的粮款或向社员派粮派款唱戏、演电影、办集体和其他娱乐活动,
谁看戏谁拿钱,谁吃饭谁拿粮,一律不得向社员摊派;6. 业余剧团
只能在本乡、本队演出,不能到外地营业演出,更不准借春节演出
为名大买服装道具,大肆铺张浪费;7. 各机关、学校、企事业单位和
党员干部都要以身作则,勤俭过年,一律不得请客送礼,一律不准
拿国家物资到生产队换取农副产品,不准用公款组织晚会,不准送
戏票。礼堂 10 排以前的戏票不能光卖给机关干部,要按先后顺序

卖票,一律不准到商业部门要特殊照顾;8. 不准利用职权到生产队或其他部门索取物资;9. 积极搞好集体的副业生产,增加收入,改善生活,不准弃农经商,不准投机倒把;10. 不准借春节之机,大办喜事,祝寿吃喜,大放鞭炮,挥霍浪费。

这个"十不准"的通知,是一份既平常又不平常的通知。说它平常,是因为通知所规定的每一条准则,都是每个共产党员、革命干部时刻应该想到、做到的基本准则;说它不平常,是因为通知所规定的每一条准则,都闪耀着共产主义的思想光辉,都是对特权思想的有力批判。

在采访中,笔者高兴地注意到,2014 年 3 月,兰考县委以焦裕禄为标杆,结合兰考当时的实际,下文制定了《兰考县党员干部"十不准"》,要求全体党员干部用实际行动践行党的群众路线。新"十不准"为:不准收

2014 年 4 月 23 日,某地质量技术监督局工作人员在兰考县焦裕禄同志纪念馆细阅当年的"干部十不准"(余玮 摄)

受礼金、有价证券、商业预付卡和贵重物品;不准利用职权为家属亲友谋取私利;不准插手工程项目招投标;不准私自从事商业营利性活动;不准对服务管理对象吃拿卡要;不准大操大办红白喜事,实行红白喜事报告制;不准用公款大吃大喝、挥霍浪费;不准用公

款旅游或变相用公款旅游;不准参与任何形式的赌博;不准拜把子、拉圈子。

当年,兰考一连串的教育活动,使县委领导核心在严重的自然灾害面前站起来了。他们摒弃了在自然灾害面前束手无策、不敢作为的懦夫思想,从上到下坚定地树立了自力更生消灭"三害"的决心。在焦裕禄的倡议下,原来的"劝阻逃荒办公室"(简称"劝阻办")改成"治理三害办公室"(简称"除'三害'办")。他多次强调,风沙、内涝、盐碱这"三害"不除,兰考人民就过不上好日子,要因地制宜,查风口,探水情,一切从实际出发,与"三害"展开不懈斗争。

"服务群众的办法,还得从群众中找。"在艰苦的摸底调查中,焦裕禄和调查队的同志经常在截腰深的水里吃干粮,蹲在泥泞里歇息,成了名副其实的"泥腿子"。

"兰考沙土地多,骑不动自行车就下地走。挖排水渠的时候,要查水的流向,哪有时间吃饭? 捧一把小河沟的清水喝,啃点自己背的馍。我爸自己还编了个顺口溜:'沿着河,背着馍,渴不着,饿不着。'"焦裕禄的二女儿焦守云回忆道,"县里开会,我爸一般不念稿。他有好几本笔记本,往桌子上一摊,他就知道他讲的问题在哪个本上第几页。他说吃别人

焦裕禄的劳动本色为群众所传颂

嚼过的馍没味道,其实后面还有一句:还是自己做的饭菜香。"

在兰考,焦裕禄主张干部直接深入群众,和群众融合在一起,与群众同吃同住同劳动。焦裕禄去杜瓢大队的大田里时,社员们正忙着春耕。由于耕牛不足,更多的是人拉犁。焦裕禄就和乡亲们一起拉犁,把身子绷成一张弓,头上热汗直淌。一旁的村民说道:"咱们村里人都说你不像个县委书记。

电视连续剧《焦裕禄》剧照

县委书记是多大官呀,咱看那唱戏的,过去县官出巡,那得坐八抬大轿,衙役鸣锣,百姓回避。你呢,是一进地里就干活儿,看你拉犁,看你铡草,可是个真正的庄稼把式。"

1963 年 2 月的一天,午餐时,焦裕禄吃着吃着,忽然手中的筷子伸到盘子里夹了个空。同事问:"焦书记,吃着饭你还在想啥?"焦裕禄说:"我怎能不想呢?改变兰考面貌的重担在咱们身上,全县 36 万人民眼巴巴地望着咱们呢!"

兰考的每一寸土地上,都布满了焦裕禄的脚印。他的时间,每一刻都用在抗灾斗争上。即使在吃饭时,他心里也无时无刻不想着带领群众抗击灾害,改变兰考面貌。焦裕禄长女焦守凤回忆道,在兰考的日子,父亲从来没带子女逛过公园,极少有机会享受天伦之乐。

这年 12 月 13 日晚上,北风刮得呼呼叫,小雨下个不停。焦裕禄身披雨衣,提了 2 斤羊肉、2 斤红糖、3 斤大红枣、5 斤黄豆,来到土山寨村农民郭汪民家。他敲了敲门说:"大娘,我来看您老人家啦!"大爷开了门,一看是焦裕禄,感激地说:"老焦,天这么晚你怎么又来了?!"焦裕禄坐在大娘床头说:"大娘的病好点了吧?我今天去红庙,听医生说,羊肉、红糖、红枣、黄豆放在一起熬汤喝,可以治浮肿病,我特意给您带来点试试。"

即使再恶劣的天气,焦裕禄还是坚持到群众中走访,经常顶着大风雪一走就是八九个村子。他说:"在这大雪拥门的时候,我们不能坐在办公室里烤火,应该到群众中间去。共产党员应该在群众最困难的时候,出现在群众面前,在群众需要帮助的时候,去关心群众,帮助群众。"

确实,焦裕禄的日程里满满的都是到基层去,和群众在一起是他工作的常态。"一辆单车走兰考,36 万群众装心里。"哪里风沙大,

焦裕禄与群众在一起的场景（雕塑作品）

95

焦裕禄检查兰考
水情（美术作品）

他上哪儿;哪里号子响,他上哪儿;哪里矛盾多,他上哪儿。饿了啃掉渣的窝窝头,困了与百姓一起睡草窝窝。

他拖着患有肝病的身体,在一年多的时间里,跑了全县140多个大队中的120多个。在带领全县人民封沙、治水、改地的斗争中,焦裕禄身先士卒,以身作则。风沙最大的时候,他带头去查风口,探流沙;大雨倾盆的时候,他带头蹚着齐腰深的洪水察看流势;风雪铺天盖地的时候,他率领干部访贫问苦,登门为群众送救济粮款。他经常钻进农民的草屋、牛棚,把群众同自然灾害斗争的宝贵经验一点一滴地集中起来,这些经验成了全县人民的共同财富,成了战胜灾害的有力武器。

双杨树村离兰考县城5公里,吴伯军老人在焦裕禄任县委书记期间是这个村最年轻的村干部,时任团支部书记。"我见过10多次焦书记。从说话和穿戴上看,那样子比老百姓还老百姓。"老人情不自禁地做着焦裕禄当年对大家讲话时的手势，不时用手擦着布满皱纹的眼角。"他那个吃苦耐劳的劲头，那种实干精神，那种对群众的感情，都是实实在在的。"

焦裕禄逝世后，吴伯军几乎任遍了除妇联主任外的其他所有村干部职务。"干什么都是干，只要能像焦书记那样为群众干活！"2003年，双杨树村在兰考率先进入柏油路时代；2005年，双杨树村党支部被中央组织部评为"五好党支部"。

双杨树村村民姚留学说："每年清明、阳历5月14号，村里老年人都会去看焦书记。"姚留学家后院有两间青砖青瓦、木窗木门的老屋，一间已经坍塌，在前后楼房的映衬下，愈加显得低矮。凝视着老房子的门窗，姚留学说起往事：这房本是公社的公房，他家就在旁边。焦裕禄当年骑着自行车来公社调研时，姚留学总帮他到村里喊人。在这间房里，姚留学亲眼看到坐在砖头上跟村民开会、把膝盖当办公桌记笔记的焦书记常常用右膝顶着肝部。"后来才知道，那时他的肝病已经很要命了。"姚留学双眼湿润了，"为了俺们兰考人，他一直硬撑着，连给自己看病的空儿都没有。"

20世纪70年代，因为发展的需要，公社把公房和姚家私房进行置换。近年来，村中的老屋都被新建的平房所取代，姚家后人要把这两间破败的老屋扒了，姚留学坚决不同意："瞅见它，俺就瞅见了焦书记。"

党员干部骨子里有没有爱民情怀，是不是真的把群众装在心里，是不是真正深入群众中去了，是不是真心帮助群众解决问题，

兰考县人民治理内
涝、风沙、盐碱

老百姓一眼就看得出来。今天人民群众之所以呼唤焦裕禄，就是因为期望党群关系返璞归真，党的优良传统能传承下去。以焦裕禄为榜样，见贤思齐，就是要"下高楼""出深院"，放下架子，迈开双脚，直接到群众中去，到田间地头去，听真话，察实情，像当年焦裕禄带领群众治"三害"那样，解决好困扰基层发展的老大难问题。特别是今天，要处理的矛盾和问题更复杂，更需要像焦裕禄那样到群众中去，与群众交朋友，把群众当亲人，知道群众想什么、盼什么。只有真正深入群众中去，面对面听取人民群众意见，把群众反映的问题和意见收集起来，对照检查，勘误纠错，集中整改，才能真正得到群众的拥护与爱戴。

当下，有些党员干部把时间用在追求奢靡享乐上，忙着走局子、串场子,他们也忙得不可开交、焦头烂额……这样的人,终将被群众抛弃。有些党员干部把时间用在形式主义上,一个会议接一个会议,一个发言接一个发言,总感觉时间不够,总感叹分身乏术。每逢总结成绩,搬出来的都是空话套话。他们总是被时间推着走,总是漫无目的、碌碌无为……这样的人,终将被百姓疏远。

向焦裕禄学习,就要把时间用在密切联系群众上,去田间地头,去厂矿工地,去社区街道,听取群众意见,学习群众智慧,接了地气,才会步履稳健,才能分析准确、对症下药,才能从纷繁复杂的问题中厘清头绪、找准症结,事半功倍地推进工作,成就跨越式发展。向焦裕禄学习,就要把时间用在为人民服务上,把为人民服务时刻放在重要地位,巧妙地总结经验,智慧地运用时间。

（十）
"绿色革命"背后的高大身影

东坝头有个下马台，是兰考最大的风口，行走艰难，自古有"文官下轿，武官下马"之说。下马台原本是临大路的一个村庄，因为沙丘移动，村舍、水井被埋没，村民弃家外逃，这里变成了一个方圆50亩的大沙丘。

如今，下马台刺槐参天，鸟鸣啁啾。"当年这里全是沙堆，最大的时候有50多亩，风一吹像长了腿似的到处跑，有时一夜之间跑出好几米远。焦书记来了，带领大家翻淤压沙，栽上刺槐，沙堆慢慢被固定住了。"村民雷中江这样回忆道。

除了刺槐，当年给兰考大地"扎针"最多的是泡桐。泡桐对土壤不挑剔，好种，易活，长得快，3年成檩，5年成梁，全身都是宝：根能防风固沙，躯干可以用作板材，粉碎后的枝杈能做胶合板，叶子和花能做有机肥。兰考人每每看到泡桐，似乎就看到了焦书记的身影。

1962年12月22日上午，焦裕禄主持县委扩大会议，主要传达了中南局林业会议精神及省地领导讲话，并提出了发展林业的重

焦裕禄在兰考县
委扩大会议上
（美术作品）

要性及其落实措施，强调："全县党员干部迅速行动起来，大搞植树造林。社队设立护林主任、护林员，订出护林公约。以后，全县人民每人每年至少要种一棵树，县建立育苗场，社队有苗圃，重点搞好防风林带，大力恢复和发展泡桐、白蜡条等好栽好活的树种。"

两天后，他在强调造林问题时说，多造一亩是一亩，多栽一棵是一棵——做好采种育苗工作，尽快确定树木所有权，建立责任制，实行管理分成，颁发林权证。为加强经营管理，提出"六包""六定"措施：临时包工、小段包工、大段季节性包工、常年包工、专业包工、连续包工，定任务、定完成时间、定劳动报酬、定质量标准、定期检查、定奖罚制度。他指出，林区最好将林木和土地一齐包下去，按照比例分成。

1963年3月，河南省委第二书记何伟到兰考检查工作。他在省里看到兰考关于除"三害"的设想，见兰考县委决心很大，想考验一下。曾担任兰考县政府办公室主任的樊哲民日后回忆说，何书记来到兰考后，把兰考周围杞县、开封、民权、东明4个县的县委书记叫来开会。"何书记说，兰考是豫东老灾区。多少年来，因为风沙、盐碱危害，群众生活很苦。解放后，没有改变。咋办？周围4个县都在，把兰考一分4份，一个县分一份，就不用提兰考问题了。"樊哲民回忆，这是何伟书记的激将法，想要考验兰考的决心。"新上任4个月的焦裕禄书记当即立下军令状：我们设想3年改变兰考面貌。3年是宽限，3年改变不了，我死不瞑目！"

焦裕禄心想，要率领人民根治"三害"中极为凶顽的"沙害"，就必须把全县1800平方公里土地的自然情况摸透，掂一掂兰考的"三害"究竟有多大分量，"沙害"又有多大分量。

一个春日的早晨，雾霭、沙尘迷蒙于昏黄的天地之间，萧索的村落若隐若现，西北方向猛然升起一股赭黄色的沙柱，拔地而起，由低而高，接云触天。沙柱逐渐变粗大，在打旋，在叫嚣，俄顷，沙柱分作两股，一奔东南，一奔西南，风驰电掣，遮天蔽日。

焦裕禄大声发问："现在起风的是什么地方？"熟悉地理的人答道："黄河滩！"焦裕禄接着问："哪一个村庄？"答："朱庵村！"又问："会落到哪里去？"答："还不清楚……"焦裕禄指着天空，大声喊道："风有风路，沙有沙路，水有水路，人有人路。这风向、沙路规律，我们必须弄个清楚！"

于是他们顺着风沙游走的方向穷追不舍，观察着，议论着，喘息着，一直追到了胡集村的东头。又一阵疾速的风沙卷扑而来，焦裕禄把自行车平放于沙地，与同行者一样，眉眼口鼻之中都灌满了飞沙尘土。

焦裕禄立在呼啸的黄风沙暴中，定定地看着这个风口，想起了兰考人讲给他听的一个故事：一个未及时逃离风口，或无力逃离风口的老妪被风沙活活掩埋，死在了黄沙之下。他想，如果不能治住罪恶的风沙，今后的兰考大地上又有多少父老乡亲将要忍受着长期的、如被埋盖的苦痛？

又一个春日的早晨，黄风骤起，飞沙蔽日。焦裕禄带着满身的沙尘冲进了县委办公室，大声地招呼着他的同志们："走吧，同志们，这种天气，正是发现风口的好机会！哪里风最大，就到哪里去！仪封公社不是有很多沙丘吗？就到仪封去！"

为了考察沙地情况，焦裕禄与其他同志在仪封以南的地区走访了10多个村庄。看到一片白茫茫的荒沙地，麦苗多被风沙打死，他十分心痛，并总结出风沙的"八大罪状"：起坟掘墓、打毁庄稼、填平渠道、封闭水井、压毁房屋、逼人搬迁、埋死活人、堵塞道路。

治服风沙最有效的方法便是种树，"要想富，栽桐树"。焦裕禄打定主意，搞一场绿色革命——植树造林！

阳春三月，正是栽种泡桐的黄金期。焦裕禄来到了规划中重点发展泡桐种植的胡集大队，和群众一起参加植树造林劳动。

其间，大队书记说："胡集既然是全县发展林业的重点，植树造林就要搞出个样子来让人看看,就要纵横成行,整齐划一。零栽散植的桐苗一律移栽。"而大队长说:"人挪活,树挪死。不能追求形式上的美观,应从生产实际出发。"社员们一齐说:"那就请焦书记拿主意吧!"

焦裕禄沉思了一下,笑了:"双方都有道理。但我们办事情,想问题,一定要抓主要矛盾。眼下的主要问题是度荒救灾,发展泡桐就要先顾吃饭,后顾好看。"他指了指苗圃里的幼桐苗说:"这些桐苗往地里移栽时,要考虑到便于机耕。"他又指了一下已经散栽于田的独树说:"这些树先不要动了,不管它成行不成行,保证它活下去就行。我们要从实际出发,讲求实效。三五年后,桐树长大,风沙治住了,便于机耕的农桐间作形成了,再考虑营造美化城乡林的问题。"

人们对于绿色梦境的渴望,瞬间变为强大的动力,整个田间沙土飞扬,镐起锨落,欢声四起。焦裕禄拿起镐锨,挖下一个个坑,栽植一棵又一棵泡桐幼苗。

在一次县委会上,研究造林问题时发生了类似的争论:有人主张把树种到沙丘上、风口上,防风固沙;有人主张种到大路旁,绿化环境。焦裕禄总结时说:"两种意见都有道理,都应当实现,但有个步骤问题。我的意见是'先顾吃饭,后顾好看'。"大家觉得这个总结全面周到,主次分明,扼要生动,争论双方都愉快地接受了焦裕禄的意见。

一天,焦裕禄来到位于老韩陵村的泡桐试验站。来兰考的两名大学生朱礼楚、魏鉴章正在这里进行泡桐试验。

老韩陵村的老人都对朱礼楚印象很深。朱礼楚老家在江西崇义，湖南林学院林学系本科毕业后分配至国家林业部，被委派到南京林学院跟随苏联专家做研究生。1960年，中苏关系破裂，朱礼楚被重新分配到洛阳林科专业学校任教，正值"三年困难时期"，任教不足一年，学校停办，后被分到兰考县林业局任职。

"我比焦书记更早来到兰考。我是几经辗转来到兰考的，被分在城关公社老韩陵村大队林场搞泡桐研究。"采访时，朱礼楚虽然行动不便，但精神很好，思路清晰。初来兰考时，由于生活条件太苦，朱礼楚几次想调走。但在一次和焦裕禄聊天后，他就下定决心在兰考扎根。

那天，朱礼楚、魏鉴章为测定风速，整整野战了一天，鼻口塞土。老韩陵公社书记郭志忠、县委除"三害"办公室主任卓兴隆带

林业科学工作者魏鉴章（左）与朱礼楚（中）在焦裕禄精神鼓舞下，决心在兰考干一辈子，把兰考建设好

领焦裕禄来到了试验站,特地看望两位专家。郭志忠介绍了焦裕禄,也介绍了二位专家。二位江南才子感动了:他们做梦也没有想到,县委书记会亲自登门看望他们。

一见面,焦裕禄就问朱礼楚是哪里人。朱礼楚说,江西人。焦裕禄又风趣地说:"我也不是河南人,我们都来自五湖四海,为了一个共同的目的走到一起了。"

在朱礼楚的回忆中,这位县委书记谦和地笑着,亲切地同他们交谈:"来兰考工作习惯吗? 你们说兰考这地方怎么样?"魏鉴章直言不讳:"没有南方好,这里风沙大,群众生活苦,搞研究有困难。"焦裕禄点点头说道:"对啊,兰考是个风沙区,又连年受灾,生活是苦一些,但这只是暂时的。兰考有这么多沙丘,只要我们大搞植树造林,大搞农桐间作,风沙是可以战胜的,生活是会好起来的。""兰考有90多万亩耕地,可以搞40万亩农桐间作,你们是泡桐研究人员,到哪儿能找到这样大的研究基地呢?""你们很年轻,要善于学习,善于在困难中学会斗争,困难能考验人、锻炼人,对你们成长大有好处!"

两位江南才子凝神静思,在一片沙荒中,他们看到了绿树,看到了光明。过了一会儿,焦裕禄指着一棵泡桐树高兴地问:"这树为啥长得好?"接着,他语重心长地说:"长得好,是因为深深把根扎才能根繁叶茂;做人要像泡桐一样,扎根基层、群众,才能干出一番事业来!"这番话对朱礼楚触动很大。从此,他就再也不提调走的事,专心搞起泡桐的种植研究。

后来,焦裕禄住到了老韩陵村萧位芬喂牛的牛棚中,离泡桐试验站只有一里地。焦裕禄有空就到试验站,对二位技术员嘘寒问暖。得知朱楚礼、魏鉴章这两个南方人吃不惯粗粮后,他立即安排县委食堂的司务长送来两袋大米。在那个粮荒成灾的年月,他们竟然一次拿到了40多斤大米!细一问,朱礼楚才知是焦书记把自家的配给大米给了二位南方青年。

这个试验站起初整个苗圃只有50亩,由于初步繁育泡桐,种苗奇缺,只得想出各种应急办法。将一棵大桐树刨掉,春日便在树坑的周围发出一圈嫩芽。将小小嫩芽刨起栽种,一棵老树可发百棵。若以树根栽植,便将根截成15~20厘米一段,埋入土下。若是粗壮的大根,便可劈为三瓣或四瓣。土壤与湿度适宜之处,还可插枝。总之,十八般武艺全部用上。

"来兰考后悔,留在兰考不后悔。"朱礼楚曾这样感慨道,"焦书记用他的人格魅力留住了我。"

1964年5月,焦裕禄离开了他所挚爱的土地和人民。闻讯,朱礼楚悲恸万分,他知道焦书记还有许多未竟的事业。想起焦书记曾说过,兰考的苦是暂时的,泡桐搞起来以后,兰考很快就会有变化,朱礼楚决心完成焦书记的遗愿,在兰考种活泡桐,并大面积推广。

试验在地窖中进行,这样的工作条件很艰苦,但是朱礼楚甘之若饴。农桐间作以粮为主,兼种桐树,因此一亩地一般只种4棵。对治沙而言,这就像扎针一样。朱礼楚在农桐间作试验田里发现,别看就栽了几棵桐树,但对改变农田小气候非常有效,特别是消除了干热风。据当年河南省气象局的统计,全国每年因干热风造成的小麦减产达 15 亿公斤。而有泡桐的地方,粮食能增产 20%。

1966 年,中国林业科学院院长吴中伦来兰考考察农桐间作,朱礼楚陪同。"在田里,他高兴得像个小孩儿,见一棵树抱抱,见一棵树抱抱。"朱礼楚笑着回忆当时的情形。吴中伦说:"走了那么多地方,见了许多农林间作,没有像兰考这样林相完整、效果这么好的。"

和焦裕禄仅有的几次接触,足足影响了朱礼楚的一生,老人曾说:"每次下乡看到泡桐树,就像又见到焦书记那样亲切。"

老韩陵村老人张根田回忆说,当年这些大学生借鉴柳树的种法,发现泡桐插枝也能活。一棵桐苗能发出 30~40 棵的枝,一亩地能育苗 800 棵。从 1964 年、1965 年开始,泡桐苗就开始往外卖了,当时的苗圃基地有 100 多亩。村民笑称朱礼楚、魏鉴章为"绿林好汉"。

当年,老韩陵村的张二宝、张根生和张根群这 3 位少年因一起住在地窖里看护防风固沙的泡桐苗,还被焦裕禄起了个称号——"护林小英雄"。早年奔跑在林间的英雄少年,如今已成为步履蹒跚的老人。但闲暇时,三位老伙计仍会互相搀扶着来到村旁泡桐林里,你一言我一句地回忆焦书记:"有次,那辆破二八车坏在路上了,他硬是推着来了。""他胃不好,总跟咱们一起吃红薯干。"

那时候,国家还没有确立 3 月 12 日为植树节,而焦裕禄当年

被焦裕禄命名为"种树五老将"的老人（左起：吴连启、沈祥德、刘忠行、王明法、王自兴）

就提出"3月份可以作为造林、护林月"。

许多兰考老人记得，焦裕禄曾顶着大风到红庙区白楼公社，于飞沙走石、天昏地暗中召集干部群众讨论治沙办法。他提出要造防风林带，挡风固沙。公社根据他的建议，对全社沙地进行规划，发动群众采集树种，购买树苗，开展了声势浩大的植树造林活动。

焦裕禄还和除"三害"办公室主任卓兴隆一道顶着狂风，冒着风沙，先后跑遍了胡集、王庄、高场、姜楼、二坝寨5个村庄，哪里风大往哪里顶，哪里沙丘高往哪里走。每发现一个风口，即做笔记。他召开了城关北部6个公社的干部会议，要求统一行动，植树造林，挡风固沙。1963年春天，6个公社造防风林带5条，形成了联防阵势。

1963年7月11日，焦裕禄起草了《关于坚决造好护好林，从根本上改变兰考面貌的意见》。他强调:"沙区必须坚持'以林保农,以农养林,农林密切结合'的方针。当前在林业生产上,应以保护好现有林木林苗为中心。今冬明春,大搞造林运动,力争在3年内调整好林木面积和各种防护林,5年内得到效益,消灭风沙危害,保证农业生产,增加社员收入,彻底改变我县面貌。那时大家就不再是灾民了,而有运不完的花生、大枣、泡桐和瓜果了。"

关于如何发展林业,他提出了10条具体措施,其中包括教育群众提高对植树造林的认识,制订护林公约,建立护林组织,专设护林员,严禁在林区开荒和严防猪、羊到林区啃青等,有计划地种植和采伐,以便形成一种人人种树、人人爱树、人人护树的好风气。

到1963年年底,焦裕禄为调查除"三害"情况来到胡集大队之时,发现该队自入冬以来就组织了植树专业队,认真开展了植树造林活动,分片包干,包栽包活,造了防风林带,又造了沙丘林——既种植材林,又种植经济林。仅一个月的时间,就造林2510亩,其中白蜡条2400亩,沙丘林50亩,防护林带9里(面积60亩),还补接老林带80亩。同时对4万株根生桐苗全部进行了根部培土,做了防冻管理工作。焦裕禄及时总结了胡集大队的造林经验,全县推广,有力地促进了冬季治沙造林活动的开展。

这年年底,兰考县第四届人民代表大会召开,焦裕禄向大会作了形势报告。在这次报告中,他道出了整个兰考县的绿化规模——一年来,全县造林21014亩,育苗773亩,"四旁"植树146万株,打防风林带186条,堵风口83处……

如今，每到阳春四月，兰考到处都是成片的翠绿树林，一个个村庄掩映其中，绿油油的麦地里长着一排排泡桐树，粉紫的泡桐花开得正盛，成为当地一道独特的景观。有一年，因为有关焦裕禄的长篇电视剧拍摄需要，导演提出要在当地找一处大点的沙荒地，再现兰考"三害"肆虐的情景。这让当地人很是为难："上哪儿去找呀？兰考现在真是没有大片大片的沙荒地了。"其实，此前在兰考拍摄有关焦裕禄的电影，就几乎找不到沙包，外景地只好选在离兰考千里之遥的陕北榆林。

当年泡桐是遮风挡沙的"保护伞"，如今泡桐则成为兰考人民的"绿色银行"：自20世纪70年代末开始，当地群众利用泡桐开展木材加工，生产乐器和高档家具，逐渐产业化。如今，用兰考泡桐制作的家具和乐器，因为不易变形和音质优美，早已漂洋过海，远销日本、东南亚，成为兰考县的两大支柱产业。兰考人眼下盘算的是：开拓欧洲市场，把家具厂、乐器厂办到海外去。据悉，中州乐器厂生产筝的音板都是用兰考泡桐制作的——兰考的土质长出的泡桐不易变形，透气、透音性能好，被誉为"会呼吸的木材"。

兰考人都说，泡桐是"根生、籽生、插下生"，易栽易活。扎根在盐碱、风沙中的泡桐树，生长的环境如此恶劣，何以用它制作的乐器发出的声音竟美如天籁？泡桐啊，你付出了怎样的努力，秉承了怎样的精神，才能奏出一曲快乐而自豪的歌谣！

兰考泡桐树的传奇经历，被媒体形象地概括为"一棵树，一个产业，一种精神"。前人栽树，后人受惠，兰考后人最不能忘记的就是当年带领群众种树治沙的老书记——焦裕禄。正如人们传诵的新民谣所言:"泡桐花开美四方,丰收良田飘麦香。致富路上跟党走,焦裕禄精神代代扬。"

这片土地消灭了"三害",变得郁郁葱葱、生机勃勃;这里的人民学会了农桐间作,并熟能生巧;这座县城已教日月换新天,焦裕禄精神已融进这块土地的血脉,并转换为看得见、摸得着的"焦裕禄经济"。一排排泡桐树枝叶招展,傲然耸立,恍如千千万万兰考人在焦裕禄精神的感召下勇于攻克难关、兴地富民的高大身影。

（十一）

与肆虐的"三害"决一雌雄

2014 年 1 月起,第二批党的群众路线教育实践活动在省以下各级机关及其直属单位和基层组织中开展,强调"直接到群众中去听意见""向群众学习,拜群众为师"。根据中央统一安排,中央政治局常委同志各选择一个县作为联系点,习近平总书记选择了河南兰考作为自己的联系点。

对焦裕禄,习近平一直十分崇敬,视为人生榜样。2009 年,时任中共中央政治局常委、中央书记处书记、国家副主席的习近平在河南视察时,就专程来过兰考,致敬忠魂。在干部群众座谈会上,他把焦裕禄精神概括为"亲民爱民、艰苦奋斗、科学求实、迎难而上、无私奉献"。

2014 年 3 月 17 日至 18 日,习近平总书记赴河南省兰考县调研指导党的群众路线教育实践活动。短短一天多时间,习近平总书记参观焦裕禄同志纪念馆,看望焦裕禄同志亲属和基层模范代表,考察为民服务中心和民心热线,到农村面对面听取干部群众意见和建议,同乡村干部座谈,出席县委常委扩大会议并作重要讲话……习近平的日程排得满满当当。

这年 3 月的兰考之行,习近平总书记专门到东坝头乡张庄村,走进村民家看望,和干部群众座谈。他与地方干部群众见面时就说:"请大家讲,我们是来听的。"

兰考东坝头险工地段黄河渡口处,一座由 16 根水泥柱支撑、用雕刻石板围护、亭心安放纪念碑的亭子,吸引着过往的游客,他们纷纷在此游览休憩,合影留念。这座纪念亭所在地就是 1952 年毛主席到兰考视察黄河的地方,面对滔滔黄河水,一代伟人发出了"要把黄河的事情办好"的号召。当年的黄河决口处,如今已成大粮仓。

站在亭中眺望黄河,东坝头堤外,九曲黄河在这里拐了最后一弯,"几"字形的河湾水天一色,气势磅礴。这样壮美瑰丽的景色竟然是由当年黄河水患造就的。历史上黄河这条母亲河的水患给黄河滩区群众留下过深重灾难,也形成了黄河最后一道弯的壮美景观。习近平总书记在兰考考察期间,专门来到位于东坝头乡的黄河岸边,伫立远眺。当年,焦裕禄带领大家除"三害"的情景如放电影一样回放着。

数十年过去,至习近平总书记考察时,张庄村已经摆脱了自然灾害,奔走在发家致富的路上,土坯房变成了砖瓦房、楼房,土路也变成了水泥路。以前,村民的饮用水含氟量高,现在全部喝上了深井水,不少村民还用上了沼气。

看到随和亲切的习近平总书记,村民们踊跃发言。"我是焦裕禄精神的见证者。"雷中江老人是当年和焦裕禄一起治沙的老党员,他说,"焦裕禄依靠群众总结出了治沙治涝的方法,育草封沙,造林固沙。为了让兰考人民过上好日子,他献出了年轻的生命。焦书记虽然走了,但他在兰考人民心中永远还活着。""十八大以来中央作出'八项规定',又开展群众路线教育实践活动,使老百姓顺了气,有了劲,看到了我们党的光荣传统。我提三点希望:一是希望教育实践活动一抓到底,不要一阵风;二是希望党的干部特别是领导干部要像焦裕禄那样到群众中去;三是希望中央多想办法让农民的钱袋子进一步鼓起来。"老人的话质朴真挚,习近平总书记边听边记。

1963年5月8日,焦裕禄到仪封公社的代庄、水口、马庄、汤坟调查"三害"情况,发现汤坟村春季种高粱40亩却被风沙打死30亩,种棉花10亩只出了10棵苗。3个生产队播种的240亩麦子,全部被风沙打死或被碱烧死。焦裕禄立即将上述情况通报全县,要求各公社党委、大队支部、工作组都要切实具体地检查每个大队、每个生产队的生产实际情况和生活情况,针对不同问题,采取不同措施。

两天后,他来到了张君墓公社实地调查,看到风沙肆虐中的高粱、棉花断垄缺苗十分严重,如不及时补种,势必影响秋季生产与生活。他建议公社立即召开大队干部会议,讨论补救办法。

炎热的7月,焦裕禄为了掌握更全面的资料,带领风沙勘察队的几名同志到城关、三义寨和爪营公社的风口区进行了调查,结果令他更为痛心:城关公社有大风口 12 处,三义寨有 8 处,爪营多达 20 处,粮食因此减产严重。

在焦裕禄的领导与组织下,在各公社、大队群众的协助下,风沙勘察队经过 41 天艰苦紧张的工作,跋涉 1000 多里,走遍了全县各个角落,对沙荒、沙丘、风口的分布情况及其对农作物的危害程度,进行了全面实地勘察和丈量。了解清楚情况后,焦裕禄受到了巨大的震动,那种与沙荒一决雌雄的决心百倍地增长。

同群众打成一片,老百姓知道的东西,干部才能都知道。后来,焦裕禄亲自率领勘察队,会同科技人员,以林业科科长刘寿岭为队长,配合各公社抽调人员对全县沙荒、沙丘、风口的分布情况展开又一次的全面调查。他带着干粮,挎着水壶,顶着烈日和风沙与大家一起跋涉。

当年在东坝头一带,就有二三百个大大小小的沙丘。每当刮起 5 级以上大风,黄沙蔽日,天昏地暗,一夜之间沙丘就能搬家。东坝头的张庄村村民魏振中曾多次讲述过其父魏铎彬与焦裕禄交往的一段往事:为查风口、追风源、寻找治沙办法,焦裕禄来到了张庄。勘察中,焦裕禄发现一座沙土堆起的坟茔上,封掩着一尺厚的胶泥,于是他找到坟主人的家属魏铎彬问明缘由。魏铎彬说,他母亲的坟每年冬春都被狂风扒开,露出棺材。后来他用了一个早上的时间,从半米深的地下挖出淤泥,把坟盖住,狂风就再也刮不动了。

焦裕禄听完后,兴奋地站起来:"这个办法好! 一个人一早上便可封住一个坟,我们以人民公社的力量,100 人、1000 人、1 万人、

兰考群众在深翻淤土掩埋盐碱地表，这被称为"贴膏药"

几十万人，干1年、2年、3年，用翻淤压沙的办法把沙丘封住，栽上树，种上草，岂不把骇人听闻的沙丘变成了锦绣田园！"焦裕禄把翻淤压沙叫"贴膏药"，把种泡桐叫"扎针"。于是"扎针贴膏药"成为兰考治理"三害"的土办法。

后来，城关公社的韩村从很远的地方拉来淤土，盖住了一个3亩大的沙丘。给15亩盐碱地盖上二三寸厚的沙土，把盐碱地改造成二合土。在140亩洼地里，挖了9条排水沟、1条排水渠。在沙地里，造了50亩防风固沙林。

张君墓公社赵垛楼大队受风沙危害的地有3580亩，占总耕地面积的47%。焦裕禄到了该队以后，发动干部、群众，一同出主意、想办法，并和群众一起在三义寨村用胶泥压住了一个大沙丘。赵垛楼大队的社员在他的影响下，增强了治理风沙的信心，经过一个多月的艰苦奋斗，初步取得了防风固沙的胜利。他们总结了治理风沙的4种方法：翻淤压沙；造林固沙；挖防风沟，垛防风墙；封挡

焦裕禄带领兰考群众向风沙宣战

沙丘。

1963年5月15日,焦裕禄以普通选民的身份,到城关公社参加人民代表大会选举,被选为兰考县第四届人民代表大会代表。深夜,他看完有关会议文件,准备歇息。忽然间狂风呼啸,大雨倾盆,天摇地动,房顶在雨瀑的重压下似要砸压下来。

焦裕禄急忙披上了雨衣,冲入夜幕中。全家人不知他出去何事,想问已经晚了。早等不回,晚等不回。他已经病成那个样子,知夫莫若妻,徐俊雅再也睡不着了,怕丈夫淋坏了身体,怕他发病倒在雨地,就叫起了大女儿。徐俊雅有经验,径直奔向了火车站,在那里果然找到了他。徐俊雅生气地埋怨:"这么大的雨,你一个人跑出来,怎不吭一声?"焦裕禄自知理亏,望着妻子和女儿,嘿嘿一笑说:"雨下这么大,我心里很着急,出来看一下县城里的积水能不能排出去。城关镇有些群众住房不牢固,我还要转一圈儿看看!不要担心,我不是很好吗?"

　　焦裕禄转了整整一夜，天不亮，就找到了县委办公室主任，请他通知县委常委们马上开会。常委会上，焦裕禄忧深情急，讲了一夜间思虑出的5条意见：所有从事农村工作的干部，包括县、社、大队、生产队干部，都要全力以赴，领导带头，分片包干，迅速查明灾情，要正确认识形势，不要因为这场大雨而悲观失望，要积极参加排水和救苗行动；降雨量大，受灾严重的社队，在工作部署上以排水救灾为第一，社教运动暂时停下来，全党动手，全面动员，抓紧时机，不误农时，领导群众排除积水，抢救庄稼；迅速疏通排水沟，使自然渠道不堵塞，以排除现有积水，也为再降大雨排水做好准备；对群众进行思想教育，稳定情绪，树立战胜灾害的决心和信心；大雨给群众生活和烧柴、牲口饲料补给都造成许多困难，凡县、社、队现存的救济粮、款或各种物资，要迅速分发下去，以解燃眉之急。

　　他要求县委常委分片包干，带领抽调人员立即下去。焦裕禄率先垂范，卷起裤管，脱掉鞋袜，打起一把红油纸雨伞，带领属他辖下的几员大将立即出发，赶往水灾最严重的社、队。

　　大雨继续下着，兰考人形象地称之为白帐子雨。这场雨下了7天7夜，整个兰考变成了一片汪洋。

　　每经过一个村庄，焦裕禄都要先看、先问群众的受灾情况，观察、了解干部群众在这场灾难中的情绪和想法。每到一股水流前，他都要看清来源，查清流向。

　　突然，他感觉肝部一阵剧痛，疼得眼前发黑。他呻吟一声，同志们立即扶住了他，他就势蹲在了水中，手按着肝区张口大喘，脸黄口青。大家劝他:"焦书记,你有病,不能再这样折腾了……"他没有回话,哆嗦着蹲了一阵,手拄着秸秆又蹚向前去。

他们来到王孙庄时,城关公社正在那里开防汛战地会。当时焦裕禄发现有人情绪低落,就坚定地说:"这场面确实给我们带来不少困难,但我们共产党人是不怕困难的。现在可怕的不是灾害威胁,可怕的是干部在困难面前萎靡不振。"接着他又十分严肃地说:"咱们都是群众的带路人。在一个县,县委是全县群众的领导核心;在一个公社,公社党委就是全社群众的领导核心。现在,群众都在看着我们,越是在困难的关头,领导干部越是应该挺身而出,用咱们的勇气和信心,去鼓舞群众的斗志。"

焦裕禄的一番话,鼓舞了大家的士气。人们竞相说了许多抗灾办法。焦裕禄听后,高兴地总结了大家的发言:"夏季丢了秋季捞,农业丢了副业捞,洼地丢了岗地捞,地上丢了树上捞。只要我们领着干,事事依靠群众,灾帽一定能摘掉。"

连续10多天里,焦裕禄马不停蹄地拼搏着,既当指挥员,又当战斗员。从救灾到抗灾,从抗灾到治灾,一石三鸟,下棋看五步。每到一处,他都努力地将革命乐观主义的精神传染给每一个人。

在灾害严重的时刻,焦裕禄来到了土山寨大队蹲点,他发现该队的党支部被自然灾害吓瘫了。自然灾害并不可怕,怕的是人的思想受灾:支部书记表示不干了;支部委员兼妇女主任竟然要脱党——到平顶山上去找丈夫;支部副书记倒是未跑,却只知拼命要救济、争粮食……

在社员大会上，焦裕禄问土山寨党支部的干部们："看见我们的群众了吗？干部不领，水牛掉井！你们不要被灾害压趴在地上，爬起来领着群众干吧！现在，国家给你们两根拐棍：一根是发给补助粮，支持挖河排涝；一根是发给扶助款，帮助植树造林。我们因灾受了伤，但拄起国家发给的双拐，就应该站起来走抗灾救灾、发展生产的路，不再叫人背着走、扶着走，咱们自己走。大道在前面，我们强壮起来，最终丢掉这两根拐棍！"

1963 年秋季，兰考县一连下了 13 天雨，降水量达 250 毫米。大片大片的庄稼汪在洼窝里，渍死了。全县有 11 万亩秋粮绝收，22 万亩农田受灾。在这严重的灾害向兰考袭来的时候，善于当"班长"的焦裕禄带领县委一班人向兰考人民交了一份满意的答卷！而今，站在兰考县的大地上，很难想象当年这里是"一碗水半碗泥"的景象。半个多世纪的时间，带走了很多东西，却带不走群众对焦裕禄的爱戴。

焦裕禄认为，要彻底治理"三害"，就必须有一个总揽全局的长远规划。他组织有关部门，起草了《关于治沙、治碱、治水三五年的初步设想》（以下简称《设想》）一文，经过反复修改，县委开会三次研究，一个系统的《设想》（草案）终于形成了。1963 年 7 月 24 日，他再次主持召开了县委会，对《设想》进行审查定稿，然后印发全县，贯彻执行。

《设想》分别作出了治沙、治碱、治水的规划。

关于治沙，焦裕禄认为主要办法是造林，造农田防护林，乔、灌结合林,四面围攻盖顶林、经济林,农桐间作林。争取在三五年内恢复到 1958 年以前的林区面积,5 年后起防风固沙作用。先堵风口,后治一般。有点有面,点面结合。缺片补片,缺行补行,缺株补株。

关于治碱,他强调这是一项复杂而细致的工作,因为各地碱的程度、性质、深浅、自然条件不同,必须认真总结、运用当地群众行之有效的治碱经验,试验性地接受外地的科学技术经验指导。疏通渠道,减少积水,开沟澄水,降低地下水位。多施有机肥料,深耕,伏耕、晒墒,都是治理次生碱的好办法。在方法上,应该先治次生碱,后治老碱窝。

至于治水,焦裕禄指出主要是治理内涝。最适宜以小型为主、群众自办为主、整理配套为主的"三主"治水方针。坚持舍少救多,舍坏救好,充分协商,互为有利,不使水灾搬家的原则。

焦裕禄在修改《设想》(草案)时,特意加上了一段举纲张目的话:"……兰考是我们光荣的工作岗位,我们对此处的一草一木必须产生深厚的感情,一定要把这个灾区的工作做好,不然我们是不甘心的。我们必须有革命的胆略,冲天的干劲,实事求是的工作作风,我们有决心领导全县人民苦战三五年,完成兰考农业生产上的革命。"

兰考的干部群众都知道,近年来焦书记一直忍受着严重疾病的折磨。送走了风沙滚滚的春天,又送走了暴雨连连的夏季,全县84 个风口、1600 个沙丘都编了号、绘了图;全县的河流,淤塞的河

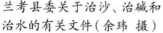
兰考县委关于治沙、治碱和　焦裕禄在兰考县委的办公室
治水的有关文件（余玮　摄）

渠,阻水的路基、涵闸,也调查得清清楚楚,绘成了详细的排涝泄洪图。因此大家都觉得方向明,信心足,无形中增添了不少力量。

兰考县一穷二白,这"白"也有与盐碱息息相关的含义。1963年7月的一天,焦裕禄下乡检查工作,路过金营大队郭庄时,他突然跳下自行车向一块高地走去,那里长着几棵棉花。焦裕禄说:"为啥别的地方不长,这里长呢?"他捏一小撮土放进嘴里品尝滋味。随行干部问:"焦书记,你咋吃土呢?"焦裕禄吐口唾沫说:"我的舌头是个化验器,能随时化验出土里包含的盐、碱、硝的情况。"

同年11月19日至30日,焦裕禄组织除"三害"办公室、农业局、科委和各公社农机站等有关部门64人,对全县碱地面积、分布情况、地下水位进行全面丈量、调查。许多同志担心奔波会加剧焦裕禄的病情,劝他不要参加,但他毫不犹豫地谢绝了同志们的劝告,说:"吃别人嚼过的馍没味道。"他不愿意坐在办公室里依靠别人的汇报来进行工作,说完就带着行李和盐碱普查队的同志一块出发了。

为了弄清一块盐碱地的情况,他们反复丈量,挖掘地下水,焦裕禄经常用嘴分辨成分。焦裕禄说:"用舌头一舔,咸的是盐,凉的是硝,又臊、又辣、又苦的是马尿碱。"这可是他在一阵阵肝病反应的恶心中辨析出的。

经过 10 多天的艰苦跋涉,这支队伍掌握了盐碱地的第一手资料,普查的结果是:全县有盐碱地 262699 亩,约占 90 万亩耕地的 29.2%。其中老盐碱地 146841 亩,近年因内涝新增的盐碱地多达 115858 亩,分布于全县 9 社 1 镇、93 个大队、1532 个生产队的耕地中。

在普查中,焦裕禄让工作人员将盐碱地分成牛皮碱、马尿碱、瓦碱、卤碱、白不咸碱、其他碱共 6 类分别进行统计,绘制出全县分布分类图。他们对 1963 年全县 35 万亩积水地进行了详细调查,得出了结论:内涝是形成盐碱地的根本原因。

在查清盐碱地面积和形成原因的基础上,焦裕禄又引导大家在群众中找具体的治碱办法。后来,大家总结出了一套治碱的方法和经验。在治碱中,雨期盐碱下淋,适宜趁墒抢种。旱天盐碱上升,适宜深翻压碱和起土刮碱。多施有机肥料,种植耐碱作物。在管理上,注意适时过锄,雨后必锄,特别是水位高、土地阴潮的地方更不能遗漏。为防止返碱蚀苗,则要加强中耕,以便保墒抑碱。

也是在他离开这个世界前两三个月的时候,他率领除"三害"

办公室的兵将，走遍了全县所有改造有成的盐碱地，对近一年来的治碱工作以及进展情况进行了全面的检查总结。每到一地，他都要仔细地察看庄稼长势，询问改良前的收成和更适宜的治碱办法。在涧阳公社的秦寨大队，他看到深翻压碱的 800 亩土地上，稠密的麦苗又肥又壮，十分开怀，赞不绝口地念道："好啊，好啊，秦寨人的决心已开始变为现实！" 72 岁的老农秦有礼接过话头说："我活了70 多年，从没见过盐碱地上长这么好的麦子！"

经核查，此时，全县已改造盐碱地 9 万亩。其中深翻压碱的已经有 14789 亩；盖沙压碱的 3432 亩；冲沟躲碱、起碱、刮碱，种耐碱作物，多施有机肥料，降低地下水位的 71779 亩。盐碱地经过改良，作物出苗齐，长势普遍向好。焦裕禄真正地开怀了，他左手探入衣襟，顶住右肋下的肝部，黑黄色的脸上露出无比欣慰的笑容。

在多年的工作中，焦裕禄已养成了学习毛主席著作的习惯，他从毛主席的著作中汲取了无穷的智慧和力量。县委开会，他常常在会前朗读毛主席著作中的有关章节。无论在办公室，或下乡工作，他总要提一个布兜儿，装上《毛泽东选集》，带在身边。他曾对县委的同志们介绍自己学习毛主席著作的方法，叫作"白天到群众中调查访问，回来读毛主席著作，晚上'过电影'，早上记笔记"。他所说的"过电影"，主要是指联系实际来思考问题。他说："无论学习或工作，不会'过电影'那是不行的。"

现在，全县抗灾斗争的情景，正像一幕幕的电影活动在他的脑海里，他带着一连串的问题，去阅读毛主席《关于领导方法的若干问题》那篇文章。他的目光停在那几行金光闪耀的字上："我们共产党人无论进行何项工作,有两个方法是必须采用的,一是一般和个别相结合,二是领导和群众相结合。"毛主席的话给了他很大的力量,他感觉眼前一下子豁亮起来。

榜样的力量是无穷的! 焦裕禄清楚,榜样是旗帜,代表着方向;榜样也是资源,凝聚着力量。典型本身就是一种政治力量,学习具体的先进典型,往往比接受抽象的原则、方法要方便得多,特别是榜样如果就在身边的话,你就会不知不觉地受到影响,这样由一到十,由点到面,相互感染,竞相仿效,最终的结果自然是典型普及化,人人都成为好样的。于是焦裕禄注意在劳动中、在基层发现榜样,挖掘典型。

1962 年秋季,韩村遭受了毁灭性的水灾,庄稼全部被淹没,每人只分得 12 两红高粱穗。在严重的自然灾害面前,许多人六神无主,消极悲观,不知路在何方。在严寒的冬日,在这样的危难之时,焦裕禄来到了韩村,找干部,访群众,了解灾情,征求对策。在这次讨论会上,有人主张投亲靠友,有人要求上级救济,有人想外出要饭,保一条命。

焦裕禄一声不响地听罢,朗声发言:"这办法,那办法,都不是个好办法。最好的办法是生产自救,自力更生。有党的领导,有抗灾经验丰富的人民群众,再大的困难我们也不怕!"他用形象的比喻启发大家:"小鸡有两只爪可以挠食,人有两只手,只要想劳动就不会没饭吃!"一席话说得大家心中温暖,眼前雪亮,顿时生出了希望。

有眼光的人提出了一条路子：韩村有大面积的碱荒地，长着成堆的茅草，只要割下这些草来，便可卖钱养活自己。许多人表示赞同，于是干部领路开镰了，群众紧随其后，仅五六天的时间，卖草便得钱1400多元。苦干一个冬春，共卖干草27万斤，养活了自己，养壮了牲口，还购买了7辆架子车，增添了一些农具。

韩村人靠自己的双手自力更生，艰苦奋斗，焦裕禄高兴地誉之为"韩村精神"，并在全县大力提倡。

1963年夏季的一个大热中午，焦裕禄顶着烈日来到了秦寨村的田间。他看见成群的农民在"白雪"覆盖的盐碱地上踩锨掘土，一层层开挖下去，翻出了深层的"牛头胶"泥，盖在了如雪的盐碱上，土地变新了，成了真正的耕地。焦裕禄激动地挥起了拳头："这是愚公移山的决心、蚕吃桑叶的办法，县委大力支持你们！"

焦裕禄的大力支持，给秦寨人增添了百倍的信心，各队都展开了深翻土地、根治盐碱地的竞赛活动。困难也怕硬骨头，秦寨人下定了战胜碱害的决心，取得了胜利。

赵垛楼原是个低洼易涝、遇雨成灾、风起沙飞、人穷畜少的老灾区。连年受灾，群众吃粮靠统销，穿衣靠救济，花钱靠借贷。

一个夏日，焦裕禄冒着大雨，蹚着积水来到了赵垛楼的大田，组织群众顺着大水的流向开挖排水渠。当所有的社员得知这位工作干部就是焦书记时，他已经变成了泥人，面目难辨了。大家一齐劝这位重病在身的县委书记休息，他笑了笑，低声说道："大家不都在干吗？这里没有县委书记，都是抗灾的群众。"

之后，他便常如乡人，几番前来，每来必住，一住数日。该村每一块土地的地形土质、沙与水的灾害情况、沙丘的分布与体积，他全都了如指掌。他参与设计了许多走向各异的排水沟，发动群众组织排涝，全大队5900亩被水淹掉的庄稼有5500亩得救了。这时，他赞扬赵垛楼人："赵垛楼社员的干劲真大，值得全县学习。"

红庙公社有个双杨树大队，自1961年以后，连续几年的自然灾害使人喘不过气来。双杨树人言："天上不会掉馍馍，也不能坐等国家的救济粮。""咱们对国家没什么贡献，决不能再拉国家的后腿。""没有牲口，咱们就用人拉犁、拉耧种麦！"焦裕禄在这里看到了团结互助的精神和光明的希望。

焦裕禄走到群众之中，询问着、倾听着、观察着，看到了他们自力更生、奋发图强与"三害"斗争的革命精神。他在群众中学到了不少治沙、治水、治碱的办法，总结了不少可贵的经验。群众的智慧使他受到了极大的鼓舞，也更加坚定了他战胜灾害的信心。

韩村、秦寨、赵垛楼、双杨树，广大贫下中农自力更生的革命精神，使焦裕禄十分激动。他认为这就是在毛泽东思想哺育下的贫下中农革命精神的好榜样。在县委会议上，他多次讲述了这些先进典型的重大意义，并亲自总结了他们的经验。

1963年9月，县委在兰考冷冻厂召开全县大小队干部的盛大集会，这是扭转兰考局势的大会，是兰考人民自力更生、奋发图强的誓师大会。会上，焦裕禄为韩村、秦寨、赵垛楼、双杨树的贫下中

兰考焦裕禄同志纪念馆有关焦裕禄率干部群众改天斗地的浮雕（余玮 摄）

农鸣锣开道，请他们到主席台上，拉他们到万人之前，大张旗鼓地表扬他们的革命精神。他把群众中这些革命的东西集中起来，总结为4句话："韩村的精神，秦寨的决心，赵垛楼的干劲，双杨树的道路。"他说这就是兰考的新道路！他大声疾呼，号召全县人民学习这4个样板，发扬他们的革命精神，在全县范围内锁住风沙，治服洪水，向"三害"展开英勇的斗争！

据兰考县委宣传部原副部长、时任县委通信干事的刘俊生晚年介绍，《河南日报》总编辑刘问世曾带着好几位记者来到兰考。一天，焦裕禄让刘俊生随他一起去给报社的总编辑和记者介绍兰考的情况。焦裕禄说："兰考逃荒要饭的老路不能再走下去了，今后兰考要走新道路。这个新道路就是：振作精神，奋发图强，自力更生，艰苦奋斗，抗灾自救，改变面貌。"焦裕禄向《河南日报》的总编辑和记者强调了县委的指导思想后，又给记者们介绍了像韩村那样一批活生生的发扬南泥湾精神的典型。

人民好公仆焦裕禄同志
（龙翔 绘）

作者余玮在兰考采访曾在焦裕禄身边工作过
的县委通信干事刘俊生（曹凤兰 摄）

刘问世按照焦裕禄提供的线索，要下乡采访。于是焦裕禄安排刘俊生作为向导陪同，领他们下乡采访。刘俊生回忆道："采访结束后，刘总编辑给我们分工：记者邓质钢、薛庆安和我合写综合消息和典型报道，他写一篇关于兰考新道路的社论。不多久，有关兰考重灾区的消息、通讯、社论，在《河南日报》一版显著位置发表了，对兰考干部群众震动很大……"

又一天，焦裕禄特意对刘俊生说："秦寨大队深翻压碱的规模大，进度快，远远超过了黄口，你去采访采访，再报道一下秦寨的决心。"经过采访，刘俊生写了一篇通讯，报道秦寨以愚公移山的精神、蚕吃桑叶的办法深翻压碱，改良土质，成效显著。《河南日报》及时在突出位置发表。

刘俊生还讲道，一天，焦裕禄再次来到黄口大队，在干部和社员会上又大讲秦寨大队深翻压碱、改良土壤的革命精神和显著成绩。焦裕禄说:"深翻压碱是你们黄口大队点的捻,可是在人家秦寨大队放了个炮,这不是墙里开花墙外红吗?"焦裕禄的话激发了黄口大队干部和群众的斗志。黄口大队为了迎头赶上秦寨,召开了全体干部会,总结了前期的教训,学习秦寨大队不畏困难、奋发图强、苦干实干的革命精神,充分发动群众,制定了深翻压碱的规划,决心学习秦寨,超过秦寨。"我根据焦书记的讲话精神,深入采访,写了篇《竞赛在继续——记秦寨大队和黄口大队深翻压碱的故事》的通讯,也发表在《河南日报》上。"

俗话说,"点亮一盏灯,照亮一大片"。长期以来,榜样引导、典型示范是我们党的重要工作方法。焦裕禄发现并盛推好榜样,总结学习、全面推广典型的精神和做法,鼓励赶超典型,争先创优,攻坚克难,有力推动了兰考治理"三害"斗争胜利的进程。

（十二）
打通服务群众的"最后一公里"

　　三年自然灾害让兰考县雪上加霜，无数群众生活极度困难，哪里企望过新年。时任县长程世平回忆："当时的兰考，实在是太贫穷、太困难了。灾民外流，劝阻一批又走一批。干部队伍的思想也相当混乱，动荡不安。调往兰考的干部不愿赴任。"

　　1963 年 1 月 23 日，焦裕禄这位挨过饿受过冻、备知那种难忍滋味的县委书记找来县委委员、县供销合作社社长孙天相，以一种交付重托的神情，请他办一件万人受益的大事："孙社长，我交给你一个任务：拿出一部分救灾款，组织一批人员到外地搞一些代食品，让群众过好春节，吃到起码的东西⋯⋯"

　　带着县委书记的重托，孙天相接受了这个在当时的形势下难以完成的任务，组织了精干人员 148 人，分赴广东、广西、湖北、四川、江苏、黑龙江等地，采购了粉条、挂面、苜蓿片、红薯片、蚕豆等代食品、副食品几十万斤，保证了春节供应，让大灾久灾之年里的灾民、饥官过了一个"像模像样"的好年。

　　可是不久兰考县委一常委到开封地委举报，说焦裕禄这种做法违反了国家的粮食统购统销政策。是谁去地委告的状,焦裕禄和县长程世平都很清楚。程世平生气地说:"有意见为什么不在常委会上提,背后打黑枪?我看是思想品质有问题!"焦裕禄笑了,说:"老程,这事应当看得开。咱们是应急措施,难免有不妥之处吧,怎能不让人说话呢?"程世平苦笑着摇头。

不久,焦裕禄得知已经有27名党员干部因为劳累和缺粮而离世,心情极为沉重。在县常委会上,焦裕禄冒着被指责违背国家粮食统购统销政策乃至丢乌纱帽的政治风险,决定外出购粮。在他看来,眼睁睁看着百姓饿死,不配当共产党的干部。会后,焦裕禄让程世平和县委办公室主任刘长友去专署请示,为了兰考的干部群众,就是冒犯一点错误的风险,也要到巩县、荥阳、登封等地买一点议价粮回来。

据程世平回忆,专署从实际出发,支援了兰考,给写了介绍信,购回的这批粮食确实把一些干部群众从死亡的边缘救了出来。焦裕禄的勇于担当难能可贵。广大干部群众敬佩、感激焦裕禄的胸怀和胆识,说:"跟着这样的领导干,苦死累死也心甘!"

焦裕禄孩子多,又有老人随同生活,生活十分困难。因此在春节之前,兰考县福利救济名单上,便有了他的名字。焦裕禄知情后,找到机关党支部书记,责问这是怎么回事:"救济条件有哪几条?"支部书记答:"家住灾区,生活困难,本人申请……"焦裕禄笑着说:"我家不在灾区,本人又没申请,为什么有我?"随后,他严肃地说:"救济款不仅仅是几个钱的问题,要把它当作政治任务去完成。要教育干部,生活上的困难首先要依靠自己省吃俭用去解决。我们都有工资,不能两眼向上,坐等救济。"

要过春节了,肉和副食品供应依然紧张。这天,兰考酒厂给焦裕禄送来了 4 瓶酒。送酒的人见了焦裕禄,说:"焦书记,这是咱厂里的新产品,送给你尝尝,是叫你提意见咧!"

焦裕禄郑重地说:"我不会喝酒,喝了也说不出个味好味坏,不起啥作用啊!"送酒的人忙说:"你先尝尝,提不出意见就算了。"

见酒厂的同志执意要把酒留下,焦裕禄就说:"那好吧,你把这酒送到县委食堂去,让大家都品尝品尝,都给你们厂提点意见吧。"送酒的人正要出门,焦裕禄又特地提醒了一句:"这酒也不能白品尝,谁喝谁拿钱。"

焦裕禄到兰考后,看到城关有个大水坑,就建议城关在坑里种莲菜、放鱼苗。后来,放养的鱼苗已长到一斤左右。养鱼场为感谢焦裕禄的指导,又想让身患肝病的焦书记补补身体,就派一名职工用水桶装了 10 多条活鱼,送到了他家。焦裕禄的孩子们一见活蹦乱跳的鱼儿,高兴得围着水桶直嚷着要吃鱼。

焦裕禄回家后,问清楚了来龙去脉,就对嚷着要吃鱼的孩子们说:"这鱼是养鱼场的叔叔辛辛苦苦养大的,是集体财产,咱家咋能先吃呢? 如果大家都占集体的便宜,那集体的事业还能办好吗?"焦裕禄的一席话,使孩子们明白了白吃别人的东西是不好的这个道理。于是焦裕禄把一桶活鱼送回了养鱼场。

程世平曾撰文说:"说实话,像老焦这样的县委书记,身正影直,为人民鞠躬尽瘁,死而后已。就连反对过他、对他使过暗劲的人,也不得不对他表示尊敬与服气,以至在悼念他时流下悔恨的眼泪。这实在是他伟大人格的感召力量……"

当年,焦裕禄深入乡村、深入农户调查研究,哪里有风沙,哪里就有他的身影,哪里群众需要他,他就出现在哪里,真正把老百姓的疾苦当作自己的疾苦,把老百姓的冷暖放在自己的心坎上,打通服务群众的"最后一公里"。

1963年2月20日,焦裕禄收到兰考县检察院副检察长张增勇的来信。信中反映,他于16日路过崔园子公社,发现当地群众生活很困难,出现了人口外流、逃荒要饭、拆墙、扒房、送童养媳、卖子女等严重问题。

焦裕禄对这封信很重视,立即签发给兰考县委常委,并决定将信中反映的10个生产队作为特重灾队,派人去宣传政策,安定民心。对断炊户先借销一些粮食,然后在摸底的基础上,按政策迅速发放统销粮。

1963年3月13日,兰考从河南桐柏县调了一批花生种子,焦裕禄提议分配时先保证适合种花生的重点地区。县委决定给老韩陵5000斤花生果,焦裕禄和城关区区长亲自组织群众剥皮。据老韩陵村村民郭志忠老人回忆,焦书记一下子调来10万斤花生种,15个大队,一个大队分了几千斤。

焦裕禄又和社员一起点播。之后,焦裕禄经常到花生地里除草、治虫、察看花生的生长情况。郭志忠老人记得:"那时候没有化肥,我就领着各生产队的社员,拉上架子车,上机关厕所淘粪。"村里几个村民包了县委的厕所。有一次厕所粪淘完了,夏天味大,他们看到门口有人,不好意思推车出门。这一幕被焦裕禄碰见了,他说:"你们不好意思,我来。"说着他套上架子车,把拉粪的车推了出去。

当年,村民张胜武被安排看护花生地。有一天,在村西南的地里,他看到两个人走过来,其中一个卷着裤腿走进地里,弯着腰拔了一棵花生。张胜武心里很着急,心想:"焦书记为我们跑了几个县才买到花生种子,可不能被偷了。"于是大喊:"谁偷花生?! 别走!"

张胜武和同伴将两人逮住后,把他们带到大队处理。大队正在开会,大伙听说抓到偷花生的,都出来了。大队书记一看,喊了一声:"焦书记!"

"我们一听,坏了,逮住焦书记了,撒腿就跑。" 50 多年后,张胜武讲起这件往事还是乐呵呵的。原来,焦裕禄是在看花生长势。因为这件事情,张胜武还被大队表扬。如今,老韩陵村的人都清楚,花生地里曾留下焦裕禄的一个珍贵镜头。

焦裕禄平时很少照相,他在兰考仅留下 4 张照片。就是这 4 张照片,让这位英雄的形象永远铭刻在人们心中。但是很多人并不知道,其中 3 张照片竟然是在同一天拍摄的,而且是偷拍的。焦裕禄逝世前,连个标准像都没有留下,更不用说全家福。开追悼会时,用的还是 1949 年的证件照。兰考县委原通信干事刘俊生接受笔者采访时说,工作期间,焦书记发现并树立了许多正面典型(也批评了不少反面典型),但对于自己的典型事迹,却从不让通信员和外边的记者报道。在老人的记忆中,焦裕禄对宣传极其重视,县里为刘俊生配备的照相机还是德国进口的"禄莱福莱"牌的。会摄影的刘俊生跟焦裕禄一起下乡,焦裕禄每次都提醒道:"带上你的照相机。"

一次,焦裕禄又让他背上照相机,随他一块下乡。他们来到许贡庄生产队的秋田里,把车子一放就去参加劳动了。这时,刘俊生又起了拍照的念头。他刚拿起相机,焦裕禄就摆摆手,严肃地说:"不要给我照!"很多次,刘俊生想抓拍焦裕禄带领群众除"三害"、与老农促膝交谈、艰苦朴素、忘我工作等的感人画面,每次把镜头对准焦裕禄时,他不是转过身子给镜头一个后背,就是埋下身子干活。

有一天,焦裕禄对因为总是拍不到自己而郁闷不已的刘俊生说:"你记不记得有一次咱们去阁楼村,当时群众正在翻淤泥,你刚把相机举起来,就有群众喊:'加油干啊,县里来给咱照相了。'这就是你把镜头对准他们的意义,胜过我鼓半个小时的劲啊!……你看,你的照相机多重要。以后,你不要照我,要照就去给群众照!"

1963年9月初的一天,焦裕禄让刘俊生把照相机准备好,次日跟他到老韩陵去。这时,刘俊生想,无论如何这次要给他照几张照片,哪怕是偷偷地。

第二天上午,刘俊生背上照相机赶到老韩陵时,焦裕禄已经在村北的红薯地里锄开地了,旁边不少群众围着他拉家常。他的技

1963年9月，焦裕禄在老韩陵的红薯地劳动的瞬间。这张照片是没有做任何技术处理的原片构图，原片由刘俊生摄（佘玮 翻拍）

焦裕禄在花生地拔草（刘俊生 摄）

术很娴熟，身边的群众随着他缓缓地移动。只见焦裕禄披着那件中山装上衣，穿着半卷了袖口的白色秋衣和旧毛衣，拿着锄，叉开双腿，背微弓。他全神贯注于锄头下的苗与草。在他剪影的后方，广阔的庄稼地延伸开去……刘俊生被这个画面感动了，想拍张照片，但又怕被焦裕禄阻拦，于是绕到侧面，挤在人缝里，把脸转向另一方，斜拿着照相机，偷偷地按了一下快门。次日，将照片冲洗出来后才发现焦书记的右前方站着一位村民。后来有些报刊或书籍发表时，做了技术处理，修去了村民的身影，有的还将照片做了左右翻转处理。

焦裕禄锄完地后，又来到花生地里，用劲地拔起草来。花生种是焦裕禄从外地弄回来的。看着满地绿油油的花生苗，焦裕禄情绪很高昂，根本没有意识到他面前热情的群众堆里还有只"偷窥"的眼——刘俊生远远地站在他的对面，轻轻地打开照相机,偷偷地按下了快门。刘俊生晚年笑着回忆说:"为了不使按动快门的咔嚓声泄露天机,我在按快门的同时咳嗽一声以作为掩护,掩盖得天衣无缝。当他抬起头看我的时候,我已经做完了一切,假装刚刚从皮套中取出照相机。"

从花生地里出来,焦裕禄骑着自行车来到胡集大队朱庄村村南。当年春天,焦裕禄领着一班人以每亩地 20 株的间距在这里植下了一片泡桐林。现在,看着一排排树干光溜溜的小泡桐的树冠上覆盖着绿油油的叶子,焦裕禄高兴得有些忘形:"我们春天栽下的树苗现在都活了,10 年后这里就是一片郁郁葱葱的林海啊……"他一边说着一边放下自行车走进泡桐林,又着腰,侧着脸,兴奋地察看着那些生机盎然的小桐树。这样一个瞬间,被刘俊生的镜头偷偷地定格了。

在这张照片中,焦裕禄清瘦的面庞上挂着微笑,上身穿一件旧毛衣,毛衣领口上挂着一支钢笔,披着外衣,双手叉腰,像是刚刚查完风口,又像是在与群众对面交谈,神态自然,朴素感人,生动地展现出了焦裕禄平易近人的性格特点和为人民服务的精神风貌。焦裕禄曾指着这张难得的生活照,笑

焦裕禄在泡桐树下

着对偷拍这张照片的刘俊生说:"这一张好,这一张好!"

这时,同行的城关公社书记孟庆凯走过去,提出想和焦书记合影留念。焦裕禄说:"咱拍照片有啥用?"刘俊生一听焦裕禄又在"老生常谈",就壮着胆子给他提起了意见:"如果把你和群众在一起劳动的情景拍下来,叫群众看一看,他们会兴奋地说,'啊,书记和我们在一起劳动,照了相',这对他们的鼓舞不是更大了吗?"焦裕禄听他说得在理,就哈哈地笑起来,说:"好!好!叫你拍,叫你拍。"

焦裕禄接着说:"照你这么说,以前,我是有些武断了。"这时,天已经快黑了,孟庆凯就问焦书记要拍什么样的照片。焦裕禄笑着说:"我爱泡桐,就在泡桐跟前给我照个相吧!"焦裕禄披着外衣,敞着怀,走到不远处的一棵泡桐旁边,左手扶着泡桐;孟庆凯则站在另一侧,右手高高地抓着泡桐树干。这时,焦裕禄兴奋地对刘俊生说道:"照吧!"随着相机快门一声脆响,焦裕禄与兰考的泡桐树

当年,焦裕禄(左)与兰考县城关公社党委书记孟庆凯在泡桐旁合影。这是没有做任何修改的原片构图,原片系刘俊生摄(余玮翻拍)

一起的画面,被永远定格在了历史的画册里。据刘俊生老人介绍,后来见报的这张照片里只有一个人,是因为在宣传焦裕禄事迹时做了技术处理。

这年6月中旬的一天,焦裕禄要去张君墓公社,随行人员是秘书李忠修(曾用名李反修)。县城距张君墓约80里地,李忠修提议坐那辆吉普车,因为路途太远。县委仅有的那辆战争年代拉过大炮的破旧美式吉普车,锈迹斑斑,一副老态龙钟之相。焦裕禄回答说:"就这一部破车,咱们饶了它吧!省它些力气,好为年弱有病的老同志服务。再说,它不是个好东西。因为隔块玻璃,群众跟你说话,光见张嘴听不见声音,双方干着急;还因为它只顾跑得快,步行的群众跟不上,让咱们跟群众拉大了距离,脱离了关系;车一跑还扬尘土,路旁的东西看不清了,连走马观花也难。咱还是骑辆自行车,舒舒服服地逛一逛吧!"

李忠修当然听得懂这番话的深意,推了车子便跟随着。焦裕禄的车子是一辆老牌"飞利浦"车,到1963年已满11岁车龄。正如相声大师侯宝林那段老少皆知的《夜行记》所说的那样,"除了车铃不响,其他零件都响",吱呀呀地骑上去,不是省力的物件,当然不可能"舒舒服服地逛一逛"。

行至葡萄架公社西面的坡地,李忠修的车子嘣的一声断了链子,前不着村,后不着店,修也没法儿修。李忠修很着急,焦裕禄却不急:"到了葡萄架就能找到工具,我有手艺能修好!"说着,从自行车的后座上解开一条绳子,一端拴住李忠修的车把,要拖着走。

电视连续剧《焦裕禄》剧照

李忠修不好意思,说:"还是我骑'飞利浦'拖着你吧!"焦裕禄答:"我的马不听你使唤,快上车,看我的驾驶技术高低!"

一个大雪纷飞的夜晚,房檐上挂满了冰条,北风呜呜地刮起,冰条噼啪作响地断折、摔落,冷气透过门窗的缝隙直往屋里钻。焦裕禄起床了,在院里跺着脚,心中一阵阵发抖:这样严寒的天气,百姓住房怎样?穿戴怎样?床上铺了什么?缺不缺吃?缺不缺烧?不会说话的牲口怎样? ……

苦思良久,他来到了办公室,对有关的工作人员发话:"我说,你们用笔记下来,马上通知各公社,做好以下几点雪天工作。"

"一、所有农村干部必须深入到户,访贫问苦,安置无房居住的人,发现断炊户,立即解决。二、所有从事农村工作的同志,必须深入牛屋检查,照顾老弱病畜,保证不冻死、冻坏一头牲口。三、安排好室内副业生产。四、对参加运输工作的人畜,凡被风雪隔在途中的，在哪个大队，由哪个大队热情招待，保证吃得饱，住得暖。五、教育全体党员，在大雪封门的时候，到群众中去，和他们同甘共苦。六、把检查执行的情况迅速报告县委。"焦裕禄口述的《通知》以最快的速度发了下去，各级干部立即行动，按照"雪天 5 条"（其实是 6 条）安排了一切工作。

外面的大风雪刮了一夜。焦裕禄办公室里的灯也亮了一夜。

第二天，窗户纸刚刚透亮，他就挨个把全院的同志们叫起来开会。焦裕禄说："同志们，你们看，这场雪越下越大，这会给群众带来很多困难，在这大雪拥门的时候，我们不能坐在办公室里烤火，应该到群众中间去。共产党员应该在群众最困难的时候出现在群众的面前，在群众最需要帮助的时候去关心群众、帮助群众。"

简短的几句话，深深地铭刻在每一个同志的心上。大家立即

一个大雪纷飞的冬夜，焦裕禄让办公室电话通知各公社，注意落实雪天工作（美术作品）

带着救济粮款,分头出发了。

风雪铺天盖地而来。北风响着尖厉的哨音,积雪已有半尺厚。焦裕禄迎着大风雪,什么也没有披,火车头帽子的耳巴在风雪中忽闪着。他带着几个年轻小伙子在最前面,踏着积雪,一边走,一边高唱《南泥湾》。他问青年人是否看过《万水千山》这部电影,他说:"你们看,眼前多么像《万水千山》里的一个镜头啊!"

风雪中,焦裕禄到9个村子访问了几十户生活困难的老贫农。在梁孙庄,他走进一个低矮的柴门。这里住的是一对无依无靠的老人。老大爷叫梁俊才,卧病在床。进了梁俊才的家门,焦裕禄发现梁大爷的老伴是一位双目失明的残疾人。焦裕禄坐在梁俊才的床头,看着他那瘦弱的样子,无限深情地问候:"梁大爷,您的病怎么样了? 生活有困难吗?"梁俊才颤悠悠地从床上坐起,睁开了昏花的老眼望着这个陌生人,用颤巍巍的声调询问道:"你是谁啊?"

焦裕禄说:"我是您的儿子!"梁俊才疑惑了:"儿子?"有人告诉老人:"这是县委焦书记!"梁俊才明白了,却又十二分不明白:"大雪天的,焦书记,你来干啥呢?"

焦裕禄说:"毛主席叫我来看望您老人家。""毛主席?"梁俊才眼里噙着泪说,"多谢他老人家操心啦。旧社会,大年三十的大雪天,我缴不上地主的租子,伪保长来封我的门,撵得我串人家的房檐,住人家的牛屋。如今你们却代表毛主席来看我们……"焦裕禄安慰老人说:"如今印把子抓在咱手里,兰考受灾受穷的面貌一定能够改过来。"

焦裕禄和随行同志简短地商量了一下，拿出了 20 元钱的救济款，塞给梁俊才老人。梁俊才哽咽了："什么也不缺，我是老贫农，但不能向政府伸手。"焦裕禄不容他推辞："梁大爷，这点钱您先补养一下身子，我给队里打招呼，天一晴，就为您老修房子。"

老大娘也感动得不知说什么才好，用颤抖的双手上上下下摸着焦裕禄，像在抚摸着久别的亲生儿子："让我看看（摸摸）我的好儿子、毛主席派来的好干部……我的子子孙孙都不会忘记……"这情景让在场的同志都流泪了。

焦守云回忆说，父亲天天很忙，晚上住在办公室。白天跑一天，全靠晚上办公。"他有个习惯，叫'过电影'，把白天做的事儿过一遍，分门别类记在笔记本上。他吸烟，用塑料烟嘴，讲话时烟嘴在嘴里来回跑。他肝疼的时候，就用烟嘴顶住肝，最后疼得满身是汗。他创造了疼痛转移疗法，用烟烧皮肤，就觉得肝不那么疼了。他就是这么个人。真的，你们不了解我父亲。"

电视剧《焦裕禄》演绎焦裕禄强忍肝部剧痛的情景（吴志菲 翻拍）

在兰考焦裕禄同志纪念馆里的焦裕禄遗物中可以看到，他的办公桌、文件柜都是原兰封县委初建时买的，有不少地方破损了。当时有人劝焦裕禄换个新的，他没有采纳这个建议，而是修了修，照样使用。他用过的一条被子上有 46 个补丁,褥子上有 35 个补丁,穿过的衣、帽、鞋、袜都是拆洗很多次,补了又补,缝了又缝的,虽然破旧得很厉害,但是焦裕禄总是舍不得换。焦裕禄就是这样,始终保持着劳动人民的本色,心里想着群众,唯独没有想到他自己。

在当下许多人的印象中,焦裕禄有些"土"。其实,他很有魅力。当年焦裕禄经常穿一件白色高领针织衫——穿这样一件衣服在那种尘土飞扬的地方,领子却总是雪白雪白的。为什么?原来,他的衣服每穿一次,睡觉前都要把灰抖干净,叠得整整齐齐。

岁月无言。在百姓当中,流传着常说常新的故事。时任兰考县委办公室副主任的张明堂直至晚年还对一件事记忆尤深:1963 年三伏天的一个午后,焦裕禄和张明堂从双杨树村回县城。二人在村里忙了半天,连午饭也没顾上吃,加上又是顶着烈日骑车奔波,此时真是又渴又饿。路过一片打瓜地,张明堂建议买个瓜吃,焦裕禄欣然同意。吃完瓜,焦裕禄示意张明堂给瓜主送二两粮票和二角钱。看瓜的老农板起了脸:"焦书记是外地人,不懂咱的规矩,你本地人咋也不懂?过路人吃个打瓜,谁家兴要钱?"张明堂只好收起粮票和钱。

临近县城,焦裕禄指着一处明代黄河故堤问:"明堂,那故堤一开始就修那么高吗?""那咋会?是河水涨一次加一次堤,次数多了就高了。""哦,明堂啊,人犯错误也是这样。一次能犯多大?还不是一次次累积……"张明堂一听,马上拦住话头:"焦书记,您别说了,我知道,您是还为那瓜钱的事别扭。我去给。"焦裕禄笑了笑,说:“他不收,我们不可以不给。千里之堤,毁于蚁穴。恶习是从小事养成的。”张明堂打心眼里被焦书记的人格魅力折服,赶紧把钱送去。

几十年过去了,张明堂对这件事一直念念不忘。他说:“这里有两方面值得回味,一是焦书记的清廉作风,二是他对同志批评教育的艺术。”

提起新华社记者穆青,千千万万的读者脑海中就会浮现出他那一篇篇新闻经典名作。然而又有多少人知道,穆青还是一位新闻摄影高手。上年纪后,相机替代了他的笔。他奔走于繁华的都市,穿行于荒僻的乡村,攀上高山之巅,驰过草原大漠,每次采访或者旅行,穆青都不放过片刻的闲暇,尽情地拍摄。穆青说他写作从来不靠采访对象提供的现成材料,一定要亲自看过、调查过,有了真切的感受才落笔。他创作摄影作品同样秉承了这一原则:每一下快门记录的都是他所了解和理解的事和人。穆青的摄影作品朴实简洁,尽量用画面本身“讲话”,绝不拖泥带水、讲究弦外之音。

笔者早年专访过穆青。穆青说在战争年代,他是随军记者,从东北一直打到广西,写下无数新闻作品。但是由于缺少摄影器材,竟没有机会留下一张图片资料,这令他晚年遗憾不已。20 世纪 60年代初期,他开始接触摄影。但是穆青真正有机会进行新闻摄影的实践还是 80 年代初他在新华社社长的任上。穆青说:“改革开放以前,我很少拿照相机,那几十年中我手中的武器就是笔。但几件重大的憾事让我非常后悔。我最终下定决心,一定搞好摄影,一定要掌握好照相机这个新式武器。"穆青给笔者讲道："我们在采访焦裕禄事迹时，竟然没有留下一张采访照片，老乡们、干部们回忆焦裕禄时泪如雨下的动人场面，没能永远留在画面上，虽然他于我至今历历在目。……

作者余玮（右）早年在新华社采访穆青（中）时留影（陈二厚 摄）

打那以后，我就发誓一定要掌握好照相机这个武器，再也不能留下新的遗憾了！"

焦裕禄的二女儿焦守云日后回忆说："父亲照片很少，他在兰考就那几张照片。最有名的照片就是他站在泡桐树底下那张。为什么披着衣服？因为他正在干活呢。有人说，焦书记，你不是喜欢泡桐吗？站在泡桐树下照一张相吧，于是就照了。看那张照片的动作，就能看出他不是一个很憨很粗的人。照片上他还穿着土色的毛背心。我因为当时小，没有注意这些细节。后来专门问我妈妈，（才知道）那个毛背心在当时是很时髦的，一般的人穿不上毛背心呢！他这件毛背心穿了很多年，一直穿到最后。"不过焦守云又强调："父亲是一个贫穷的父亲，他生前没穿过几件像样的衣服；他也是一个富有的父亲，身后留下了一座精神的金矿。"

在兰考城关乡朱庄村，焦裕禄亲手栽种的那棵泡桐树已20多米高,深深植根于兰考大地。遍布兰考1000多平方公里的泡桐树,已经形成了一个有着500多家相关企业、产值100多亿元、吸纳4万多人就业的"泡桐经济"产业链。

焦裕禄的实干精神在中原大地蔚然成风,开花结果。巩义市竹林镇党委书记赵明恩、濮阳县庆祖镇西辛庄村党支部书记李连成、辉县市张村乡裴寨社区党总支书记裴春亮等,众多焦裕禄式的好干部经常到兰考参观学习,在面临困难时以焦裕禄精神为镜,从焦裕禄精神中找方法、寻对策。

接受专访时,刘俊生找出了两张没有裁剪的原版照片。几十年过去了,关于焦裕禄的事情,老人讲得依然那么详细、清晰、真切,仿佛刚刚发生似的。曾有一副对联挂在刘俊生家的墙上,上写"裕禄精神普天颂,俊生同志永世功"。

2021年3月15日,刘俊生因病去世。刘俊生病逝后,焦裕禄之女焦守云等专程送去花圈表示追悼。兰考当地许多群众来到刘俊生追悼会现场表达哀思,大家都清楚正是他用文字和镜头见证了焦裕禄的兰考岁月。这个留下焦裕禄经典照片的人走了,但老人所讲述的焦裕禄故事将永远在中国大地传颂。

焦裕禄并不是一个古板的人。1947年在奔赴新解放区的南下工作队中,他扮演了大型歌剧《血泪仇》的主角——苦大仇深的贫雇农王东才。至于表演山东快书、自编打油诗什么的,更是不在话下。换句话说,倘若他要拍照,那么镜头感肯定超强。然而他在兰考只有这4张照片。是的,在那470多天里他真的很忙,可不管多忙,摆个姿势、露个笑脸的时间终归还是有的;是的,兰考很穷,可身为县委书记,照几张相,毕竟算不上多大的开销……然而作为一名县委书记,他知道老百姓要看他干得怎么样,而不是长得什么样;作为一个共产党员,他知道脚印比脸蛋更重要。

一缕清风从焦桐下习习吹过,像是更多的人在诉说各自心中的焦裕禄。沐浴在春光里,这缕清风不仅给我们带来了温暖,更带来了感动。愿树下这些故事能带给我们更多的思考和启迪。

（十三）
生命倒计时的忙碌与情怀

1964 年元旦，兰考县委放假一天。焦裕禄却没有休息，一页连一页地翻阅治"三害"的资料。他的肝病已十分严重，瞒天瞒地但瞒不了他自己。早在洛阳矿山机器厂工作之时，他的腹中便像开了锅似的翻搅、响动，这是肝气郁塞的症状。他用一根布条捆住了肋腹，以土法子压迫病痛。那种办法如今已经失灵，疼痛来自右肋之下的肝部，他改用秫秸、鸡毛掸、钢笔、鞋刷等硬物顶压。

这天，他带着刚刚翻阅完文件的新思考，骑着自行车来到了城关公社的韩村，找到 6 位有经验的农民座谈，检验自己的思考。之后，他来到村西南的地里搞起台田试验。

焦裕禄亲自规划，画好边，拿起铁锹和大家一起挖了起来。挖了一会儿，肝痛火烧般袭来。焦裕禄假装休息，以锹杆顶住肝部，咬紧了牙关。但是一切的掩饰动作都不能瞒住熟知他的人。大家一齐劝阻他不要再挖，要送他去看病。这时，他做出轻描淡写的样子："不要紧，咱们眼下吃点苦，受点累，挖掉穷根，子孙后代才有好日子过！"

挖了一晌，到午餐时，焦裕禄说回县委有事，就骑着自行车走了。下午修台田的社员刚到地里，焦裕禄又来了。直到天黑，把台田样板修好，他才高兴地离去。以后，韩村群众按照这块样板田，又修台田100多亩，庄稼获得了好收成。

身边人这期间注意到：无论开会、作报告或听汇报之时，焦裕禄总是右脚踏椅，抬高右膝，顶压肝部。而且他棉袄的第二、三个扣子总是不扣，左手握一支笔，或持一茶缸盖、一根秫秸，探入怀中，狠狠抵住肝部。县委和上级领导都很关心他，屡屡劝他住院治疗，他都以一条听来令人信服的理由硬生生地予以推辞："病人最好不要住院，一住院，耳朵听的、眼睛见的都是病。人进到了病圈子里，轻病也转重三分，倒不如坚持工作——工作的乐趣可以驱除疾病的痛苦，这样对战胜疾病反而有利。"

1月26日，焦裕禄在开封地委参加会议，肝病突然加重，以硬物压迫止痛的土法也失效了，他疼得满头全是汗珠。地委领导命令他立即住院治疗，他说："年初要安排一年的工作，现在不能住院。"

一位有名的中医为他开了个药方，焦裕禄一看每服药要花30元钱，嫌太贵没有买。县委的同志背着他取了3服，竟挨了他的批评："兰考是个灾区，群众的生活很苦，吃这么贵重的药，谁咽得下去？"他执意不再买第四服药。

每到夜深人静，焦裕禄拖着体力、精力透支的身子回家，把茶缸盖悄悄藏入被窝里，顶压剧痛的肝部。疼痛实在难忍之时，他干脆穿衣起床，把烟嘴含在口中，点燃一支劣质的香烟。妻子徐俊雅知道,他又要工作了。

焦裕禄加夜班时,疼得难受就发狠地吸烟,常常将烟嘴咬碎。徐俊雅实在看不下去了,就说:"你要是疼得厉害,我就找医师给你打一针吧?"焦裕禄故作轻松道:"深更半夜的,吵醒人家不好,没有多疼啊!"徐俊雅含着眼泪劝他:"你一天天瘦了,铁打的人也要歇一歇。"焦裕禄淡淡地笑了:"反正睡不着,还不如做点事情,还能忘掉疼痛。这样也好,工作的时间反倒多了……"

1941年,焦裕禄的父亲因家贫又愁闷而上吊自杀,这时焦裕禄只有19岁。1955年,焦裕禄在他的干部档案自传中是这样叙述他的母亲的:"母亲李氏63岁,住山东,家种一亩地生活,完全依靠我和爱人的工资。我除经常向家寄钱供母亲生活外,母亲农闲时有时也到我处住三两个月。"

1963年农历的年根儿,经上级党组织批准,焦裕禄带着妻子与儿女回山东省淄博市北崮山村探望老母亲,这是他参加革命离家17年来第一次探亲。

临行前,焦裕禄到兰考县政府大院找县长程世平。程世平以为有什么大事要商量,便把他让到了煤火炉旁,让他暖和暖和。焦裕禄说:"老程啊,今年春节你打算回家过年吗?你要是回家,我就值班看门。你要是不回去,你就值班看门。我已经好多年没回山东家乡看望老母亲了,今年春节前打算领着老婆孩子回去一趟。"程世平说:"那你就准备准备回去吧,我没打算回家,你放心地走吧!我看门。"

　　焦裕禄笑了："那好。老程,我还有点小事儿,能借给我点钱吗?三四百元就够了。"程世平知道,焦裕禄夫妇平时省吃俭用,因为要赡养老人,抚育6个子女,有时还接济穷困群众,日子过得相当紧巴,可没想到一个十五级干部连回老家探亲的路费也凑不够。于是程世平问:"不大够吧? 是不是多带一点?"

　　"够了够了,连工资一共500多块,足够用的。钱,我回来就想法还给你,路上能节省的就节省了。"焦裕禄有些难为情。

　　炉火烧旺了,程世平因穿得厚,身上有点热了。可他发现焦裕禄偎近火炉去烤火,身上还打哆嗦。程世平一惊,问道:"老焦,是不是又犯病了?"焦裕禄说:"没有,就是有点冷。"

　　程世平知道焦裕禄的肝疼时不时地发作,只是每次都咬牙挺住,从来不吭一声。于是程世平顺手摸了摸他身上的衣服,又是一惊:"大冷天你穿个空心袄,怎能不冷? 连件秋衣也不套,八面透风,还不冻坏了!"焦裕禄苦笑一下:"老程,咱没衣服往里套啊!"

　　程世平说:"买布做一件嘛!"焦裕禄答:"没布票,钱也紧,将就着过吧,许多群众连棉衣也穿不上啊。"程世平说:"没布票我给你找,无论如何也要做件内衣。不然老娘见了心里啥滋味?"他便硬拉着焦裕禄,冒着风雪来到了街上,买了一些价钱便宜的处理布。

　　就这样,一家大小上路了。路上带着馍,买碗开水都算计着。一路上,焦裕禄指着一块块烈士碑对孩子们讲革命烈士的故事,教育孩子们要珍惜眼前的生活。徐俊雅这才明白焦裕禄把孩子全部带回老家的良苦用心。

"我爸从兰考买了些卤猪肝、卤猪耳朵啥的拿回老家。我奶奶还舍不得吃，拿着供在院子里的祭桌上。我两个弟弟馋，就去偷着吃。"二女儿焦守云回忆道，"正月十五送花灯，奶奶把白萝卜的头儿削去，挖个坑，放上根棉花绳子，舀上些豆油，点着了满家照照，石台、磨盘、鸡窝，旮旮旯旯的，说不招虫子，照照小孩的眼睛，说看得远，最后把花灯送到井边的石头缝里。"

山东博山的雪下得深，一家人团聚，老宅里的年味越发浓厚。"那年雪很大，到大人的膝盖那么深。博山过年的民俗很讲究，从小年开始到正月十五，每天做啥都有安排。过大年，我们一家又都回去了，那就更热闹了。"焦守云难忘老家过年时的味道。

焦裕禄的侄媳妇赵心艾这样回忆二叔最后一次探家时的情景："见到二叔是在1964年，他一家人回来过年。那时候俺刚订婚，见到他时都不敢说话。他很瘦，脸色难看得很。"

恰逢春节，按山东风俗，给刚订婚的侄媳妇一些压岁钱本是在理的事。被问及此，赵心艾却不好意思地搓起手来："俺娘家人说他二叔在外面当官，保证给个三五块的压岁钱。结果一分钱都没有，回娘家还落一顿笑话。"

其实，这个在兰考当县委书记的二叔，哪有富余出来的压岁钱。快过门的侄媳妇不清楚自己的二叔全家日子过得捉襟见肘，回家的路费都是赊借的。

村里很多人听说有大官从外地回来，都很好奇，纷纷到焦家争睹大官的风采。可站在乡亲们眼前的大官却让人大跌眼镜——回家过年的焦裕禄穿着一件很破旧的大衣，肩膀上甚至还有个大补丁，下身穿着蓝粗布裤子，脚上是劳动人民中最寻常的胶鞋——这模样，还不如村里普通村民穿得好呢。

大年初一，家家拜年。焦裕禄逐一拜访村里幼时的伙伴、曾一起吃苦受累的乡亲、并肩作战过的民兵战友。在北崮山当过多年村支书的陈壬年到了晚年还记得，焦裕禄"还没进俺家大门，他就喊我。我看他穿着一件磨得发亮的大袄，还说他咋穿成这样，他说咱们干活出力的不就是这样"。陈壬年还说："1953年，他在洛阳工厂里的时候，就给我写信，让我发展初级互助组，搞农业生产大联合。"

焦裕禄对家乡的一草一木有着深厚的感情。焦裕禄在陈壬年家坐了一个多钟头，给他提出两条建议：一是抓封山造林，"咱北山上光秃秃的，得绿化绿化，在崮山上种些桃树什么的，开了花也好看，有人会来参观，村民们也有些收入"；二是抓水利，"可以让各个生产队挖几个蓄水池，割完麦子种玉米的时候，挑水养苗不怕旱"。他还鼓励陈壬年："应该在村里发展副业，栽个桑树养个蚕，40多天就摘茧。"

在崮山桥西头，有一处北崮山村人极爱凑一起晒太阳的地方。"我爸在那儿跟乡亲们讲一些外面的事。他说，再过不长时间，在崮山桥东头的大槐树上，架一个大喇叭，什么时候想听戏，那里面都有。"焦守云回忆道。

"我爸身体那时候就不是很好了。你看他在泡桐树底下照的那张照片，就缺一个牙，所以他喜欢吃酥脆一点的煎饼，软的太筋道,反而咬不动。"在焦守云记忆中,父亲爱吃老家的煎饼,"我奶奶每次都把煎饼放干了叠起来,去看我爸的时候带上,能吃好长时间。有时候都长了一层薄薄的绿毛,他就拍拍再吃。"

"我记得老家的厨房没有窗户,天稍微晚一点就啥也看不见了。我奶奶在小油灯下,不是纺线就是摊煎饼、纳鞋底,小油灯的灯头儿在那跳啊跳。她是个热心肠,针线活儿在十里八乡都是出了名的。我爸的很多布鞋都是她亲手做的。"焦守云回忆起奶奶时说,"她来看我们,回老家的时候,只要能拿得动,我爸总会给她捎上点白面。我爸可能觉得,老家生活不好,只有过年才有白面吃。"

村民王成茂在82岁高龄之时还依然清楚地记得1964年春节焦裕禄最后一次回到老家过年时的情景。王成茂说,乡亲们见他没什么架子,聊着天就插科打诨取笑他:"你看看你穿的哟,怎么看都像是在油坊里干活的,说你是个大县官谁信哩!"

在家乡度假期间,焦裕禄曾率领全家老少,由侄子焦守忠带路,来到了位于村西北角岳阳山与崮山山脚交会处——焦家的老林地。在北风的呼号声中,在松涛的低吟声中,他开始烧纸化钱,寄托对列祖列宗的哀思。焦裕禄指认一个个坟头,向妻子、儿女介绍着他们的名字和与他们的血缘关系。他告诉妻子儿女,他们都是穷死的、苦死的,如果能有今天的日子,他们就不会在那样的岁数病亡或自缢。他对孩子们说:"你们知道爷爷是怎么死的吗?是因为对生活无望而上吊死的。那时候,咱们全家吃的都是清水煮野菜。你们的大哥哥叫小连喜,也是在逃荒讨饭路上死的……那孩子要是还活着,今年该有 20 岁,是一个真正的山东大汉了……"

在老家待了半个月,返回兰考后的焦裕禄工作起来还是一如既往地忘我。正如 1964 年 3 月 14 日他在县委常委生活会上讲的:"……在兰考一天就要干一天工作(没有说活一天就要干一天),但最苦恼的是自己身体不好,肝疼,扁桃体肿大,现在又多了个腿疼,工作搞不上去……生活上问题不大,春节回老家借了 300 块钱,这个月可还 100,争取 3 个月还清。工作上有些急躁,有时对下边的同志批评不够恰当……"

既然知道自己身体不好,为啥还不去看病啊?为啥还豁出命来干啊!"他太清楚了,包括回老家,他都觉得是和他们永别去了。"焦守云说。"怎么样治水,怎么样治沙,兰考的情况全部在他脑子里装着,谁都不可以替代的,所以就这么玩命地干。"在焦守云的印象中,父亲的心中只有群众,他宁可自己累死,也不愿让百姓饿死。

春节刚过不久,焦裕禄把县委通信干事刘俊生叫到办公室,指着一份《人民日报》说:"你看,《人民日报》正在讨论县委领导班子思想革命化的问题,我看咱县委决心领导群众除掉'三害',就是思想革命化的一个具体表现。你到河南日报社汇报汇报,看看能不能突出地报道一下,鼓鼓群众的劲儿。"

于是刘俊生找到河南日报社总编辑刘问世,向他详细地介绍了兰考除"三害"的情况和焦裕禄的建议,刘问世听后当即表示:"我们商量一下,再向省委请示,再答复你们。"

10多天后，河南日报社把刘俊生召到郑州。刘问世高兴地告诉刘俊生："省委领导同志认为你们县的除'三害'搞得很好，同意发兰考县一个专版。你回去，转告县委负责同志赶快组织人员撰写文章，20天内把稿件送来。围绕除'三害'斗争，请县委书记写一篇文章，你们再写一篇通讯、几条消息，可以配发些照片、诗歌……把版面搞得活些……"

回到县委，刘俊生向焦裕禄汇报了河南日报社的版面策划。焦裕禄听后，说："好！这是省委对我们的关怀，这是报社对我们的鼓励。我们要组织写作力量，尽快把材料整理好！"这时，刘俊生提出几个骨干通信员名单请他审定，焦裕禄看后随即表示："可以！现在就通告他们到县委办公室来开会。"

焦裕禄主持召开了一个骨干通信员会议。在会上，他作了一番鼓励后，又让刘俊生传达了河南日报社发兰考专版的具体意见。接着几位骨干通信各自认领写作任务。最后，焦裕禄说："县委的文章，由我来写。我想写的题目是《兰考人民多奇志，除掉"三害"保丰收》。"他略停一阵后，随即又说："把题目改成《兰考人民多奇志，敢教日月换新天》吧！"

3月16日，县委召开常委扩大会。焦裕禄要同志们搞"四摆"——摆成绩，摆变化，摆进步，摆好人好事；搞"两找"——找差距，找原因；搞"一树"——树标兵；搞"两订"——订规划，订措施。在讲到如何开展比、学、赶、帮活动时，他讲道："比，比1963年各项指标完成情况，比勤俭办队，比爱国，比奋发图强，比自力更生，比收入,比巩固集体主义,比共产主义风格,比实事求是。学,学先进思想,学生产管理,学技术革新,学'三老'(做老实人、说老实话、办老实事)作风。赶,赶的目的就是比。帮,自愿结合,一个先进带一个后进。"晚上,他通宵达旦写材料。他仍然在与肝病"赌气":"你越怕它,它越欺负你。"

3月17日,焦裕禄出席公社党委委员以上干部、县直机关全体党员会议。他讲了3个问题:一、坚决纠正工作一般化现象;二、立即行动起来,全面完成各项工作任务;三、切实改进领导作风。讲到彻底改变兰考面貌的问题,他激动起来,越讲越有劲。突然,他的肝部剧烈地疼痛起来,豆大的汗珠一颗接一颗从额头滚落。同志们都劝他休息一下,明天再讲,他稍微停息了一下,疼痛一过,继续讲下去。

3月18日,焦裕禄召开县委扩大会,主要研究生产救灾、春耕生产、种植经济作物等问题,最后研究了如何抓好典型问题,他列举了大量的典型事例、典型单位和个人。大会开了一整天,焦裕禄十分激动、亢奋。

3月19日上午,县委扩大会继续进行,研究了群众生活安排和改进领导方法等问题,开封地委副书记延新文参加了会议。

延新文在会上讲:"到兰考后,下去看了4天,把你们县的大部分地区都看了。总的印象是,兰考正在变化,向好的方面变化。干劲大,信心足,不但有规划,而且有行动。变化的原因很多,主要是县委领导思想比较明确,摸透了县里的情况,下了决心,方法与措施都对头，都具体。如压沙，原来听到了消息，总考虑：行不行？压了沙会不会再被风刮起来？下大雨会不会冲走水土？顾虑重重。这次看了，确实不错，这条路走对了！""兰考县委的同志很好，去年虽然困难很大，但在困难的情况下办了很多事情。别的地方不敢干的事你们干了，效果很好。从去年看，你们的态度是积极的，没有被困难吓倒，大家的精神状态很好。""兰考过去要饭的多，闻名全国，现在转变过来了，这不是简单的事情，地委很注意你们的做法，并且大力推广你们的经验。"地委副书记的话，无疑是对焦裕禄在兰考工作情况的肯定。与会者没有想到，这似乎是在提前给这位鞠躬尽瘁的县委书记致美好的悼词。

3月20日，焦裕禄主持召开县委常委会，研究公社、县直机关的干部调整问题。

3月21日，焦裕禄和县委办公室干部张思义骑自行车去三义寨公社检查有关工作的落实情况。谁也没有想到，这是他最后一次骑车下乡。

焦裕禄看着路边的每一行树木、每一道沟渠、每一片庄稼，都露出爱恋的神情，像老人看着可爱的孩子。在一个上坡的地方，他实在蹬不上去了，下车蹲在了地上，以手抚肝。张思义建议："你的身体的确不行，我们还是先回去吧！"

突然，焦裕禄站了起来，推起车子向前走去："事情等着我们去办！"他没有多解释。张思义语言直率："焦书记，你的病很重了，万一出了问题……兰考人民需要你，根治'三害'的工作需要你……"焦裕禄听后,笑了起来:"我一个人能有那么大的能耐?党和36万兰考人民才是改变灾区面貌的力量嘛!再说我这病,我就不信治不好!"

他们好不容易来到了三义寨公社,公社书记看到他脸色不对,气色不佳,明知他病又犯了,却不敢说病,只说不忙谈工作,请他先休息一下。焦裕禄以不容商量的口吻说道:"我不是来休息的,还是先谈你们的情况吧!"

公社书记只得开始汇报。焦裕禄气喘吁吁地笔录,字写得歪歪扭扭,笔从手中掉下来几次。所有的人都看不下去了,齐声相劝。焦裕禄却站起来,执意要到下边去看看。

刚刚走出大门,一阵强烈的疼痛袭来,几乎使他昏倒在地。在这种情况下,他才不得不回县城治疗。

可是百忙中,只要肝痛稍微缓解,他就东奔西走,根本不能按时到医院打针。为了不使治疗过程中断,医院安排一位上下班经过县委的护士顺便为他打针。他意识到这是享受了特权,便坚决谢绝了这项特殊照顾。终于,这个忘我的人,这辆钢铁坦克的主机遭受重创了,需要紧急救治。焦裕禄被强行送往医院。医生的诊断是客观的:病情严重,必须立即转院治疗。

3月22日,县委决定于当日上午12点钟,派人护送焦裕禄去开封治病。但是焦裕禄改变了这一行程,他详细地部署了县委的工作,找这个同志谈谈,找那个同志问问,忙了整整一天。晚上,他躺上床,开始面对墙壁"过电影",明天将要离开兰考,是生离还是死别,他自有感觉。

在兰考的最后一夜——在肝疼难忍之时,在儿女熟睡、妻子准备入院诸物之时,他披衣而起,奋笔疾书。在将总题目《兰考人民多奇志,敢教日月换新天》书于稿纸顶端之后,又列下了4个小标题或提要:一、设想不等于现实;二、一个落后地区的改变,首先是领导思想的改变,领导思想不改变,外地的经验学不进,本地的经验总结不出来,先进的事物看不见;三、榜样的力量是无穷的;四、精神原子弹——精神变物质。

写着写着,肝又疼起来了,茶缸盖、鸡毛掸、钢笔管的顶压都无济于事,写作实在无法继续下去⋯⋯

再说,有关《河南日报》的专版写作任务落实后,大家都积极深入基层,开展了采访和写作活动。不多久,几位通信员把各自的稿件送到刘俊生手中。

3月23日上午,刘俊生得知焦书记要去外地治病。于是他拿着稿件赶到书记的办公室——一是请焦书记审阅一下所收上来的这些稿子,二是看焦书记的文章写好了没有。

刘俊生走进焦裕禄的办公室时,只见他正伏在桌子上,左手拿着一个茶杯顶着疼痛的肝部,右手执笔在写文章。他见刘俊生来到跟前,放下手中的笔,侧着身子对刘俊生说:"俊生呀,看样子,这篇文章我完不成了。我的病越来越严重,肝部这一块硬得很,疼得支持不住⋯⋯"刘俊生看着他那清瘦的脸庞,望着他那因肝部阵痛而时时颤抖的身体,又瞅见他为了止痛把藤椅顶出的那个大窟窿,为难地问:"那怎么办?"焦裕禄交代说:"你先把写好的稿子给河南日报社送去,我的文章让张钦礼书记写吧!"

刘俊生呆呆地望着桌子上铺开的稿纸,上面写着文章的题目《兰考人民多奇志,敢教日月换新天》,下面有 4 个小标题或提要。刘俊生清楚,这篇文章凝结着焦书记的心血,充满着焦书记对兰考人民的无限热爱。可是焦书记刚刚开了个头,病魔就硬逼着他放下了手中的笔。

当天,成群的兰考县委机关干部、群众来给外出治病的焦书记送行。焦裕禄谢绝了那辆旧美式吉普车的接送,也谢绝了架子车、自行车的载送,而是气喘吁吁地弯着腰,缓慢地走向火车站。他努力地挥挥手,劝同志们回去,不要远送。

临上车,焦裕禄把除"三害"办公室主任卓兴隆叫到面前,以深沉的低声一字一顿地说道:"除'三害'是兰考 36 万人民的迫切要求,是党交给我们的光荣任务,你一定要领导群众做好!我看好病回来的时候,还要听你全面汇报除'三害'的进展情况呢!"卓兴隆噙泪频频点头。这一走,竟是永别。

很快,焦裕禄住进了开封医院。人进了病房,心却留在了兰考,口中念叨、嘱咐的仍是兰考的除"三害"工作。医生对病人负责,劝他既来之,则安之,好生休息,好生养病。他苦笑了一声,说:"不行啊!兰考是个灾区,那里有许多工作在等着我,我怎能安心躺在这里休息呢?"

肝疼,腰也疼起来,于是烤电治疗,烤得皮肤起了水泡。病情有了大致的诊断结果,地委领导决定,送他到郑州的医院再行诊治。焦裕禄说什么也不愿意:"我的病没有什么了不起,灾区那样穷,何必把钱花在这上头? 在这里诊断出病情以后,我还是回到兰考去,可以一边治疗,一边工作嘛!"

地委领导得知他的态度,多次派人到他床前,反复说明:"叫你去郑州,是为了尽快地治好病,使你能更多地为灾区人民服务。"他终于同意了组织上的决定。

进入河南医学院第一附属医院(现郑州大学第一附属医院)后,焦裕禄被诊断为肝癌早期。徐俊雅看到了这个诊断结果,如雷击顶,焦裕禄察觉到了她神情的变化,笑着问她:"你怎么啦?"徐俊雅回答:"没什么,只是想孩子了……"焦裕禄没有再说话,他大概已经明白了一切,因为郑州大医院的医生要他转院到首都北京。

于是到了北京医院,专家会诊。专家剖开了他的腹部,确诊结果触目惊心,上面写:"肝癌后期,皮下扩散。"交给焦裕禄看的诊断结果是假的,上面写:"慢性肝炎,注意休息。"但是他本人早有自己患的可能是恶性病的判断。专家摇头表示:"只能采取保守疗法,无能为力了……他的生命最多还有 20 多天的时间……"这样,焦裕禄又被送回河南医学院第一附属医院。

当年焦裕禄在河南医学院第一附属医院住院时,赵自民是河南医学院医疗系的一名学生,正在医院实习,他的指导医生就是焦裕禄的主治医生。那个时候,赵自民曾询问过焦裕禄的病情,为焦裕禄做过病历记录。

"当时只知道他叫焦裕禄,是个干部。"50年后,赵自民回忆说。焦裕禄住院时,肝病已经很严重了,虽然身为县委书记,但他为人和气,当时住在普通病房里,没搞一点儿特殊。"我作为实习医生,按照医生的安排,问问病情,做做记录,虽然只做了这些工作,但留下了永久的记忆。"

在郑州住院时,来看望焦裕禄的人络绎不绝。每次见面,他总是告诉同志们:"不要来看我,自己病了不能工作,花了国家的钱,还麻烦同志们来看我。""都不要来回跑了,耽误工作,我心里很不安哪!"但只要来了人,他似乎总有问不完的话,多是问除"三害"工作的进展情况。他告诉护送他的县委统战部负责同志,应该快一些回兰考,向组织汇报他的病情,叫同志们团结一致,治服"三害"。

在生命最后的日子里,他仍然惦记着张庄的沙丘封住了没有,赵垛楼的庄稼淹了没有,秦寨的盐碱地上麦子长得怎么样,老韩陵地里的泡桐树栽了多少……5月4日,焦守凤到郑州探望病重的父亲,只见他嘴唇干裂,脸黄如纸,说话要用很大的力气,上气不接下气。

门外暴雨如注,疾箭般的雨点射在窗上。焦裕禄见到女儿的第一句话就是无限忧愁的念叨:"小梅,咱兰考淹了没有?你把咱县的实际情况告诉我!"焦守凤含泪摇头。可是他不相信,便劝徐俊雅回兰考一趟,看看庄稼到底淹了没有。

在身体极度虚弱的时候,焦裕禄仍在努力学习,阅读书报,一张报纸他需间断几次才能看完。徐俊雅与护士都劝他多休息,不要看书报了，他总是说："有病更应该学习，病人有了精神食粮，才能正确地对待疾病，战胜疾病。"

就在焦裕禄病重期间，他看到除"三害"初见成效，劳动人民将要摆脱贫困，走向富裕，曾激情满怀地想接着写完那篇《兰考人民多奇志，敢教日月换新天》。可是这篇文章刚写了一个开头，他的病情就恶化了。焦裕禄对办公室的同志交代说："看样子，我的文章写不成了，让张钦礼书记写吧！他写好稿子署他的名字也行，署俺俩的名字也行。"

5月初，刘俊生到河南日报社去送稿。一位编辑告诉刘俊生："河南医学院第一附属医院一个叫赵文选的打电话找你，说你们县的县委书记在那里住院，找你有事，叫你到那去一趟……"

当天，刘俊生赶到医院，找到随同护送焦裕禄治病的赵文选。赵文选告诉刘俊生："焦书记让我往河南日报社打电话，找你好几次，他想问你些情况……"

刘俊生来到焦裕禄的病房，看到他半躺半坐地歪在病床上，眯缝着眼。刘俊生轻轻地喊了一声："焦书记！"焦裕禄看到刘俊生来了，抬起放在胸前的手，指指凳子，示意刘俊生坐下。刘俊生看着焦裕禄蜡黄消瘦的面孔，看着他说话有气无力、动作缓慢的情景，很难过。一个多月没见面，焦书记怎么变成了这个模样？

焦裕禄说："我想问问……咱县除'三害'斗争那组稿子……报社发不发？"刘俊生回答："这次我到报社送稿，专门问了这件事。总编室的同志告诉我，兰考的专版，暂时不发了……"

焦裕禄问："什么原因？"刘俊生说："编辑告诉我——兰考挪用了群众的救灾款，省里通报批评了。那边省委通报批评您，这边报社表扬您，太不协调。以后发不发由省委来定。"

焦裕禄听后，表情凝滞，用低沉的声调一句一停地说："这说明，我们的工作做得还不好……发不发，这是省委的事、报社的事……发了，对我们是个鼓舞；不发，对我们是个鞭策……"

焦裕禄沉默了一阵后，便转移了话题："前几天，一连刮了几场大风，又下了一场大雨，沙区的麦子打毁了没有？洼地的秋苗淹了没有？"刘俊生告诉他："咱县封的沙丘、挖的河道真正起作用了，连沙丘旁的麦子都没有打死，长得很好。洼地的秋苗也没有淹……"

焦裕禄问："老韩陵的泡桐栽了多少？"刘俊生高兴地告诉他："林场里育的桐苗，全都栽上了，都发出了嫩绿的新芽，看样子都成活了。"

焦裕禄又问："秦寨盐碱地上的麦子咋样？"刘俊生说："我刚从那里采访回来，群众看到深翻压碱后种的小麦，都高兴透了，形容说：今年的小麦长得平坦坦的，像案板一样，这边一推，那边动弹，钻进一只老鼠都跑不出来……"

由于问话太多，太激动，太疲劳，焦裕禄竟然昏迷了过去。他醒来后，一把拉住身边的刘俊生的手，说："刚才，我做了一个梦，梦见兰考的小麦丰收了。你这次回去，一定请人捎一把秦寨盐碱地上的麦穗来，叫我看一看。"刘俊生点头答应了。

这时，焦裕禄的妻子徐俊雅端着一碗面汤走来，接着一位护士拿着针管走来……赵文选拉了拉刘俊生的衣角,刘俊生领会了他的意思,只好和焦书记中断谈话,说了声:"焦书记,您休息吧！我走了。愿您早点康复！我们在兰考等您！"焦裕禄含泪缓缓挥手。

焦裕禄的病情进一步恶化。在这种情况下,兰考县委副书记张钦礼匆匆赶到郑州探望他。张钦礼看到焦裕禄在全力克制剧烈的疼痛,一粒粒黄豆大的冷汗不时从他额头上沁出来。焦裕禄用他那干瘦的手握着张钦礼的手,两只失神的眼睛充满恳求地望着他,问:"我的病咋样? 为什么医生不肯告诉我呢?"

张钦礼迟迟没有回答。焦裕禄一连追问了几次,张钦礼最后不得不告诉他:"这是组织上的决定。"

听了这句话,焦裕禄点了点头,镇定地说道:"啊,那我明白了……"

隔了一会儿,焦裕禄从怀里掏出一张自己的照片,颤抖着交给张钦礼,然后说道:"现在有句话我不能不向你说了:回去对同志们说,我不行了,你们要领导兰考人民坚决地斗争下去。党相信我们,派我们去领导,我们是有信心的。我们是灾区,我死了,不要多花钱。我死后只有一个要求,要求组织上把我运回兰考,埋在沙堆上,活着我没有治好沙丘,死了也要看着你们把沙丘治好！"

张钦礼再也无法忍住自己的悲痛,他望着焦裕禄,鼻子一酸,几乎哭出声来。

不久,医院连续两次发出了病危通知。河南省委常委、组织部部长张建民和省委副秘书长苗化铭、开封地委组织部部长王向明赶到医院看望他,此时他已处在了昏迷与抢救之中。

从昏迷中苏醒后,焦裕禄意识到自己的时间不会有多少了,便严肃认真而又温和地告诉医护人员:"不要给我使用那么贵重的药了,应该留给比我更需要的、更有希望的同志。"

临终前几天,焦裕禄从手上取下自己戴了多年的那块手表交给焦守凤说:"小梅,爸爸没让你继续读书,也没给你安排一个好工作,爸爸对不起你。这块旧手表是爸爸用过的,送给你作个纪念。你要好好工作……按时上下班。"焦守凤哽咽着说不出话。焦裕禄将目光转向妻子,嘱咐妻子不要向上级伸手要补助、要救济。

焦裕禄随后又对焦守凤说:"小梅,你们姊妹几个,数你大……是大姐姐……以后要听妈妈的话,帮助她……带好弟弟妹妹。家里的那套《毛泽东选集》,也作为送你的礼物……那里边毛主席会告诉你怎么工作,怎么做人,怎么生活……"后来,这块手表与这套《毛泽东选集》成为焦裕禄纪念馆的重要藏品。

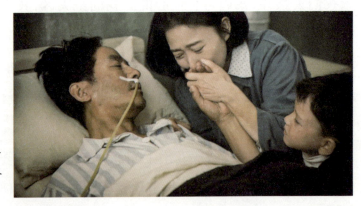

电影《我的父亲焦裕禄》中焦裕禄病危的剧照

焦裕禄追悼会现场

焦裕禄的妻子徐俊雅和孩子焦守云
在追悼会上

1964年5月14日9时45分，因肝癌不治，焦裕禄与世长辞，终年42岁。焦守凤接受采访时说："我爸去世时，只有我妈（徐俊雅）和县委的一个干事（李忠修）在现场。"

5月15日，焦裕禄追悼大会在郑州举行，河南省委、开封地委、兰考县委领导和成千上万的工人、农民、学生前来泣送、哀悼。

5月22日，兰考县举行追悼大会。追悼大厅的大门两侧摆满了花圈。韩陵村的老农用泡桐树枝做花圈，有人用鲜花青草做花圈，更多的是用青松翠柏的枝叶做的花圈和纸布花圈。刘俊生负责登记花圈。

焦裕禄就这样走了，撇下家中的老老小小。焦守云回忆说："父亲去世时才42岁。我那时11岁。那一天，我记得特别清楚，我在院子里玩，还模仿老太太唱戏，突然听到我妈哭，哭得特别厉害。我不知道怎么回事儿，赶紧往家跑，我姐抓住我，把我头上的红头绳抹掉了。她想给我找个白布扎一下,没找到,最后找了个绿头绳。我妈把我拉过来,说:'守云,你以后可得好好学习。'这时候我才迷瞪过来,觉得爸爸不在了。我母亲那时才32岁,带着6个孩子,精神上的痛苦和身体上的疲劳可想而知。"

焦守云说,大伯焦裕生给父亲写的挽词是"鸟恋失翼",落款是"裕生叩首"。不过后来焦裕生应兰考县委办公室的请求,又挥毫用正楷写道:"为人民忘躯英魂尚在,党育你未忘饥苦人民。"这副挽联的手迹现存于兰考县档案馆。

焦裕禄为兰考人民鞠躬尽瘁,兰考人民更是崇敬、爱戴焦裕禄。当焦裕禄病重住院的消息传开后,四乡八村的老百姓涌到县委,都来问焦裕禄住在哪家医院,非要到病房去看看他不可,县里的干部怎么劝也不听。有个叫靳梅英的老大娘,听说焦裕禄去世了,夜里冒着大雪摸到县城,看见宣传栏里有焦裕禄的遗像,就坐在马路上不走,愣愣地看着遗像一动不动。

正当兰考的封沙、治水、改地斗争初步取得成效的时候,焦裕禄永远地离开了。他那篇没有完成的文章《兰考人民多奇志,敢教日月换新天》种下的是一个幸福兰考梦。他走之后,兰考的党员、百姓努力用汗水灌溉这个梦。

言行双表率,生死一沙丘。焦守云回忆说:"爸爸临终之前最大的心愿是死后能够埋在兰考的沙丘上,看着兰考人民把沙丘治好。他的遗体起初就地埋在远离兰考的郑州郊区的郑州市烈士陵园,一直到1966年2月7日《人民日报》发表了长篇通讯《县委书记的榜样——焦裕禄》，组织上才决定把我爸的遗骨迁回兰考，当时我们省还第一次动用了专列把父亲的灵柩运回兰考，葬在城北关黄河故堤沙丘。"

1966 年 2 月 26 日，焦裕禄遗骨迁葬兰考

1966 年 2 月 1 日，河南省人民政府批准焦裕禄为革命烈士。2 月 26 日，根据焦裕禄生前的遗愿和兰考人民的强烈愿望，河南省委决定将焦裕禄的遗骨从郑州迁葬于兰考。当天，一辆护送焦裕禄灵柩的专列到达兰考，火车站人山人海，街两边挂满了挽联。

此前，河南省委指派省委秘书长苗化铭负责迁葬事宜，指派省政府秘书长赵致平亲赴兰考负责安葬工作，首要问题就是按照焦裕禄的遗嘱，把他的遗体埋在沙丘上。

埋在哪个沙丘上？起初有人提出，埋在焦裕禄亲自领导群众封闭过的沙丘最合适，位置在东坝头的张庄南地。于是赵致平领着兰考县委领导去现场查看，发现这里距县城 18 里，又没公路，考虑到安葬在这里会给今后的纪念活动带来很多困难，便询问有没有靠近公路的沙丘。这时，有人提出在兰荷公路旁的城关公社高场北地的沙丘适合,于是大家随即去现场视察。这里虽有沙丘,但离县城还是有 10 多里。

张钦礼回忆,有一次起大风,他和焦裕禄查风沙,曾到县城北的黄河故堤上。故堤上有个土牛,是清乾隆四十七年(1782 年)劳动人民一筐筐、一担担把黄土堆在大堤上形成的。群众把这叫土牛,以备黄河决口之用,这里是县城的最高处。当时他和焦裕禄站在土牛上,可以看到风沙的起落,焦裕禄说:"人有人路,风有风口。"他转脸对张钦礼说:"老张,这个地方站得高,看得远,真是个好地方。如果我死了,就埋在这里吧!"当时张钦礼以为他只是说说而已,并没在意,现在想起来,那里不正是焦裕禄为自己选好的地方吗?于是墓区被选定在这里。

火车站离墓地也就几里地,队伍却足足走了两个半小时,数万群众扶棺前行。这一天,对兰考人民而言是一个被泪水浸泡的日子。苍天含黛,大河呜咽,兰考人民以泪洗面,迎回了他们的焦书记。

据参加过焦裕禄葬礼的刘杰回忆,送葬那天,街上到处是人,街道树枝上挂满了布条。上万群众披麻戴孝,恭候棺木到来,有的妇女还挎着装满鸡蛋和馍馍的竹篮。

当棺木在东边出现时,静候的群众不顾一切地涌上前去,齐刷刷地跪倒在地,放声痛哭。棺前的人们退一步,磕一个头;抚摸着棺木的人一边随着棺木移动,一边泣不成声地说:"焦书记,你不能走啊!"远离棺木的人则挥动着双臂高声呼喊:"焦书记,让俺再看你一眼啊!"

在墓地,送葬的群众跪成一片。有十几个人不顾一切地跳进墓穴,周围立即围起两道人墙,他们死活不肯让焦裕禄的棺木下葬,他们舍不得他们的好书记,纷纷表示要替他而去。兰考县领导深情地劝说着:"乡亲们,焦书记为咱兰考人操尽了心,他太累了,就让他好好歇息吧!"跳入墓穴的人悲哀地放声大哭,最后在工作人员的帮助下才离开了墓穴。

棺木下葬时,拽绳的人怎么也不愿放下绳子,硬是一点一点地往下放。刚一松开绳子,成千上万的人立即从四面八方向墓穴冲去,他们痛哭着,呼唤着:"焦书记,您回来呀!"接着他们虔诚地跪下磕头,捧起一把把黄土轻轻撒向棺木。就这样,兰考人民用手中的黄土把焦裕禄与兰考的大地融为了一体。14年后,万人送葬的场面出现在电影《焦裕禄》的开头。

当天,一对夫妇抱着一个小孩赶到了焦裕禄墓前,哭着说:"焦书记,您睁眼看看吧!这就是您救活的小徐州呀!焦书记,您放心,等娃长大了,俺一定教他像您一样去做人!"

原来,焦裕禄曾救过这个孩子的命,那对夫妇是张传德夫妇。焦裕禄去世后,张徐州的父母把他的名字改成了张继焦,取继承焦裕禄精神之意。

张继焦日后成了焦裕禄烈士陵园管理处副主任、焦裕禄同志纪念馆副馆长。"我和焦书记结下的是一辈子的缘分。"张继焦说,"如果当年不是焦书记伸手相救,也就不会有今天的张继焦,宣传好、发扬好焦裕禄精神,对我来说义不容辞。"

　　焦裕禄是 1962 年冬天到兰考的，而当年兰考的老百姓食不果腹，绝大部分背井离乡，出去逃荒要饭。也是在这一年，因难以忍受"三害"之苦，张传德夫妇从兰考逃荒到了江苏徐州，生下一子，取名张徐州。按当地风俗，产妇不满月不能进别人家，由于无处安身，张传德夫妇只好抱着刚出生 6 天的孩子，扒火车返回了家徒四壁的兰考老家。

　　回家不久，张徐州患上重病，家中无钱医治，父亲就把他放在筐子里丢在了路旁。正在查找风沙口的焦裕禄发现孩子还有气息，赶紧到大队给县医院院长高芳轩打电话，要他们好好给孩子治疗。他还不放心，又写了一封信，让孩子的父亲张传德带上到县医院去。孩子住院期间，焦裕禄曾 3 次打电话询问病情。经过 25 天的治疗，小孩病全好了。

　　后来，张继焦就称焦裕禄的妻子徐俊雅为妈妈，并像儿子一样经常照顾徐俊雅。张继焦比焦裕禄的 6 个子女年龄都小，人们都称他是焦家老七。

　　如今，张继焦虽然根本记不清焦裕禄当年的模样，但是对焦裕禄有着十分特殊的感情。"我的生命就是焦书记给的。从刚记事起，父母就反复讲述焦书记救我的经过，经常告诫我要知恩图报。因而直到现在，当年的细节还深存我的脑海，记忆犹新。其实，焦书记在兰考工作时，不知道救了多少人的命。他冒雨去村里救出因房屋坍塌困在里面的老人；他冒雪给贫困户送棉被；他治理'三害'，让无数人不至于饿死。这么多年来，我忠实地做焦裕禄陵园的一名守护者，如同那棵焦桐树一样，与焦书记始终在一起。"

据焦守云回忆："我爸的去世，使我妈的精神支柱一下子轰然倒塌。埋葬我爸的时候，她肝胆欲碎，几次往我爸的棺木上撞击，被身边的人死死拉住，我们姊妹几个连惊带吓，一个个围在我妈身边号啕大哭。"

从此以后，焦守云几乎每天都看到母亲去作报告，作一场报告回来就哭得稀里哗啦的"。

焦守凤深情追忆父亲的最后时光（余玮 摄）

"我生母是上世纪 60 年代去世的，我一直喊我继母为妈，是这个母亲养育我、带大我，尽管她没有生我。我妈对我很好，我十分感激。我妈去世后，是火葬的，骨灰在家里放了 3 年。我妈有一个愿望，希望能与我爸在一起。于是后来我们将我妈的骨灰撒在了我爸墓的四周，以这么一种特殊的方式完成我妈与我爸在一起的心愿。清明的时候，一块扫墓。"接受采访时，焦家大女儿焦守凤对笔者说。让焦家后人欣慰的是，焦裕禄的陵墓所在地被列为国家级重点文物保护单位。

（十四）
红色家风的接力棒

焦裕禄因患肝癌不幸病逝，年仅 42 岁。在焦裕禄葬礼上，他的妻子徐俊雅手牵大大小小、高高低低几个孩子低声悲泣的情景令人心碎。

自从 1959 年发现焦裕禄有肝病以后，徐俊雅就把他这因操劳、苦劳和营养不良所致的病放到了自己的心上。她承包了家中一切粗活、细活，买米买面，劈柴买炭，赶集上店，打醋称盐，"连一条小手绢也没让他洗过"。她知道丈夫工作忙，心疼他忙工作，从来不抱怨他不顾家、不着家。而焦裕禄每次回家，就与孩子们尽情亲近——抱着小的，背着大的，闲着的胳膊上再挂起一个。这便是徐俊雅最幸福的时刻。

焦裕禄生前热爱生活，却少有时间享受生活；他孝敬老人，爱妻子，爱儿女，陪他们的时间却很少。焦裕禄在世时，这个大家庭没有一张全家福。他去世两年后，徐俊雅和 6 个子女在家门前才有一张合影。在生命的最后一刻，焦裕禄心里惦念的仍然是兰考人民，但他始终是妻子眼中的好丈夫、子女眼中的好父亲。

焦裕禄与家人在一起（张建华 绘）

焦裕禄在世时，没留下一张全家福。图为1966年2月，徐俊雅和6个子女在家门前的合影

电影《我的父亲焦裕禄》中的全家福

　　1963年冬天的一个下午，焦裕禄与通信员骑自行车从农村回到县城后，来到张振祥师傅的理发店理发。在店门口，二人支好自行车并落了锁。走进店里，焦裕禄先给张师傅打了声招呼，然后从提兜里拿出报纸看了起来。

179

一个人理完发后,张振祥对焦裕禄说:"请焦书记入座!"焦裕禄说:"大家都排队,得有个先来后到,还是按顺序来吧。"众人一听是焦书记,一齐让道:"您是县委书记,比我们忙,您先理吧!"焦裕禄笑了笑说:"忙是事实,可谁又不忙呢?再说社会是有秩序的,作为县委书记,带头破坏社会秩序,兰考县不就乱套了吗?"众人佩服地点了点头。

焦裕禄边看报纸边等,一直等到轮到他的时候才理发。理完发后付过钱要走时,焦裕禄却找不到自行车钥匙了。他把上衣兜、裤兜和提兜连摸好几遍,仍然没找到。大家也帮忙找,桌上桌下、椅上椅下、店里店外都找了,还是没有。

无奈,焦裕禄只好扶着车把,让通信员提着车的支架走了。焦裕禄走了,可张振祥心里却不是滋味,因为钥匙是在自己店里丢的。大约过了一个小时,通信员气喘吁吁地跑过来对他说:"焦书记让我来告诉你,他的车钥匙找到了!"

张师傅松了口气,忙问:"在哪儿找到的?"通信员说:"在棉裤腿里。"人们笑着问:"怎么会在棉裤腿里?"通信员说:"焦书记穿的是补丁衣裤,钥匙从棉裤兜的破洞里掉下去了,好不容易自裤腿里找到了。"听到这里,大家的眼睛不由得湿润了。

1964年2月7日,国家给兰考拨来一批救济棉花。救灾办公室的同志看到焦裕禄的棉袄破了,决定照顾他,给他3斤棉花,让他换件新棉袄。同志们怕焦裕禄不要,就把3斤棉花票送到他家里。焦裕禄知道这件事后,又让家属把棉花票退了回去。他对救灾办公室的同志说："救灾物资是给群众的,我们不能要。我的棉衣虽说破点,但还能穿,比起没有棉衣穿的群众强多了。领导要时刻保持艰苦朴素的作风,生活上向低标准看齐。"

实际上,焦裕禄常年穿打着补丁的衣服,许多衣物都该换了。一床被子用了几十年,被里烂了就翻过来用,衣服、鞋袜补了又补。徐俊雅总想给他换件新的衣服,而他却常常对家属说:"现在兰考遭灾,群众生活很苦。跟群众相比,咱有穿的就不错了。比我要饭时披麻包片,住房檐下避雪那会儿强多啦!"有一次,焦裕禄的一件已缝了许多补丁的衣服又破了,焦裕禄又让爱人徐俊雅缝补。徐俊雅一看实在是破得不能再补了,就不愿意补。焦裕禄又求岳母给缝补,焦裕禄的岳母也说太破了,不能再补了。于是焦裕禄就自己动手缝补,还笑着说:"袜底补丁多了,更厚实,站得更稳。衣服补丁多了,穿着结实。"这时,徐俊雅又心疼地把衣服夺过去认真缝起来。

焦裕禄严于律己,克己奉公,常年吃的是窝窝头、咸菜。在下乡救灾治涝的数月艰苦奔波中,他总是自备干粮,和群众一起战洪水,探流沙,查风口。家人都知道,他坚持生活在群众之中,和群众同甘共苦,哪里最艰苦,哪里就有他的身影。他一心为公,一心为民,心中唯独没有自己。

焦裕禄患病期间,为了给他补补身体,徐俊雅特意为他订了牛奶,可焦裕禄不肯喝。徐俊雅知道,他在想老百姓的红薯片汤,心里难受,喝不下。推来推去,急得徐俊雅眼泪都掉下来了,吧嗒吧嗒落在白色的奶汁里。焦裕禄不忍再伤她的心,才端起牛奶喝了下去。

据焦守云讲:"父亲跟着南下工作队来到河南,被分到尉氏县。我母亲是尉氏的,后来两人在一起工作,认识后在一起。好多人都以为我母亲是家庭妇女,其实我母亲还在兰考当过副县长呢! 她基础文化水平比我爸高得多。她真的为兰考做了很大贡献,她当副县长的时候让她管经济,其实就是带着人去要项目、要东西,当时她不仅要工作,还要带孩子。我母亲很坚强,有个性。"

焦裕禄去世后,徐俊雅从未向组织申请过任何救济,一个人挑起了生活的重担。兰考县的退休干部王怀彦当年在县政府管理财务工作,他回忆起 1965 年有一次到徐俊雅家送工资的情形。当时,徐俊雅一家老小住在县委大院附近的 3 间瓦房里。王怀彦见灶台上放着剩饭,窝头已发黏了,就问徐俊雅为啥还舍不得丢掉。徐俊雅说,在水里泡泡,上笼蒸蒸,还能吃。王怀彦问,这一大家子人,钱够用吗? 徐俊雅淡淡地说,工资发下来,买了面,买了煤,剩下的就有多少花多少了。王怀彦说,焦书记在世时,一个月工资 80 多块钱,徐俊雅在兰考县统计局工作,每个月工资 57 块钱,虽然家里人口多,但两口子的工资加起来还够用。但焦书记去世后,徐俊雅要养活一大家子人就难了。一家人全靠徐俊雅每个月 50 多元的工资和每个月 13 元的抚恤金艰难度日,生活很拮据。徐俊雅始终记着焦裕禄临终前的遗言:"我死后,你会很难,但日子再苦再难不要伸手向组织上要补助、要救济。"

徐俊雅同孩子在一起

焦守凤和丈夫冯传富与儿孙在一起

对于焦守凤兄弟姐妹来说，父亲如高山，他高尚的情操永远激励着子女们不断进取；而母亲如大海，伟大无私的母爱一直伴随着他们成长的岁月。

日子过得清苦艰难，孩子多，吃饭是头等大事，穿衣就顾不得许多了。二女儿焦守云回忆说：遇到孩子们没衣服穿的时候，母亲就流着泪把父亲穿过的旧衣服找出来，然后再用剪刀、针线把衣服改小，母亲边干活边流泪。有时，"针也拿不住，剪刀也拿不住，手发抖，缝也缝不了。有几次竟泪眼模糊得被针刺破了手指"。谈及母亲，焦守云数度哽咽。在她的记忆里，自从父亲去世后，母亲连一件像样的衣服都没穿过。

一件衣服，老大穿完老二穿。焦守云清楚地记得，有一次母亲为了给一家人改善生活，到街上去买鸡蛋。鸡蛋贩子接过母亲递来的 10 元钱，说："一下子找不开钱，你能不能在这里等一下，我换开钱就回来找给你?"母亲信了鸡蛋贩子的话,就在原地等他回来,哪知等了好久,却不见那小贩的踪影,母亲这时才知道上了当。"回到家来,她伤心地哭了好几次,10元钱,在当时可是一大家人一星期的生活费啊!"

那个时候,焦家最怕过春节,也最怕过清明节。"我妈是个非常内向的人,我爸去世后她好多事情不愿意说,整天流泪,默默地做着一切。我爸去世后,我们过了一个又一个没有鞭炮、没有欢笑的春节。那几年,每年的除夕夜,我妈都流着泪包一整夜的饺子。但包了饺子,第二天大家欢天喜地放鞭炮的时候,她就蒙着被子在床上睡一整天,不吃不喝。我们心里清楚,我妈是在想念父亲。"焦守云回忆说,"每到清明节,我妈就大手把着我们的小手给我爸扫墓。有几次,她哭得昏倒在我爸的墓前,不得不让人搀着她回家,那情景让每一个人都心痛。后来,我妈养成了一个习惯,无论她住在哪里,都要把我爸的遗像搬到哪里,每日总是看了又看,擦了又擦,就这样苦守着我爸。我们家离我爸的墓地很近,只要她在家里,一早一晚她总是到我爸的墓地上走一走。她和父亲有很多的话要说,要倾诉。"

20世纪70年代初,王怀彦被调到兰考县计委,后来与徐俊雅共事了15个年头。"当时她是主任,我是副主任。"这位老同事对徐俊雅的评价是:"她太谨慎,太认真了。"

在计划经济时代,计委可谓重权在握,掌控着钢材、木材、水泥等重要物资的分配、划拨。王怀彦说,每年、每季度的分配方案,老徐（徐俊雅）都要亲自把关。有时，出于特殊原因，分配方案中有了几方木材或几吨钢材的出入，老徐都要打破砂锅问到底。修建县政府礼堂时，领导特地多批了一些水泥。老徐知道后说："现在物资紧张，我们搞的是调控，该供给的供给，不能供给的坚决不能供给，这事我找领导说。"

兰考县计委机关大院里有一片菜园，有同事常私摘一些菜拿回家。徐俊雅发现后说，菜园大家都付出了劳动，成果应该大家分享。事后，徐俊雅也许觉得自己太较真了，就问王怀彦："我是不是管得太细、太宽了？"

徐俊雅随身带着一个笔记本，上面记的全是工作上的事，单位同事的工资情况、家庭情况，她都掌握得一清二楚。王怀彦说，当时，县计委共有 26 名工作人员，一名叫黄安季的同事家在农村，有两个小孩，父母有病，生活比较困难。逢年过节的时候，老徐就会想起黄安季，为他送去些粮油。

徐俊雅离休后，一次，二儿子焦跃进到山东参加全国大蒜洽谈会。会后，国家商标总局的一位局长赶到兰考参观焦陵和探望徐俊雅，而当时徐俊雅患重感冒，正在县医院的病床上输液。当焦跃进问她生病为啥不通知家人时，徐俊雅沙哑着嗓子说："你们各有各的事，你爸当年身患绝症还一直不叫苦呢，我这点小病算啥？为了我的病，让你们分神劳心影响工作，不好……"老人时断时续的话语，让在场的人深为感动，河南省政府陪同来的一名处长不禁唏嘘失声："焦妈妈……"

徐俊雅性情温和,不事张扬,从不愿给人添麻烦,包括自己的儿女。后来,6个儿女一个个走出兰考,在外工作,离休后的徐俊雅仍独自留在兰考焦裕禄烈士陵园附近的家中,仍然保持着每天到丈夫墓前走走看看、与人聊天的习惯。由于年轻时清贫度日,操劳过度,晚年的她一直承受着糖尿病和多种并发症的折磨。她经常手脚麻木,腿脚浮肿、疼痛,从家中到焦裕禄陵园大门,100多米的距离需要歇息两次才能走到。

1991年,江泽民总书记到兰考视察,听了焦守云对母亲多年来的情况介绍后,他紧紧地握住徐俊雅的手说:"这些年你不容易,不容易啊!"江泽民的话,使得徐俊雅泪如雨下。

2005年8月25日清晨,73岁的徐俊雅默默地走完了生命的里程。青翠环抱,哀乐低回。来自兰考及河南省内外的亲友、领导和同事们,怀着沉痛和崇敬的心情为她送行。守凤、国庆、守云、守军、跃进、保刚6个已步入中年的子女肃立在母亲身边,当吊唁者全部离去,他们再也无法抑制内心的悲情,围绕着母亲的遗体痛哭着,呼唤着"妈妈"。

焦守凤,1945年出生,小名小梅。在焦守凤的印象中,父亲总是在不停地忙碌着。"天不亮就走了,中午在单位食堂吃饭,晚上还要在办公室看文件、开会,有时候直接睡在办公室。"焦守凤还说,父亲对几个子女要求很严,但也非常疼爱:"每次回家见到我们,都会摸着我们几个的头,问问最近表现怎么样,他从来没有打过和骂过我们。"

"我爸的办公室从来不让我们进去，我们也不想进他的办公室，办公室里听说啥也没有，还没有外面好玩。他晚上有时在家办公到深夜，公家的墨水不让我们用，公家的稿纸一张也不让拿。"在焦守凤的记忆中，一家人一起吃饭是难得的幸福时光，父亲照例会问起子女们的学习近况，告诉他们要尊敬老师、团结同学，不能因为自己是县委书记的孩子就感觉高人一等。与父亲说的情况相反，焦守凤却感觉自己低人一等。原来，徐俊雅曾亲手给焦守凤做过一件花色大衣，这件大衣焦守凤一直穿到上初中。那时候，正是小姑娘爱美的年纪，同学笑她："县委书记的姑娘穿的还不胜我们呢，衣服上还有补丁。"她觉得委屈，就央求父亲给她换件新大衣。父亲说："书记的孩子并不特殊，要说特殊，只能是更加爱学习，爱劳动，而不是爱攀比。学习上向先进看齐，生活条件跟差的比。"

焦守凤初中毕业后，就参加工作了。"当时正赶上全国学习邢燕子，父亲打算让我下乡，他觉得农村缺少有文化的人。"焦守凤说。

对于让焦守凤下乡的事情，徐俊雅很反对，认为应该把守凤留在身边。"为我的事父母吵了几次，最后折中的做法是让我去了副食品加工厂。"焦裕禄担心厂里对焦守凤另眼看待，就陪着女儿一起去报到。"他嘱咐厂长不要对我特殊对待，让我去做酱油、醋和腌咸菜。在厂里，做酱油、醋是最辛苦的，做出来还要挑着往门市部里去送。"父亲还不准她住在家里，要求她到厂里和别人同吃同住。"当时我很不理解，就不搭理他，回家也不和他说话。"焦守凤记得，父亲让自己去供销社副食品加工厂干临时工，洗萝卜、切萝卜、做咸菜，啥都干。那时候，焦守凤一天要腌上千斤萝卜，还要切几百斤辣椒，双手经常被烧得火辣辣地疼。她几次哭着埋怨父亲对自己太狠心。

接受专访时，焦守凤说："以前没有走上社会，对社会的情况不了解。我爸就是想让我多了解社会，了解一下生活的艰难。以前的一切就是父母安排，毕业了应该有自己的生活。作为孩子来说，对这些不理解，一些好单位我自己报上了名，也不是借用他的名义报的名，可是他不让我去上班，说都是机关，不利于了解社会。他这么做，我当时自然不能接受。"

有一年父亲忌日，焦守凤来到那棵著名的焦桐树下缅怀父亲，无意间听到旁边一位老太太说："焦书记可真是个好人，也不知他家的孩儿们现今都干啥哩，过得好不好。"那一刻，焦守凤泪流满面，也理解了父亲的良苦用心。

焦裕禄逝世几年后，组织上安排焦守凤到共青团开封地委工作，她担任过团地委副书记。由于工作认真负责，受到了上下一致好评。开封地市撤并时，焦守凤被安排到了市总工会。她的丈夫冯传富是一位从上海复旦大学毕业的高才生。他们有2男1女3个孩子。1999年，焦守凤从开封市总工会财贸工会副主任岗位上退休。"我是53岁退的，单位人多，超编的人太多，当时鼓励提前退下来。"

作为红色后代，焦守凤说："我们要做的是努力工作，按我爸的要求，不向组织张嘴提要求，不向组织伸手要这要那。我们要求孩子在工作上也一定要努力，自己的路自己走，不要因为姥爷在全国有名望，就借他的名望做事，姥爷是姥爷，你是你。"

焦裕禄的孙女焦楠从事着一份普通的审计工作。"我没见过爷爷，但从小便对爷爷的事迹耳熟能详，从崇拜到自觉遵守爷爷的家规，我承担起了作为焦裕禄后人的责任。我在做事之前都会想，这件事换成是我爷爷，他会怎么做。爷爷留下的家风，我也同样会反复告诫我的孩子。"

自 1968 年结婚起，这些年来，焦守凤的家一直在原开封地委家属大院，老式的瓦房很狭小，屋里比较阴暗，墙壁上抹的石灰已经开始发黑。在焦守凤卧室的床边有一张父亲的大照片，这是唯一能让人联想到焦裕禄的物件。焦裕禄病重时送给她一套《毛泽东选集》和一块手表，她至宝般收藏，后被纪念馆征集去。

长子焦国庆 1951 年 10 月 1

焦守凤说，父亲的情操一直激励着自己（图为青年时期的焦守凤）

焦裕禄生前教育孩子从小要热爱劳动、艰苦朴素。但在子女心里，记得最清楚的一句话是——"千万不能搞特殊！"（图为作者余玮采访焦裕禄长女焦守凤后合影）（冯传富摄）

日出生,他说自己是"生在新社会,长在红旗下"。1968年3月,焦国庆初中毕业,和15岁的妹妹焦守云同一天走入军营。焦国庆被分配到原沈阳军区一支董存瑞生前所在的部队,驻扎在山沟沟里面。他一干就是21年,历任"董存瑞班"班长、排长、连长、营长、副团长,事迹上过中央电视台和《解放军报》。焦国庆1989年转业,2004年从开封市地税局票务管理局局长任上退居二线。

焦裕禄对儿女要求十分严格。刚到兰考不久的一天,夜已很深了,他还在灯下看文件。大儿子焦国庆从外面回来,愉快地告诉他自己刚刚看了戏。焦裕禄问他谁给他买的票,焦国庆说:"把门的老肖听说我是你的儿子,就放我进了门。"焦裕禄眉头一皱,心想:这么小的孩子,就以干部子弟的身份看白戏,怎么行?于是他严肃地问道:"国庆,你看戏不买票对吗?"焦国庆说:"我是小孩,没人在意。"

焦裕禄这下生气了,当即把一家人召集起来,命令孩子立即把票钱如数送给戏院:"年龄小就知道占公家的小便宜,长大了就会贪大便宜,这是很危险的!演员唱戏,是一种很辛苦的劳动,看白戏是一种剥削行为!"

焦国庆听爸爸口气极为严肃,知道了问题的严重性,表示自己再也不去看白戏了。焦裕禄从兜中掏出了两角钱,交给了儿子,语重心长地说:"从小就要养成公私分明、为人民服务的好品德,不要以为爸爸是书记,就要搞特殊。明天把钱送给检票的叔叔,向他承认错误!"

焦裕禄在尉氏县工作的时候，人们就得知了焦裕禄爱看戏的习惯。他不但爱看演出，还爱看排戏，时不时还给演员提点意见。有一天，他在兰考剧场外排队买票，有人惊奇地发问："焦书记，你看戏也排队买票啊？"

焦裕禄笑哈哈地反问："我怎么就不能排队买票？"他买了一张第27排的票，对号入了座。剧场负责人发现他坐得那么靠后，抱歉地拉起了他，说："焦书记，请到前排坐。"焦裕禄和蔼地说："谢谢！我买的就是这一排的票。乡下群众轻易不进城，看戏的机会少，前排的位置应该让他们坐！"剧场负责人说："前排有给县委领导留的位置，这是多年的老规矩啦！"

这个"老规矩"焦裕禄早就有所耳闻。有一个县委主要领导也很爱看戏，不但不买票，而且屡屡领来一大群看白戏的，塞满第三排的座位。时间一长，群众便称这群人为"老三排"，称这个领导为"老三排排长"。这次，不论剧场负责人怎样拉他，焦裕禄都一动不动，并且强调："过去个别人兴起的老规矩不合理，应当废除。我们不能为了迁就某些人的坏作风而放弃原则，要处处为群众着想。"不久，在他的建议下，县委起草了一个通知：不准任何干部搞特殊化，不准任何干部和子弟看白戏……

焦守凤对笔者讲："看白戏的是国庆，他当时很小，根本看不懂戏，完全是图热闹，进入了也没有座位，看了一会儿就走了。孩子对戏不感兴趣，他们男孩喜欢看打仗的。我弟弟就去了这么一次，我爸还叫补了票。"

二女儿焦守云说："我大伯比较有文化，我的名字是他取的，来自《劝世贤文》中的'守得云开见月明'这么一句，意思是能坚持到最后的人才能看到风雨过后的彩虹，看到希望和胜利。我的经历比较多，焦家出头露面的事儿我做得比较多，我成了焦家的'外交官'或'发言人'了。我认为我这一辈子挺值的。焦家所有的荣誉都集中在我身上。1966年见毛主席，1973年成为'十大'代表，见

口才不错的焦守云被全家人推选为焦家的形象代表，更是焦家的"外交官"和"代言人"（余玮 摄）

了几代领袖，当上了奥运火炬手。我承认我非常幸运。"

1968年2月，15岁的焦守云听说部队在河南招女兵，特别想去，可是兰考县只有两个女兵名额。兰考县武装部逐级向上请示。毛主席接见过的女青年还有啥说的？由中央军委特批，焦守云成为中国人民解放军的一员。她和从兰考县几万人里挑选出的女青年单太平、杨爱芝两人一起来到了原广州军区空军司令部通信站电话连服役。那批分到电话连的河南女兵有20多个。

焦守云曾回忆："有一天，我们电话连的几个男战士爬到树上去掏鸟窝，我也跟去凑热闹，于是他们将抓到的小鸟给了我一只，把我高兴死了。我专门为它买了一个小笼子，一有时间就给它喂

吃的喂喝的,挺好玩的。当时我并不知道这是部队不允许的,结果被领导批评,说我有'小资产阶级情调',不评我'五好战士'。更厉害的是有人竟将此事反映到广空政委那里去了,政委亲自找我谈话,要我'斗私批修',批评我有'自来红'思想。"

从此以后,焦守云再也没有破坏过军营里铁的纪律。1000多个电话号码背得滚瓜烂熟,业务进步很快。第二年,焦守云成为电话连守机排二班班长。

当年的女兵徐海平还记得,焦守云有着白皙的皮肤、微翘的鼻头、方正的脸庞,一双清澈的眼睛长得特别像她的父亲焦裕禄。"她的开朗、大方、直率、淳朴,给我留下了深刻印象。守云个头较小,可是军事训练、野营拉练、战备值班、参加劳动,她样样走在前面。有时候部队野营拉练,守云竟能帮助脚上打了泡而掉队的姐妹背背包,一人背两个背包照样行军。"当年,部队干部子女在家多是娇生惯养的,大家非常佩服农村兵的吃苦精神,常说:"你看人家焦守云!"

焦守云在1971年去护士学校学习,毕业后被分配在广州空军四五八医院。多年的部队生活锻炼了焦守云,使她从天真的女孩变成成熟的战士。后来她入了党,当了四五八医院的护士,一直以父亲为榜样,严格要求自己。1973年8月,20岁的焦守云作为广州空军的代表参加了党的第十次代表大会,是年龄最小的党代表。

到了北京,广空的三个代表都住在京西宾馆。"纪律可严,不让上阳台,不让寄信,不让会亲友。我们是军委直属机关代表团,徐向前元帅、叶剑英元帅和我一个组。当我们广空的领导向二位老帅介绍我时,叶帅笑着说:'啊,知道,知道。来,小鬼,前面坐,前面坐。今年多大呀,小鬼?''20。'我的话音一落,我们广空的领导连忙笑着说:'她是全体代表中年龄最小的一个。她年龄小,但资格老,是个 5 年的老兵了。'"

焦守云开完党的十大从北京回到广州,各种传言铺天盖地。有人传言她要当广空四五八医院的副政委,也有的说她要当广空的副政委。面对这些,焦守云非常淡定,她说:"我从不做那个梦,更没有那个野心。你们别瞎猜乱喊,我是块什么材料我自己清楚。"她对战友们说,自己不曾有过升起,也就无所谓什么失落。

1978 年,焦守云转业到郑州科技局下属的科技情报研究所工作,退休后在河南省焦裕禄精神研究会、焦裕禄干部学院等团体或单位任职,并被聘为淄博市博山区焦裕禄纪念馆名誉馆长。焦守云说:"2008 年退休后,就参与焦裕禄主题的电视剧、音乐剧、纪录片的拍摄、制作工作。我现在很好,家人评的,我的幸福指数最高。为传承老父亲的精神做点事儿,每当做成一件事,我就感到非常快乐。"

在电视剧《焦裕禄》拍摄时,焦守云亲手为焦裕禄饰演者织了一件背心,像父亲常穿的那件一样。她说:"如果父亲还在,为他织上一件毛衣,那该是做女儿的多大的幸福!"

1963 年 8 月,孩子找焦裕禄要钱买新铅笔,焦裕禄看看铅笔头,说:"还能用呀! 你接着用。"过了几天,孩子又要钱买新铅笔。焦裕禄看着笔头,说:"还能用。"最后,铅笔用到像一粒花生米那样长了,孩子又要换新的。焦裕禄从抽屉里拿出一个笔帽往铅笔头上一套说:"这不是还可以用吗?"然后焦裕禄又给孩子讲生产一支铅笔多么不容易,教育孩子要爱护工人叔叔的劳动成果。

焦裕禄的三女儿焦守军原名玲玲,从小受父亲宠爱。因为想甩掉娇气,她把自己的名字改为"守军"。9岁的一天,兰考县委一位叔叔带她去了郑州的一家医院。父亲病得很重,很瘦,很憔悴,她想,也许父亲休息几天就会回去工作。当时父亲提出要见她。父亲看女儿来了,非常高兴,坚持要坐起来,并且真的使劲坐了起来。焦守军说,不知道为什么那天父亲格外喜欢我,一遍遍嘱咐我:"好好学习! 照顾好妈妈! "焦守军怎么也想不到这是他们父女最后一次见面。

17岁那年,高中毕业的焦守军到昆明某部队当兵。临走的晚上,母亲拉着她的手再一次叮嘱:"到了部队不准向组织提任何要求,不能接受组织的任何照顾,工作上要在前面,待遇上要在后面。"从兰考到昆明,火车开了三天两夜。新兵训练是艰苦的,摸爬滚打,紧急集合,长途跋涉,野营拉练,新兵从老百姓到军人,完全是靠训出来的。新兵下连了,焦守军拒绝接受照顾。原来上级准备把她安排在军区机关门诊部,可她主动要求到驻在大山坳的某通信总站二营。有人对她说,机关与连队的差距可能影响人的一生。但焦守军知道,她不能要组织的照顾。在连队,她当过炊事员、饲养员、报务员,还养过猪、喂过牛、种过水稻、进过坑道。无论条件多么艰苦,生活多么紧张,焦守军始终严格要求自己,她的工作得到了大家公认的好评。1978 年,焦守军被提为干部报务员,这时她已当了 6 年兵。

1979 年,对越自卫反击战打响了,焦守军和她所在的部队在坑道的通信枢纽部紧张地战斗,把中央军委发往前线的命令传达给各级指战员,同时又把战地的捷报一级一级报到党中央。作为党员干部,焦守军从战斗一开始就坚守在坑道里,全力以赴拼命工作,有时连续工作十几个小时不离岗位一步。只要有任务,她总是先上,哪项任务艰巨,她非得先扛。经她手发的电报有十几万组,份份及时、准确,她的出色表现赢得了首长、机关、部队战友的赞扬。她荣立了三等功,1980 年被评为"全国三八红旗手"。1984 年,焦守军又参加了两山轮战,作为正连职分队长,她带领的分队荣立集体三等功。在那次作战中,女兵分队荣立集体三等功的屈指可数。

1985 年 6 月,昆明军区与成都军区合并,整编为新的成都军区。原昆明军区的机关、部队、人员、装备划归成都军区建制,许多干部面临着人生道路的选择。焦守军态度非常明确,一切服从党安排,表示一不提要求,二不讲价钱,叫转业就回河南,让留队就安心工作,由组织决定。两个月后,焦守军和丈夫朱新民先后被分到成都,焦守军在某部档案室工作,朱新民任机关某部团职干事。焦守军感觉受到了组织的照顾,要求下到基层工作。1987 年,她到成都军区档案馆当了一名普通的档案助理员,多次被评为优秀共产党员,多次受到各级嘉奖,2014 年退休。

　　焦跃进排行老五，是焦家后人中"官"做得最大的一个。当父亲去世的时候，他还只是一个5岁多的孩子，对父亲没有什么完整的印象。在焦跃进记忆中，父亲高大而严厉，常常不在家。对父亲的印象，大都来自母亲和周边人的描述。

　　母亲徐俊雅少言寡语，跟焦跃进说过最多的一句话就是，千万不能搞特殊，不要忘了你是焦裕禄的儿子。那一年，毛主席号召知识青年上山下乡。焦跃进知道，只要母亲向组织提出申请，他完全可以留在县城。母亲拒绝了他的要求，声色俱厉地说："别人能下基层，为什么你不能去？记住，干好了，你是焦裕禄的儿子；干不好，你也是焦裕禄的儿子。"

　　在母亲的坚持下，焦跃进来到农村，担任生产队长。也就是在那里，老农讲述的关于爸爸的故事，深深地触动了他，让他深刻感受到了父亲与兰考人民深厚的感情。当时队里有个小砖窑，焦跃进干的是最重最累的活儿——手工脱坯。"脱坯打墙，活见阎王。"焦跃进一天搬2000多块砖坯，晚上经常浑身疼，疼得睡不着。

　　焦跃进也是像父亲一样一步步干出来的，当过知青，当过教师，出任过共青团兰考县委组织部部长、县司法局宣教股股长、堌阳乡乡长、东坝头乡党委书记，后来任过兰考县副县长、开封市计委副主任，1999年1月任杞县县长，2002年9月任杞县县委书记。焦跃进到开封市杞县任县长期间，曾一度因进京卖大蒜而闻名全国，被称为"大蒜县长"。

　　杞县大蒜个大皮白，已有多年的种植历史，但形成不了规模，没有市场。2000 年 10 月 30 日傍晚，忙碌了一天的焦跃进回到办公室，看到桌上放着一份传真电报，是全国农产品产销见面会的邀请函，见面会将于 11 月 8 日在北京举办。刚任县长不到一年的焦跃进思绪万千：杞县农业结构调整搞了好几年，农民就是增产不增收，没有一个产品在国内外市场上叫得响。来杞县后，他下基层，入农户，常看到一些农民面对市场经济大潮的冲击显得疲惫和无奈，常听到群众对基层干部光指挥不服务的埋怨声……他越想越坐不住，此时已是夜里 10 点钟，他通知有关局、厂的负责人迅速到他的办公室开会。

经过一个星期的准备，焦跃进带领 3 个乡党委书记和 3 个企业的厂长、经理登上了北行的列车。赶了一天一夜路的焦跃进无暇欣赏北京的夜景，匆匆忙忙赶到展销会现场。经过近两小时紧张工作，个大皮白的大蒜、味道鲜美的香菇、久负盛名的杞国酱菜等特产被摆上展台。次日，展厅内人流如潮，各地商家纷纷亮出自己的促销绝招，向首都市民展示自己的农产品。焦跃进亲自当起了推销员，热情地向前来咨询、购物的顾客介绍杞县的农产品。杞县的农副产品一时成了北京市民的抢手货。

群众经常看到焦跃进把西装脱下来搭在胳膊上，不顾泥土弄脏了皮鞋，大踏步走进田间地头，仔细察看被地膜覆盖着的蒜苗的长势；有时蹲下来，抓一把泥土碾碎，研究植土的肥瘠。几位正在劳作的蒜农看到他，就走近来和他攀谈，不时还咧嘴嬉笑着。他拉呱了几句，又用浓重的豫东话反复叮嘱："要注意重金属不能超标，否则会影响销路，受害的还是咱百姓。"蒜农们点头："中！"从田间地头出来，套上西服，焦跃进又成了那个开拓型的现代"农官"，敦实憨厚，但又不乏精明和敏锐。

那段时间，焦跃进的脑子里满是大蒜的生产、加工和销售问题，经常带领农业、科技、财贸等部门的负责人下乡，就大蒜问题进行研讨，深入农户，就种植什么最赚钱的问题与农民攀谈，算账对比。每天清晨，他都是被敲门声敲醒的——群众有事找他。信访办可以解决一些问题，但有些事群众还是愿意找他，而他不管头天晚上工作到深夜几点、睡得多晚，都会起来帮他们解决问题。他认为，群众肯定是有了急事才找他，找他就是信任他；他不怕辛苦，不怕累，就怕事儿办不成，就怕失职。为此，群众都亲切地称他为小焦书记。

杞县大蒜很快有了名气。焦跃进又提出"大蒜兴县"战略，大蒜种植面积发展到45万亩，并相继建成了10万亩的无公害大蒜生产基地、蒜片加工企业86家、冷库230多座，使杞县一跃成为全省第一、全国第二的大蒜生产、出口基地县。尝到甜头，他看得更远，想得更多。2000年底，杞县大蒜注册了"金杞"商标，又获批了农产品包装条形码使用权。2002年，经原国家质量监督检验检疫总局认定，"金杞"牌大蒜成为全国第一个获原产地标记注册的蒜类产品。当年，焦跃进被评为"中国果菜产业十大杰出人物"。

焦跃进到杞县不久，杞县遭受了多年不遇的雪灾。近千座塑料大棚里的蔬菜全部被冻死，70万亩庄稼受灾。朔风怒啸，大雪漫卷,焦跃进的耳边响起了父亲的话:"当群众最困难的时候,共产党员要出现在群众面前。"大年前夕,焦跃进带着民政局等部门的负责同志,踩着积雪,顶着寒风,深一脚、浅一脚来到受灾最严重的西寨乡乔集村。

焦跃进有句口头禅"工作要干好,必须往下跑",还说:"群众情绪咋样? 生产有啥问题? 不下去,你啥也不知道。"焦跃进下基层检查工作很少听汇报,直接进村入户,了解第一手材料,遇到问题,现场办公,立即解决。几年里,焦跃进走遍了全县乡乡村村、企业车间,帮群众解决了无数个大大小小的具体问题。群众深有感触地说:"他真像当年的焦裕禄书记! "

有一次,在杞县工作的焦跃进回兰考看望母亲,板凳还没坐稳,手机就响个不停。徐俊雅就像撵人似的把儿子推上了车,弄得孝顺的儿子心里很不是滋味。事后徐俊雅对人说:"用电话指挥工作,有点脱离基层、脱离群众啊。我嫌他一个接一个地打电话浪费时间,与其打电话说不清道不明的,还不如回去面对面解决问题。他要多向他父亲学习,有时间多往老百姓中去,那里才有最实际的情况。"

后来,焦跃进成为杞县县委书记,开封市委常委、市统战部部长、开封汴西新区党工委书记,开封市政协主席、党组书记。职位高了,地位变了,但他对自己的要求一刻也没变,踩着父亲的足迹成长。有人劝焦跃进,现在时代变了,经济条件也好了,应该把生活安排得舒适些。他说:"父亲在世时,曾因为我们兄弟当中有人看了一场白戏，把我们狠狠训了一顿。现在虽说是（社会主义）市场经济了，但党员干部对自己的要求不能变。"

父亲的光环是焦跃进的优势，但焦跃进说他得时刻维护这个光环。如果工作有失误，如果搞腐败，别人就会说焦裕禄的儿子怎么样怎么样。作为党员干部，焦跃进在日常的工作中更能体会到父亲那句"不能搞特殊"的含义。不搞特殊，就是深入基层群众，与群众打成一片，廉洁奉公，自觉把权力关进牢笼，不通过特权谋利。"不能搞特殊"的家风，也成为他从政的一条座右铭。焦跃进有审批钱财的大权，但他从未用特权给自己搞过特殊。他放言"坚持不该花的钱一分也不花，该花的也是一分钱掰两半花"。

有一次，他和某农业局局长去上海出差，他要了一个三人间，农业局局长有意见了：上午要和新加坡、澳大利亚的客商谈生意，这三人间有损我们县的形象啊！于是他开了一个套间。等与外商谈完后，焦跃进马上把房退掉，又回到了三人间。为了谈生意，他们一天都没有好好吃饭，局长心想晚上一定要补偿补偿，谁知焦跃进领他上了地摊，每人一碗米线、一个小菜，另加一碗白开水。

焦跃进从政期间，曾在乡里、县里、市里的很多部门"当家"，却从未给任何一位亲属安排过工作。在一次会议上，他说："当年父亲严格要求自己，不搞特殊，在各方面起到模范带头作用。我是焦裕禄的血脉传人，一定接好父亲的接力棒！"

在他心中，父亲就是他的榜样，"不能搞特殊"就是他的信条。他经常访贫问苦，走访孤寡老人，发现问题能解决的就立即解决，不能解决的就带回办公室集体研究。老乡们都说,这娃长得像他父亲,办事也像焦裕禄,人们叫他小焦书记。焦跃进说:"在我的成长过程中,爸爸对我既是一种精神财富,同时也是一种压力。这种压力对我是一种鞭策,我决不能给他老人家脸上抹黑。"

焦守云说:"他(焦跃进)有两个女儿,分别在北京和上海的公司打工。按说他有能力给她们安排工作,但因为顾忌对父亲的影响,没有搞特殊。"焦跃进的办公室里,摆着一尊父亲的铜像。他时常对着这铜像沉思,既为缅怀父亲的事迹,也为聆听父亲的教诲,他感到自己融入了父亲博大的精神生命河流里。

焦保钢是焦裕禄最小的儿子,18岁进了兰考县公安局刑警队。由于办案骁勇且干练,不法分子闻焦保钢名而胆寒。他多次立功受奖。圈内人一提起他的名字,都会自豪地说:"保钢是公安战线上的一块好钢。"焦保钢后在河南省公安厅督察处和经济侦查处工作过,2013年因脑出血不幸去世。据焦守云讲,小弟长相酷似父亲,父亲去世的时候,他还不到4岁,后来有位导演想让他演父亲,因母亲不同意只好作罢。

"家是最小国,国是千万家。"家风不正则政风难平,很多贪官腐败分子的堕落正是始于家风这道防火墙失去效力。家风不正的人,不可能有一心为公的情怀,也不可能引导出健康良好的政风与民风。受父亲影响,焦氏6姐弟为人处事低调,严于律己,从不敢搞特殊化,他们都是共产党员。这么多年来,那个终日忙碌、身影高大的父亲,在焦家后人心里并没有走远。"不能搞特殊"的家风,焦家上下恪守不怠。焦守云坦言，做焦裕禄的子女真的不容易，要承受很多压力。"因为老父亲是政治人物，并不是社会名流，所以哪些事不得体了，别人会说你看焦裕禄女儿怎么怎么样。在过去，甚至你什么发型、什么衣服别人都要评价。和几个朋友出去玩，有人说，这是焦裕禄女儿，我立马不知道怎么说怎么笑了，老想哪儿是不是不得体。"

电视剧《焦裕禄》剧组找焦守云当策划，她痛快地应允了；一些商家找她当顾问，她毫不客气地回绝了。"人家凭啥请我去？不就是让老爷子去撑门面吗？"对这些事情，焦守云想得明白，分得清楚："父亲教育我们不能搞特殊，但做焦裕禄的孩子，又的确很特殊——我们必须耐得住寂寞，耐得住清贫。"

"如今商品社会，似乎什么都成了商品。就我父亲的形象来说，有人想拿他的名字做商用机场的名字，有人想用他的名字做肝药广告。我妈患有糖尿病，仅仅用了一次某膏药，也有人利用她做广告。"焦守云说。父亲的精神是无价的财富，家人尽管都不富裕，但决不会利用父亲的影响力谋一己私利，要维护父亲的形象与声誉。

焦裕禄的母亲对他的成长有着重大影响。"奶奶是个坚强而又善良的女人，她的人品在十里八乡都是有名的。"焦裕禄的侄媳妇赵心艾回忆道。如今，焦裕禄的儿女们越来越感受到父亲的伟大，在平凡中默默传承着父亲的精神。

焦守云也认为，父亲的精神很多来自奶奶。

焦裕禄病逝，老母千里来送终，一夜间白发苍苍；送走了儿子，又一人返回故土,纤瘦的背影在风中渐行渐远。这个画面就一直留在了焦守云脑海中。

在殡葬二儿子焦裕禄之后的第4天,焦母李星英便由大儿子焦裕生陪同返乡了。李星英一回山东,见到孙子焦守忠就悲号:"我的儿呀,你叔没有了,再也没有了!……"祖孙俩相拥痛哭。

焦守云与奶奶共同生活了9年。她说:"奶奶就像大山一样宽厚无言,在再大的困难面前都不曾低头,坚韧地面对生活。奶奶对父亲影响很大,她尽管没有文化,但一直教育父亲'天上一颗星,地下一个丁',就是说人来世上不能白白走一遭,要有担当才能像天上星一样放光芒。父亲就这样带着奶奶'好男儿要有担当'的叮嘱,走出大山,南下,到了兰考这片更艰苦的土地。奶奶是1973年去世的,我永远怀念她。奶奶临终前,不止一次对人说——我有一个光荣的儿子禄子,还有一个孝顺的媳妇俊雅,这辈子值!"

言及后人工作都没沾到焦裕禄的光,焦守云坦陈:"我们不可能提着钱找人家办事儿去,自己都觉得掉价、丢人。再说,我们也没有那么多钱,真有那么多钱,可能也送不出去。说实话,我们要找领导能找着,但咱家里没这个习惯。这确实有个家教、家风的问题。我妈妈在世的时候,就管我们管得特别严。她说你们要是谁惹了事儿,没人说是她徐俊雅的孩子,都说是焦裕禄的孩子。大家都这么爱护他的形象,不能在我们手上毁了啊。我们几个都堂堂正正的,这说明我们的家教、家风,不能说多优秀,起码还是可以的。我们没本事增光,我们也不能抹黑。其实这样挺好的,这样清清白白地做人，让别人说不出什么来。起码我们的所作所为对父亲没有影响。"

宣传学习焦裕禄事迹一直没有停止过，从"榜样"到"精神"是一个渐变的自然过程。在 20 世纪 80 年代中期以前，以"榜样""毛泽东同志的好学生"为主，即便有"精神"二字，也冠以"革命精神"。20 世纪 80 年代中期以后，逐渐以"精神"为主。到 20 世纪 90 年代，"精神"逐步取代"榜样"，"焦裕禄精神"已经成为人们对焦裕禄的共同认知。1990 年 6 月，国务院总理李鹏题词"让焦裕禄精神更加弘扬光大"，从这里可以看出，当时人们对"焦裕禄精神"已不陌生。

回顾历史，焦守云总结"焦裕禄精神"传播的几个高潮："第一个是 1966 年，人们含着泪来学习，当时就一张报纸，就那一篇长篇通讯，加上一个小册子，不像现在有电脑、电视。（当时）哭着读，哭着听，哭着说，那是真学、真投入。第二次则是 1990 年《焦裕禄》电影播放时。那时又换了一代人了，从 1966 年到 1991 年，让老一代人回忆他，年轻一代了解他。那部电影一开始就把人心抓住了，人看了就会感动，就会流泪。"焦守云回忆道，当时的大环境开始改变，改革开放使部分人向钱看齐，当时甚至有人说"一个焦裕禄比不上一个万元户"，精神上的东西开始贬值。但正因为精神稀缺，所以才珍贵。"第三次是 2009 年，时任国家副主席的习近平到兰考视察后，河南省委提出'三个一'：学一篇长篇通讯、看一场电影、党员干部去一次兰考。当时最多的一天，2 万多人到兰考参观。第

当年有关学习焦裕禄的宣传画

当年的宣传画《向毛泽东同志的好学生——焦裕禄同志学习》

四次就是 2014 年习总书记的再次视察。在当今社会，人们真的在呼唤他，就像习近平总书记说的，'穿越时空、历久弥新'。"

焦守云说，作为焦家的子女，目标只有一个，做好传承父亲精神的工作。"这些年，从电影、电视剧、纪录片、歌曲到音乐剧，我都参与其中。我这么认真地做，是确保父亲形象的真实性，让所有有关父亲的艺术作品都经受得住历史考证，保证父亲的形象稳稳当当站在地上，而不是飘在空中，以'高、大、全'的形式出现。"无论是热播的电视剧，还是高雅的音乐剧，都倾注了焦守云的心血和汗水，她正以实际行动传承着焦裕禄精神。

焦家后人在各自的工作岗位上严以律己，一步一个脚印书写着人生，将"不能搞特殊"的家风代代相传，把"焦裕禄精神"这块牌匾擦拭得闪亮如新。

（十五）
发现与宣传精神榜样的细枝末节

1964 年 5 月 18 日，河南省在豫东民权县召开全省沙区造林会议，新华社河南分社派农村组记者鲁保国参加会议采访。兰考县委副书记张钦礼在郑州刚刚处理完焦裕禄的后事，也赶来参加会议。张钦礼含泪介绍了已故县委书记焦裕禄对兰考县除"三害"作出的重大贡献和感人事迹。

张钦礼的发言情真意切，感人至深。会场 400 多人无不为之动容。会议原本规定，典型发言每人一小时。一个小时过去了，张钦礼的讲述还在继续，大家还是那么专注地听着。主持会议的河南省副省长王维群站起来说："讲下去，不受时间限制！"

就这样，张钦礼从焦裕禄上任后第一次访问老农讲到他走过的最后一个沙丘，从治"三害"的豪言壮语讲到他亲手栽下的泡桐……当介绍到焦裕禄临终时痛惜地对自己说"我死后只有一个要求，要求组织上把我运回兰考，埋在沙堆上，活着我没有治好沙丘，死了也要看着你们把沙丘治好！"时，张钦礼激动得泣不成声。会场上，不少同志都流了泪，整个会场产生了强烈的向焦裕禄学习的共鸣。

张钦礼的发言，其实是报告，足足用了两个半小时。会议结束时，王维群高度评价了焦裕禄，提出应该很好地宣传、学习焦裕禄同志。王维群宣布："转变会议主题，下午全体讨论焦裕禄事迹。"

在作典型发言时，张钦礼发现坐在前排的一位年轻人飞快地做着记录。这个记录者，就是专门采访此次会议的新华社河南分社农村组记者鲁保国。当张钦礼走下讲台，鲁保国马上对他进行深入采访。新闻工作者的敏感性使鲁保国感到焦裕禄是一个重大报道典型，当即就和新华社河南分社副社长张应先通电话作了汇报。开完会回到郑州，鲁保国又向张应先作了比较详细的汇报。

征得新华社的同意，河南分社正式认定焦裕禄是一个重大典型，要求进行更深入的采访，并作突出报道。于是，河南分社成立了由张应先、鲁保国、逯祖毅 3 人组成的焦裕禄事迹报道小组。

焦裕禄病逝一个多月后，仍处于悲痛之中的兰考县委办公室通信干事刘俊生，找到《河南日报》的"党的生活"专栏编辑郭兆麟，提出准备写一篇《兰考人民满怀信心迎丰收》的稿件，想对兰考人民除"三害"的经过进行一次全面总结。可是郭兆麟却说："七一快到了，写个党的好干部吧！"

写个党的好干部，写谁呢？回到县城，刘俊生找到分管通信报道的县委办公室副主任卓兴隆。卓兴隆说："写啥？咱焦书记不就是打灯笼也难找到的好干部吗？"卓兴隆脱口而出的一句话，说得刘俊生热血沸腾。此前，他就多次有过写焦裕禄的念头，但每次都被焦裕禄阻止了。

刘俊生文思泉涌，很快就写出《一个党的好干部——记焦裕禄二三事》，送至《河南日报》，编辑组长阅后发言："一两千字表现这个人物，太简单。可以补充材料写好，推到第一版去。"

刘俊生立即重新组织稿件，写了约 3000 字。稿子再次送到报社，一级级阅稿，直荐到副主编翁少峰手中。翁少峰表示："表扬县委书记的稿件，要经省委研究批准，文章要送省委审阅。"在期待中，刘俊生最终有些失望，过了七一，稿子却没发表出来。

8 月 29 日，张钦礼给河南省委写了一份《关于在兰考人民除"三害"斗争中焦裕禄同志先进事迹的报告》，叙述了焦裕禄带领干部、群众治理"三害"的功绩及临终遗愿。河南省委副书记赵文甫读了这个报告很激动，在"四清"工作会议上，他号召全省党员干部都要学习焦裕禄，学习焦裕禄大公无私、忘我工作的精神。河南省"四清"总部编印的《"四清"简报》上，引用了赵文甫的这一段讲话。不久，新华社河南分社记者高飞、戴德义把间接听到的有关情况，也在河南分社记者情况汇报会上作了介绍。

当年 9 月，张应先、鲁保国、逯祖毅一起赴兰考采访。在兰考县委通信干事刘俊生的陪同下，怀着对焦裕禄同志沉痛、崇敬的心情，一共采访了半个月——访问了张钦礼，访问了兰考县委办公室副主任兼县除"三害"办公室主任卓兴隆，还访问了其他领导同志，又到焦裕禄亲自树立的四面旗帜——韩村、秦寨、赵垛楼、双杨树村细致采访、收集素材。

掌握了大量的第一手素材，待动手写稿时，又遇到了问题：是写成消息好，还是写成通讯好？经过反复商量，他们觉得比较起来，消息要比通讯观点明确，发得快。统一思想后，便写成长篇人物消息，发到新华社。1964年11月19日，新华社删节至1700字许，刊登在当月20日的《人民日报》二版左下方位置。肩题是《在改变兰考自然面貌的斗争中鞠躬尽瘁》，主题为《焦裕禄同志为党为人民忠心耿耿》，副题是《中共河南省委号召全省干部学习已故前兰考县委书记为人民服务的革命精神》。这篇消息对焦裕禄的主要事迹作了全面而高度的概括，为以后的进一步报道奠定了基础。这是焦裕禄逝世后新闻媒介关于他的第一次报道，很长一段时间内许多人误认为穆青等最早报道焦裕禄事迹。

《河南日报》在当年11月22日的一版头条位置全文刊出，并配发社论《学习焦裕禄同志为人民服务的革命精神》。

《人民日报》《河南日报》的报道发出后，在全国，特别是河南省产生了比较大的影响，开展了广泛的宣传学习活动。《河南日报》专门开辟了"学习焦裕禄同志的革命精神"专栏，每周刊出一次，先后共刊登14期，其中有张钦礼的文章《学习焦裕禄同志的革命精神 彻底改变兰考县的自然面貌》，集思的文章《一尘不染，廉洁奉公》等。

这年11月24日，中共封丘县委印发的《关于开展向焦裕禄同志学习运动的通知》是目前能够见到的、最早发出向焦裕禄学习的官方文件，这份文件可以印证河南省委当时确实做出了向焦裕禄学习的安排。

兰考县委随即召开了县直机关党员干部大会,号召大家学习焦裕禄的革命精神。县委副书记张钦礼在大会上详细介绍了焦裕禄的感人事迹,要求大家学习焦裕禄要达到 7 条标准:一、像焦裕禄同志那样忠心耿耿为人民服务;二、在彻底改变兰考面貌的斗争中,坚决执行党的阶级路线,依靠贫下中农;三、在根除风沙、内涝、盐碱"三害"的斗争中,坚持自力更生精神,鼓足革命干劲;四、认真学习,言行一致,发扬说老实话、做老实事、当老实人的"三老"作风;五、在进行阶级斗争、生产斗争和科学实验三大革命运动中,不断改进工作作风;六、正确贯彻执行党的方针、政策,完成各项工作任务,经得起检查;七、运用一分为二的观点,在胜利面前找缺点,在困难面前找出路,克服骄傲自满和悲观失望情绪,乘胜前进,勇往直前。

这时,河南日报社总编辑刘问世给刘俊生打电话,告知决定发表当时写了却没有发的那篇《一个党的好干部——记焦裕禄二三事》,不过希望再补充采访后修改一下。刘问世告诉刘俊生,这篇文章准备发表在《河南日报》正开辟的一个专栏里。

1965 年 4 月,河南日报社农业处记者黎路来到兰考,要采写一篇关于兰考干部、群众学习焦裕禄的通讯,作为"学习焦裕禄同志的革命精神"专栏的结束语。于是他和刘俊生齐心协力持续采访了 10 多天,在《一个党的好干部——记焦裕禄二三事》基础上合写出了《焦裕禄啊,兰考人民怀念你!》,在《河南日报》一版发表。至此,关于焦裕禄的宣传报道暂时告一段落。

当时,国家实行的"调整、巩固、充实、提高"八字方针初见成效,中国的国民经济开始进入复苏时期。作为负责国内报道的新华社副社长,穆青脑子里思考的还是主旋律报道,那就是如何发掘出蕴含于人民之中的那种打不垮、压不倒的英雄精神。1965年秋,新华社总社准备在西安召开分社会议,讨论下一步报道计划。为了能先找到一个突破口,穆青决定和同行的记者冯健绕道河南。

新华社河南分社会议室里坐了一屋子记者,穆青高兴地与大家见面。这是他的老习惯,他最喜欢听第一线的记者们谈基层的情况。大家一个接一个地发言。第二天,穆青一行要去西安。临走前他让分社领导给分社主力记者周原留下话,叫他先到豫东灾区摸摸情况,物色几个采访线索,10天后他们回来听取汇报。

周原在穆青走后的当天就直奔豫东灾区,第一站是穆青的老家杞县。可是接待他的人说县里干部都看戏去了,采访要等第二天。周原决定不在这里停留。第二天一早,他在汽车站旁的小摊上吃完一碗元宵,正想着该往哪里去,一辆开往兰考的汽车刚好启动,于是他跳上去,补了张票。

车到兰考,周原摸到县委大院,迎面碰上县里的通信干事刘俊生。刘俊生把周原领到办公室。周原说明来意:"我们新华社副社长穆青同志,想写一篇改变灾区面貌的报道,他让我先探探路,打个前站,摸摸线索……"刘俊生抢过话头就说:"兰考开展除'三害'斗争,把俺们县委书记都活活累死了!"周原一愣,忙问:"谁?""焦裕禄！"说着，刘俊生从床底下拿出了一双破棉鞋、几双破袜子，旁边还有一张破藤椅。这些都是焦裕禄的遗物。办公桌的玻璃板底下压着一张字条"兰考人民多奇志，敢教日月换新天"。这是焦裕禄临终前准备写的一篇文章的题目，内容他还没有来得及动笔。刘俊生给周原看藤椅，椅子一侧破了个洞。他告诉周原，藤椅是前任县委书记焦裕禄坐过的，焦书记患了肝癌自己却不知道，肝痛难忍时就用根棍子一头顶住肝部一头顶住藤椅，久而久之把椅子都顶破了。就是带着这样的疼痛，焦裕禄坚持工作，最后累死在了工作岗位上。周原摸着藤椅和刘俊生一起哭了。

按照当时记者的采访程序，刘俊生首先要向县里一把手、新任县委书记周化民汇报，周化民同时也是兰考"四清"工作团副团长。周化民的答复是："我刚来兰考不久，情况不熟悉。你找县委副书记张钦礼吧，他不能解决的问题再找我。"

张钦礼接见周原，并接受采访。周原和张钦礼一口气谈了 18 个小时，谈话经常被两人抑制不住的抽泣所打断。接着周原就随张钦礼去了张庄。周原选择张庄重点采访有两个原因：第一，焦裕禄提出"贴膏药""扎针"的封闭沙丘的办法，在这里打响了第一炮；第二，张钦礼对兰考的除"三害"和焦裕禄事迹，提供了大量素材，有些情节很完整，而张庄是他负责的点，在点上最能看出张钦礼的为人、作风和与群众的关系，能进一步验证他所说的有关焦裕禄事迹的可靠程度。周原和张钦礼在张庄住了 3 天，主要是采访群众，他二人也是边谈边议，有时谈到深夜。周原在兰考采访 7 天，临走时说:"等穆青来了,你们要详细地再向他汇报焦裕禄事迹。"

离开兰考后,周原用剩下的时间去了民权、柘城、虞县等地,对豫东做了个整体调查。回到郑州,穆青一行也正好已从西安折返,住在河南省委招待所。一见面,穆青就从周原的眼睛里知道:灾区有新闻金矿!

得知是有关焦裕禄的事迹时,穆青清楚前一年《人民日报》也发表过新华社河南分社记者鲁保国等人写的消息。穆青最初没有准备再宣传焦裕禄,后来听了周原对焦裕禄事迹的汇报,深受感动,认为焦裕禄的精神太感人了,有进一步宣传报道的必要。焦裕禄对人民的感情从哪来? 焦裕禄在灾害面前顶天立地,在病魔面前视死如归,力量源泉何在? 作为县委书记,他的工作方法、领导作风是如何形成的,该如何体现? 穆青表示将赴兰考采访,他挥挥手:"就写兰考,就写焦裕禄! 我们重新报道焦裕禄!"

12月17日,穆青、冯健、周原等新华社记者来到兰考,走进县委大院。

大院里有两排破旧的平房,白花花的盐碱漫地而生,爬上墙头、窗台,红砖墙被盐碱咬蚀得面目全非,有的地方成了白粉。院子中央有一棵不高的石榴树,在满地盐碱的衬托下,就像一株褐色的铁枝。县委会议室的正面墙上挂着几幅画像,西面墙上有一只老式挂钟,钟摆嘀嗒嘀嗒地摆动。屋子中间是一张破旧的长方形的木桌,两面对摆着几张用破木条钉起来的连椅。

张钦礼、刘俊生,还有焦裕禄的秘书李忠修有些紧张,兰考这个穷县很少有记者特别是中央级媒体的记者来，可今天……他们把已经熟识的周原悄悄拉到一边，问："没想到来了这么多北京的大记者，这该咋个讲法？"周原说："你们第一次怎么跟我讲的，就怎么跟他们讲。是啥说啥，一句不要夸大。"

"讲焦书记还用夸大？"三个人的眼圈红了。他们拿出了珍藏的焦裕禄的三件遗物，一双破棉鞋，几双破袜子，一把破藤椅，还有焦裕禄生前仅有的几张照片。照片上的这位县委书记清癯而精神，目光沉静而深邃。时光在这一刻倒流……

张钦礼、刘俊生、李忠修向他们全面、系统地介绍了兰考的除"三害"斗争和焦裕禄的事迹。穆青听后，感动地说："我参加工作28年了，都没有哭过，这次被焦裕禄事迹感动得流出了眼泪。焦裕禄的精神十分感人，这是党的宝贵财富，虽然报道过，但还得重新组织报道，报道不出去，就是我们新闻工作者的失职……"

在兰考，穆青、冯健、周原等在张钦礼的陪同下，察看了焦裕禄带领群众开挖的河渠、深翻的盐碱地、封闭的沙丘群，访问了几十位基层干部和群众，还深入农户亲眼看了群众分得的丰收果实，搜集到许多生动感人的素材，决定以长篇通讯的形式再一次报道焦裕禄的事迹。

初稿12000字由周原含泪执笔完成，穆青带着这份初稿回到北京。稿子先由冯健修改，再由穆青修改，其间周原也反复修改。第7稿改好通过后，穆青让人把稿件打出清样，再寄给周原，又到兰考进行核对，并一再要求"必须保证全部事实绝对无误"。

讨论稿子时,他们碰到的第一个棘手问题是写不写灾荒。焦裕禄上任的时候,正是兰考灾情最严重的时候,县里的火车站天天挤满了外出逃荒要饭的灾民,这都是事实。穆青思忖良久,终于作出决定:"写!"

第二个棘手问题是写不写阶级斗争。这又是一个犯忌的问题。毛主席当年提出"阶级斗争必须年年讲,月月讲,天天讲","要以阶级斗争为纲"。在这种形势下,如果不写阶级斗争,风险很大。但是穆青想,兰考当时面临的主要矛盾是等着饿死还是靠双手改造环境,确实没有搞阶级斗争。没有的东西怎能乱写? 穆青终于作出决定:"兰考没有阶级斗争,我们不写!"

可以说,几乎所有的人读到这篇文稿都感动不已,热泪盈眶。据悉,兰考县委的一位负责人却有不同的感受。"写得不行。"他从这篇文稿中概括出 6 个字:灾、难、病、苦、逃、死。结论是:文章给社会主义社会抹了黑。

穆青听了很生气。他指示周原:"你就拿着这文稿,请兰考县委逐段逐句地研究!"兰考县委的这位负责人也确实提不出更具体的意见,因为文稿写的全是实际情况。

定稿后,到了最后决定要不要发的环节,出于当时的政治气候,是否能如实地反映兰考的灾荒,实事求是地对待所谓阶级斗争等敏感问题,新华社社长吴冷西难以做主。于是他带着穆青找到此时主持中央书记处工作的彭真,当面陈述了他们的观点。彭真当场拍板:"发!"

1966年2月6日清晨，中央人民广播电台录音室，1万多字的具有划时代意义的长篇通讯《县委书记的榜样——焦裕禄》正紧张地进行录音制作，可是遇到了前所未有的障碍。稿子还没念到一半，中国头牌播音员齐越已经泣不成声……中断，重录，中断，重录……几经努力，录制终于完成。当天上午，电波发出，一个伟大的名字迅速传遍了全国。那苍劲有力、饱含激情的声音传遍了千家万户，震撼了亿万人民的心灵！

7日，这篇长篇通讯在《人民日报》第一版显著位置发表，并配发社论《向毛泽东同志的好学生——焦裕禄同志学习》。大通讯的发表，如在中国上空爆裂了一颗精神原子弹，震动了中国亿万群众，感动了中国的广大干部。从此，焦裕禄的事迹在大江南北广为流传，一个为人民鞠躬尽瘁的共产党员的崇高形象耸立在人民心中。

长篇通讯发表后，全国来兰考学习焦裕禄事迹的人越来越多，

1966年，焦裕禄的家人正在给焦裕禄的母亲读来自全国各地的信件

焦裕禄的母亲在给少先队员讲述焦裕禄早年的故事

新闻、出版、文艺单位纷纷派记者、作家、编导来兰考采访、报道焦裕禄事迹，凡是来兰考采访的记者和参观者，都想见一见张钦礼，听一听他的介绍。不管是小范围座谈，还是大场面报告，张钦礼一介绍焦裕禄事迹就动感情，眼泡常常肿着，喉咙常常哑着。有记者说："张钦礼和焦裕禄真有感情，俗话说：人不伤心不落泪。如果两人没感情，张钦礼介绍焦裕禄事迹就不会那样动情，就不会流那么多眼泪。"

1966 年 2 月 7 日，《人民日报》发表大通讯《县委书记的榜样——焦裕禄》（余玮 摄）

据悉，长篇通讯《县委书记的榜样——焦裕禄》发表之后，毛泽东、董必武等中央领导先后题了词。紧接着的两个月，新华社河南分社几乎整个搬到兰考办公，围绕焦裕禄又发表了大小 130 多篇稿件。

1966 年 9 月 15 日，毛主席在天安门城楼亲切接见了焦裕禄的二女儿焦守云，并合影留念。同年 10 月 1 日，毛主席又接见了焦裕禄的大儿子焦国庆。周总理也接见了焦裕禄的大女儿焦守凤。

1971 年，国家出版部门对河南下达两项创作任务：林县的红旗渠和兰考的焦裕禄。中央出版社工作会议计划中明确写着：《焦裕禄》（传记体小说），要表现焦裕禄光辉的一生。按照工作计划，河南省委很快成立了写作班子,时任兰考县委宣传部领导的刘俊生任创作组组长。这个班子共有7人。他们在两个多月的采访中积累了100多万字的素材,共400多个故事,以此先编成了一个焦裕禄生平大事记。之后,他们又经过充分的酝酿,拟写了写作提纲,计划分15章、70节,约10万字,来表现焦裕禄光辉的一生。

1973年秋,创作组赴京座谈,各大新闻单位和文艺创作部门对提纲表示满意。但在写作细节上却出现了较大分歧:有人说焦裕禄事迹突出,在创作中应用真人真事;有人提出不用焦裕禄真名,而是以他为原型进行创作,这样便于摆脱真人的局限;有的说焦裕禄可用真人真事,但身边人可虚构……

在各执己见时,一位领导说:“文艺要以阶级斗争为纲,要写进阶级斗争,要写焦裕禄与走资派的斗争。”此话一出,创作组的人员

穆青(右一)在焦裕禄墓前献花圈

一下子就沉默起来，这对于他们来说，可是一个不小的难题。根本就没有的事，却非要加在焦裕禄身上，这会有损焦裕禄的形象。创作组的人合计一番后，决定拖一拖。于是他们各自保管素材，悄然收笔，回兰考。

1990年春夏之交，穆青、冯健、周原再访兰考。在兰考，在豫东农村，在同基层干部和农民群众的交谈中，他们看到、听到了人民群众对焦裕禄的深切怀念。人们思念他，赞颂他，呼唤他的名字，把他的形象深深刻在自己心里。于是他们采写了《人民呼唤焦裕禄》这篇报道，如实地反映了广大干部、群众怀念焦裕禄的深情。

（十六）
剧情内外真实的艺术再现

1966年2月7日，长篇通讯《县委书记的榜样——焦裕禄》在《人民日报》头版发表。此后，焦裕禄的事迹被一代代文艺工作者以不同的形式反复呈现，焦裕禄精神也成为我们党和国家宝贵的精神财富，为推进党和国家事业发展、实现中华民族伟大复兴的中国梦提供了强大正能量。

由峨眉电影制片厂摄制、于1990年4月公映的电影《焦裕禄》，讲述了优秀共产党员焦裕禄1962年被调到河南省兰考县担任县委书记的一段经历，展现了焦裕禄全心全意为革命事业奋斗终生的品质和精神。此影片导演为王冀邢，主演有李雪健、李仁堂、梁音、周宗印、张英、田园、卢珊等。影片是一部现实主义题材的作品，围绕焦裕禄为国为民鞠躬尽瘁的一生，用自然朴素的手法表现了他热爱人民、献身于党的事业的崇高精神。影片着重选取了"雪夜访车站""群众为书记申冤""自发送葬"等情节，表现了焦裕禄与群众的血肉联系，非常具有感染力。

大雪纷飞，黄沙路上，李雪健扮演的焦书记拉车，几人推车，车上装着救济粮,寒风挟着雪片打在人们的脸上。河南民歌《共产党是咱好领头》响起,为这一行人的爱民行为拼命地吼唱着。那粗犷的民歌配合着画面将电影推上高潮。影片中这感人的一段让许多人久久不忘。

影片插曲《大实话》是当地的一首民间小调,由主演李雪健本人演唱。歌词让人印象深刻:墙上哎画虎哎不咬人哎,砂锅哎和面哎顶不了盆哎,侄儿总不如亲生子哎,共产党是咱的贴心人。天上哎下雨哎地上流哎,瞎子哎点灯哎白费油哎,千金难买老来瘦哎,共产党是咱的好领头。"

在兰考的土地上,焦裕禄静静地躺在棺木内,被人抬向黄河故道。他的后面跟着浩浩荡荡的兰考人民。他们呜咽着,啜泣着,是那样悲戚,那样虔诚;当一铲一铲的兰考土撒在他的棺木上时,人们撕心裂肺地呼喊,人们悲伤欲绝地痛哭,真是一个动人的场景,难忘的画面。此时,焦裕禄在兰考工作、在医院治疗的画面,从银幕上缓缓掠过……这就是电影《焦裕禄》的结尾。

结尾之所以感人至深,首先是因为拍摄了几十万兰考人民送焦裕禄的这个画面。这个难忘的画面,真实地展现了兰考几十万人民对县委书记发自内心的热爱、敬仰、崇拜和怀念之情,这种感情比天还要高,比海还要深。在兰考,焦裕禄积极地领导人民行之有效地治理"三害"。他以身作则,身先士卒,不顾个人恩怨,以工作为重,得到大多数县委委员的支持,更叫人民拍手称道。而现在他溘然而去,苍天是多么不公平啊!怎不叫兰考人民痛心啊!怎不令我们观众伤心流泪啊！

其次，结尾还恰当地运用了蒙太奇手法，领着人们，领着观众去回忆焦裕禄生前在兰考的工作情况及在医院的治疗情况，又一次展现那动人的场景、难忘的画面……这样的影片结尾，给观众留下许多想象空间，可以使观众在较短的时间内回忆焦裕禄生前所立下的丰功伟绩，表达对他的缅怀之情。

电影结束时，并非"无声胜有声"，而是"有声远远超过了无声"，电影院内一片抽泣之声。泪眼蒙眬中，兰考人民的县委书记——焦裕禄似乎从银幕上走了下来，一直向我们这边走了过来。

有些怀旧的影迷，而今经常在网络上点播《焦裕禄》这部老电影。他们说，看完了电影，那动人的场景，那难忘的画面，萦绕在脑海里，久久不散。

将焦裕禄的形象搬上银幕，是电影界多年的愿望。早在 1965年，长春电影制片厂就开始抓这个题材。1966 年，文化部成立电影《焦裕禄》创作组。作家李准、导演水华、摄影师朱今明、美术师秦威一行 10 多人曾到兰考深入调研。但随着"文革"的开始，电影《焦裕禄》的拍摄被迫搁置了。

1990 年，几家电影厂同时想拍《焦裕禄》。峨眉电影制片厂抢先拿到拍摄权。在宽松的创作环境下，导演王冀邢拍摄的"焦裕禄雪夜访车站"一场戏，展露了那个年代令人心酸的景象：大批灾民挤满了整个站台，大雪纷纷扬扬地落在灾民们身上，列车吐着白雾驶进站台，人们顿时骚动起来，开始互相拥挤。焦裕禄在拥挤的人群中被拥来推去。灾民们拥上货车车厢,火车一声长鸣,缓缓启动。焦裕禄伸手拾起地上的半个窝头,泪水盈盈地望着轰轰隆隆开走的列车……

该影片曾获 1991 年第十一届中国电影金鸡奖最佳故事片奖、最佳男主角奖(李雪健),第十四届大众电影百花奖最佳故事片奖、最佳男演员奖(李雪健),广播电影电视部 1989—1990 年优秀影片奖。当年凭《焦裕禄》获奖时,李雪健动情地说过一段广为流传的话:"苦和累都让一个好人焦裕禄受了,名和利都让一个傻小子李雪健得了。"

1991 年,焦裕禄夫人徐俊雅和女儿焦守云出席电影《焦裕禄》在上海举行的首映式

电影《焦裕禄》剧照

影片《焦裕禄》取得巨大成功,李雪健的表演功不可没。有一场戏,李雪健饰演的焦裕禄为了挽留技术员小魏,抱病追赶火车,给观众留下极其深刻的印象:空荡荡的站台上,焦裕禄沿着轨道,在碎石上吃力地跑着。小魏迎上去:"焦书记,你怎么在这儿?"焦裕禄面色灰黄,喘息着轻声说:"我听说你要走,我来送送你。"他边说边从口袋里掏出用手帕包着的

一小包沙土："小魏呀，你走得急，我也没来得及准备。刚刚在泡桐苗圃里抓了把沙土。一呢，就算我送给你的一点小小的礼物;二呢，还希望你今后再帮助我们研究研究这个土质。今后不管到哪里，不要忘了地图上还有兰考这么一个地方。"一列火车徐徐进站。焦裕禄扶着小魏的肩向列车走去，向小魏挥手告别。小魏消失在车厢内，焦裕禄顺着列车寻找着。列车缓缓开动，焦裕禄跟着车跑，直到车尾消失在视线中。焦裕禄捂着肝部弯下腰，又慢慢站起身来，无意中转头，忽然看见空荡荡的站台上，远远站立着小魏。焦裕禄望着小魏，眼含泪花微微地笑了……

李雪健回忆说："拍摄这场戏时，因为是个小火车站，客车少。摄制组怕天黑，抢时间。火车来了，马上开拍，这场戏只拍了一条。我自己也没想到，还能演出来这样的戏。"

这场戏打动了无数观众，影院里一片唏嘘。焦裕禄的大女儿焦守凤边看边流泪。当银幕上出现焦裕禄临终前拉着女儿的手说"爸爸没啥留给你，这块表，我戴了十几年，留给你吧!"这一幕时，她猛然从座位上站起，跌跌撞撞地冲出放映间，扶墙失声痛哭。

李雪健把焦裕禄演到了人们的心里。他说："我要演活着的时候的焦裕禄，不能去演经过了宣传之后的焦裕禄，也不能演人们仰头瞻望的那个焦裕禄。"

导演王冀邢说，电影《焦裕禄》是他执导的第4部电影作品，"这个题材是我自己挖掘的，也是我自己想拍的东西——焦裕禄作为千千万万个基层干部中间的一员，非常有代表性。我们为该片确

225

定了'8字风格':深沉、凝重、悲壮、朴实。一切要求真实,一切花活儿都别玩"。片中焦裕禄的妻子徐俊雅的扮演者张英回忆说:"拍《焦裕禄》时,我就是一身旧棉袄,而且每天都灰头土脸的,走在村子里也没人认得出我是个演员。当时我曾与焦裕禄的妻子徐俊雅有过接触,徐俊雅很认可我的形象和演出,她还把自己和焦裕禄的围巾送给了我,希望能在影片的拍摄中有所帮助。我一直保存着,直到2005年徐俊雅去世后,我又把这两条围巾送还给了焦裕禄的女儿焦守云。"

当年,这部电影深深感动了无数观众。焦裕禄没有留下什么豪迈的诗篇,然而他也和中国历史上一代代先贤一样,用热血和生命诠释了对国家和人民的赤胆忠心。他的一生是革命的一生、战斗的一生、光辉的一生。他没有死,将永远活在全国人民的心里!

焦守云说,其实,《焦裕禄》这部电影只反映了爸爸的一个方面。"他不只是个艰苦奋斗、苦干实干的人,他还很讲究工作方法,衣着很整洁,吹拉弹唱都喜欢,打篮球他是中锋。他对外人都那么好,回到家里对妻子、孩子当然也很好。他非常喜欢孩子,我们6个他也不嫌多,一有时间就跟我们没大没小地闹着玩。总之,我爸是一个非常热爱生活的人。《焦裕禄》电影上映后,有人说我爸没搞好计划生育,我妈说,孩子是多了点,可那时没提倡计划生育呀。"

在李雪健主演的电影《焦裕禄》上映22年后,焦裕禄的形象再次被搬上荧屏。30集的电视连续剧《焦裕禄》突破以往主旋律英模剧的窠臼,在展现焦裕禄无私公仆精神的同时,也重塑了他为

刘俊生夫妇、焦裕禄次女焦守云
与电视连续剧《焦裕禄》主演王
洛勇在兰考焦桐园

电视连续剧《焦裕禄》剧照

人为父的正直秉性。相比于电影版侧重表现焦裕禄在兰考的感人
工作事迹，电视剧版全方位展现了其整个人生画卷。该剧没有对
焦裕禄进行标签化的复制，首度用影像揭露了焦裕禄坎坷的青少
年时期，从反抗日本侵略者逃离大山坑煤矿，到南下加入武工队，
到担任尉氏县大营区区长领导土改分田和清剿匪霸，再到最终出
任兰考县第一书记，用一个个根据真实故事改编的桥段表现了一
个普通人如何成为甘愿为人民鞠躬尽瘁死而后已的好干部。为避
免篇幅过于冗长，该剧从焦裕禄解放初参加土改演起，在剧中以回
忆等方式交代了他青少年时代的生活和成长经历，并对此后的剿
匪、到哈尔滨工业大学学习、在工业战线工作，直至在兰考除"三
害"并献出自己的生命，做了详细的刻画，这样既使作品简洁集中，
又相对完整地表现了焦裕禄的一生。

　　剧中主创为了了解焦裕禄的故事，多次深入采访。他们惊讶

地发现，无论是哪一天，焦裕禄墓前都会有群众。后来他们才得知，老百姓早把焦书记当成自己家人了，所以谁家里遇到什么事儿都要来和焦书记说一说。

"焦裕禄的人生故事远比我们想象的还要丰富，一部电影可能难以涵盖全部，这是我们重拾这一人物题材的原因。非常荣幸我们作为一个民营公司，能够拍摄出这样一部融思想性、艺术性和观赏性于一体的电视剧，受到了老百姓的欢迎，在十八大召开之际，也向十八大献上了一份厚礼。"电视剧《焦裕禄》总制片人程力栋说。电视剧《焦裕禄》从头到尾坚持实景拍摄，坚持将故事与发生地进行真实对接。

30多年前李雪健主演电影《焦裕禄》，塑造了一个亲民爱民的人民好干部形象，堪称经典。而电视剧中焦裕禄的扮演者王洛勇则是"百老汇华裔演员第一人"，演员与焦裕禄本人似乎反差较大。此前王洛勇和袁泉在国家大剧院演出的《简·爱》大获成功，他曾身居美国多年，"洋范儿"十足，喜欢听爵士乐并常在纽约演音乐剧。所以选王洛勇出演"土"书记曾让观众质疑。

举荐王洛勇扮演焦裕禄的是导演李文岐。他说，王洛勇与焦裕禄本人很像，相似度甚至超过了银幕上扮演焦裕禄的李雪健。焦裕禄是个有知识、有文化、有学养的干部，他会拉二胡，能唱能跳，一点也不土，"如果再找一个看上去很土的人去演他，那完全体现不了焦裕禄的文化修养"。据了解，焦裕禄喜欢打篮球，可以想象，身材高大的他在球场上很活跃，也很能吸引观众的注意力。

　　对于出演焦裕禄，王洛勇坦言自己曾一度相当忐忑，当导演李文岐找到他时，他的第一反应是："演焦裕禄，我行吗？"刚接到剧本时，王洛勇也曾有过担心，他对焦裕禄的印象只有留着偏分头、双手叉腰的造型，以及电影《焦裕禄》中的故事。虽然手机里存着焦裕禄的照片，剧组也处处贴着焦裕禄的画像和照片，但他还是觉得焦裕禄的形象不够清晰。"开拍之后，到了焦裕禄曾经工作、生活过的地方，焦裕禄的形象一下子就变得具体了。"

　　"演得行不行，我说了不算，焦裕禄的亲人和当地老百姓说了算。"王洛勇坦言初演焦裕禄，自己也会担心演得不像，但在焦裕禄亲人和当地老乡的细致描述下，自己从形到神都一步步接近真实的焦裕禄。"从外形上看，包括焦裕禄女儿焦守云在内的焦家人都说我挺像的。但在洛阳和兰考，有老婆婆说我上嘴唇比焦裕禄厚点，老大爷说我比焦裕禄稍微高点，还有人要我转过身去，说要看看背影，一点点帮我矫正。"

　　王洛勇说："老乡拉住我说，你演的是焦裕禄，得请你吃饭！这种感情远远超越了戏剧范畴。我的手机里有焦裕禄的照片，我会时刻拿出来看看，问问围观的老乡我的造型到底像不像。"电视剧开拍后，不少曾经见过焦裕禄的老乡主动跑来做群众演员，这些群众演员其实更像形象指导，他们说话直率。王洛勇扮演焦裕禄时，身材胖了瘦了，皮肤白了黑了，他们会毫不留情地指出。时常会有大婶、大爷盯着王洛勇上上下下地打量，问他体重是多少，虽然王洛勇的外形与焦裕禄很接近，他们还是会看了又看，然后很严肃地说:"重量差不多,但是你这个脸还得瘦一些。"

除了形象,老百姓还教会王洛勇怎么像焦裕禄一样说话。"30集电视剧中,焦裕禄几乎没喊过一句口号,没做过一次报告式的发言。"王洛勇说,"这是因为和焦裕禄接触过的老人都说,这个干部没架子,说话就像唠嗑。唠嗑就是要让听你说话的人,随时可以插进来,这样就能形成对话,焦裕禄也就能第一时间掌握老百姓的想法。"很多老乡说,当地老百姓遇到高兴的事就去跟焦裕禄念叨念叨,遇到伤心的事就去找他哭一场。"焦裕禄不会给你下定义,说你是什么人。有人不满意了,他总是会先问对方,你有什么难处,然后想法子解决。让别人满意了,他自己也快乐了。"

拍摄期间,老乡还在田间地头现场为电视剧里的人物修改台词。王洛勇回忆说,一次拍摄一段抗灾戏,设计的台词是"鼓足干劲,争取完成今年的生产任务",结果没等他说完,围观拍戏的一位老奶奶站出来喊道:"这话不对,你演得不对,焦书记不是这么说话的,他说的是'人勤地不懒,处处是金山'。"这段地头上冒出的对白,后来被剧组采纳用在了电视剧中。可见焦裕禄在老百姓心目当中的形象已经根深蒂固。王洛勇感慨:"这是发生在半个多世纪前的事,却让老太太记忆如此深刻,体现了焦裕禄对当地人民的影响之大,焦裕禄精神常青。"

通过众多当事人的细致描述和把关,王洛勇最终找到了感觉。"老百姓和黄土地让我懂得了这份感情的珍贵,让我走近了焦裕禄。"

"有人说，主旋律电视剧中塑造的党员干部形象不真实，我说你们错了，老百姓的感受最真实。演《焦裕禄》的时候，焦裕禄工作过的地方的老百姓用最朴实的言行，还原出一个真实的焦裕禄，也教会我怎么演好焦裕禄。我不是在做学院派表演，而是当地老乡教我演焦裕禄。"王洛勇说。焦裕禄既有才学勇气，又懂得做人的工作，用时髦的话说，这样的人身上有强大的正能量，谁都希望有这样的朋友，焦裕禄这样的人放在哪个时代都受尊重！拍完这部剧，王洛勇就成了焦裕禄的"铁杆粉丝"："他是个真正的男人，勤奋好学，敢担当，讲效率，讲信义，善解人意，有孝敬心……"

焦裕禄二女儿焦守云曾表示："我把主演王洛勇的定妆照拿给家人看时，家人的第一反应是'这个中'！我相信近几年来不会有人再敢演这个角色了！王洛勇老师演得很出色。我记得他演爸爸患肝癌忍受疼痛的戏时，剧中有这样的情节：焦裕禄忍受病痛坚持工作，在腰部顶着茶杯或者木头，到最后把藤椅都顶烂了。王洛勇老师为了演好这段戏，在身上绑上了插头，导致自己的身体都流脓了。一直到拍摄完成，他才慢慢恢复。"

人们印象中的焦裕禄是个带领群众治"三害"、和蔼可亲的"文干部"，电影已有集中表现，而电视剧中的焦裕禄却拿起枪杆，与恶霸黄老三斗智斗勇。很多70后、80后的观众不解，这和他们小时候看的《焦裕禄》完全两样。

对此，王洛勇认为"焦裕禄不是生下来就当县委书记，他既有文的一面也有武的一面"。电视剧还原了焦裕禄当兰考县委书记前的经历:焦裕禄参加过南下武装工作队,上过哈工大,当过车间主任,能诗擅文,能拉二胡,能唱会跳。王洛勇说,焦裕禄的女儿焦守云曾听她母亲讲过这段故事:父亲刚被派往尉氏县搞土改时,土匪势力嚣张。在当时土匪横行的情况下,父亲经常腰间别把枪就出门了,为此母亲整天提心吊胆。父亲当年亲自签署的枪毙黄老三的命令至今仍存于兰考县焦裕禄纪念园。

为了迎合市场,现在很多作品用所谓的贴近生活将英雄矮化了,甚至有人开始怀疑英雄之所以成为英雄的动机。这版电视剧《焦裕禄》特别可贵的是没有为了贴近普通人而给英雄找缺憾,事实上英模人物之所以这样,肯定有超越普通人的地方,或者说他就不是一个普通人。焦裕禄性格中有坚韧、隐忍、大善,他的人格魅力超越了很多普通人。该剧也没有神化英雄。虽然是从焦裕禄跟土匪斗智斗勇充满了悬念的故事开始叙事,但主创的度把握得非常好,没有把焦裕禄的故事写成一个传奇,把他写成一个救世主,而是以人的方式来描写他的成长。

这些年来,以英雄模范人物为主角原型创作的电视剧、电影不少,真正被大众所接受的不多。电视剧《焦裕禄》让英模人物的形象更丰富,更丰满,更全面了。许多人以前只知道焦裕禄就是县委书记的好榜样,知道他在兰考的这一段经历。而电视剧整体表现了焦裕禄,把他的成长过程全面呈现出来,为焦裕禄人格精神的提升,找到了一个逻辑依据、一片成长的土壤、一个成长的过程,他是一个实实在在的人物,而不是一个宣传出来的概念化的英雄。

电视剧《焦裕禄》于 2012 年 10 月登陆央视一套,2013 年 3 月央视八套重播。随着电视剧剧情的推进,该剧收视率节节攀升,口碑与收视双丰收。著名文艺评论家李准表示:电影《焦裕禄》已经具有相当的高度了,可以说 22 年之后再拍 30 集电视剧《焦裕禄》,这本身就需要勇气、才气和献身精神。电视剧《焦裕禄》在矛盾冲突中间来塑造英模,很有创新意识。在剧中,焦裕禄从一开始就处于多种矛盾之中。总体来说(该剧)避免了流水账式的好人好事的叙事模式,这是一种超越。这部电视剧始终把焦裕禄放在矛盾冲突中间来塑造,不仅真实再现了完整的焦裕禄——一段在苦难中奋斗的青少年的成长经历,还有他积极领导土改和剿匪、在工业战线上拼搏的故事,当然也重点描写了他在兰考的工作,呈现出了一个全面的、多侧面的焦裕禄。特别是焦裕禄的青少年时代处理得非常好,实际上讲了焦裕禄精神的出处,焦裕禄性格的历史基础和生命体验的依据,包括他的文化意义。剧中,在许多关键的时候出现了闪回镜头,表现了焦裕禄的青少年生活,表明了他从小就是个敢于抗争和善于独立思考的人,这也是他的精神动力来源之一。

这部 30 集的电视剧早在 2008 年就开始创作,剧本修改了 11 稿。导演李文岐说,剧组用焦裕禄的精神坚持创作,历时 3 个多月辗转各地,从哈尔滨转战黑河、清河、洛阳、兰考、淄博等地,在黑土地上卧冰踏雪,在黄河滩上摸爬滚打,顶过 40 摄氏度的酷暑高温,战过零下 30 摄氏度的冰雪严寒,尤其是大量与风沙搏斗的戏,让剧组上下都掉了一层皮。

剧中,焦裕禄夫人徐俊雅由颜丙燕饰演,焦裕禄女儿焦守云观后说:"颜丙燕老师演绎的母亲,俊俏清雅,善良贤惠,她默默地爱,默默地为父亲担心,默默地为家人付出,言语不多但句句暖人,她是把我母亲的形象塑造得最完美的演员。"众多演员一丝不苟,终于打造了一部荧屏精品。

为电视剧《焦裕禄》献唱主题曲的余音是焦裕禄的外孙,词作者正是余音的母亲焦守云。余音表示:"虽然我是80后,没有见过外公本人,但我是听母亲和外婆讲外公的故事长大的,外公对我的影响是潜移默化的。"余音说,每当做错事时,外婆和妈妈总会拿外公来告诫和教育他。余音说,作为革命后代,他感到骄傲和自豪,但也有别人无法想象的压力。"电视剧《焦裕禄》的主题曲是我演唱的,词是我母亲

焦裕禄外孙余音客厅里的焦裕禄塑像(余玮 摄)

一手操办的,我们就想以最朴实的曲调和歌词唤起人民对外公焦裕禄的回忆。我作为焦家第三代人,有责任有义务接过旗帜,传唱焦裕禄的精神。"

焦守云填词的时候,父亲的一生像电影一样在她脑海中闪回,随着最后一帧画面定格,饱含深情的文字开始从她的笔端流淌出

来：出门时我喊了一声娘，娘抻平我的旧衣裳。娘啊，娘啊，你的话儿记心上。天上一颗星，地下一个丁……这首《喊了一声娘》的歌词一气呵成。歌曲中"娘"包含了两层意思：一是剧中主人公焦裕禄对自己母亲的深情；二是焦裕禄曾说"我是人民的儿子"，代表了一个人民公仆对老百姓的深情。

真实的人物才有生命，才能穿透历史。无论是电影《焦裕禄》，还是电视剧《焦裕禄》，之所以让中国人喜欢，不是因为主旋律，而是因为这个人物是真实的。当一个人物的成长融入真实情景里，这个人物就站立起来了。当然，主人公展现出来的理想的光芒、信仰的力量为如何做人树立了标杆。"天上一颗星，地下一个丁。一颗星代表一个人，做好事的人星光闪亮，做坏事的人星光黯淡。""我是人民的儿子。""吃别人嚼过的馍没味道。"……电视剧《焦裕禄》首播后，剧中焦裕禄的许多台词在网上热传，来自民间的朴素语言，勾勒出焦裕禄深入实际、问政于民的求实作风。

"电影《焦裕禄》1990年上映。这个艺术形象有那个时代的烙印，讲究'高、大、全'的形象，确实艰苦朴素过了头。不过这不是李雪健表演的问题。雪健表演很投入，也很到位，非常有感情。我和雪健关系特别好。前几天我去北京，我们激动地拥抱在一起，都流泪了……"焦守云说，"电视剧《焦裕禄》2012年播出。主演王洛勇是我亲自确定的。打扮也比较符合当时的情况，旧，但是不破。人物形象更丰满，很接地气。不像过去，不食人间烟火。"

这些年来，焦裕禄的事迹已被改编成多种形式的艺术作品。

20世纪60年代,南京市话剧团曾排演过话剧《焦裕禄》,后来各地还出现过多个话剧版本。著名评剧表演艺术家刘小楼曾主演过评剧《焦裕禄》。以豫剧为载体排演的《焦裕禄》则有两部,一部是2004年由开封豫剧团主创的,另一部则是2013年由河南豫剧三团主创的。

2014年3月上旬,由中国歌剧舞剧院打造的大型原创音乐剧《焦裕禄》在北京首演。从电影到电视剧,再到话剧、豫剧、原创音乐剧,"人民的好公仆"焦裕禄的形象通过这一个个不同的传播介质生动地展现在普通老百姓的面前。这一部部体裁不同、风格各异的剧目虽然出现的年代不一,但是对主人公精神世界共同不懈的挖掘,最终使得焦裕禄这个名字成为中国演艺史上一个不可磨灭的角色,也为我们的社会绵延出一部永不落幕的时代剧。

原创音乐剧《焦裕禄》在真实诠释历史事件的基础上,借鉴百老汇音乐剧的成功经验,融合音乐、舞蹈、戏剧、高科技等综合艺术手段,并融入兰考当地的非物质文化遗产项目麒麟舞,再现焦裕禄的事迹,弘扬、传递焦裕禄精神的正能量。焦守云对这部音乐剧给予了很高的评价:"音乐剧是编剧含着泪写出来的,它实现了高雅艺术和朴实体裁的优美结合,最大特点是好看、好听、好懂,尤其受到年轻人喜欢;它的大合唱、舞美大气、恢宏。侯岩松曾在日本学过音乐剧,舞台表演功力很强。他能在这么短的时间内挑起大梁,并且还是导演之一,这中间付出了很大代价。"

2019年,为配合开展庆祝新中国成立70周年"不忘初心、牢记使命"主题教育,河南艺术中心上演了新版话剧《焦裕禄》。该剧通过一系列不同年龄、不同身份、不同性别的人物,以及发生在他们和焦裕禄身边的故事,从侧面反映、折射出焦裕禄作为一个县委书记、一个男人、一个儿子、一个丈夫、一个父亲的情感、情怀,从而诠释出焦裕禄亲民爱民、艰苦奋斗、科学求实、迎难而上、无私奉献的精神,再现了焦裕禄的崇高风范,是一部具有时代特色和现实意义的文艺作品。

"有不少人老问我,时代在变,为什么至今人民还一直在怀念他,呼唤他? 习主席 2009 年来兰考视察时曾说,因为焦裕禄心里装着全体人民,唯独没有他自己。"焦守云说。习主席这句话很短,却很精辟。焦裕禄精神之所以常青,之所以能穿越时空,之所以历久弥新,正是因为他心里装着人民,他为人民服务,"你为人民做了好事,人民永远不会忘记你"。

不同文艺样式的《焦裕禄》热演的背后,是国人对焦裕禄精神的认同。焦裕禄精神永不过时,相关力作催人奋进。人们对焦裕禄的怀念和呼唤足以证明,心里装着人民的好公仆,人民将永远把他装在心里。

为了表达人民对焦裕禄的敬爱与怀念之情,原邮电部于 1992 年 10 月 28 日发行过一套《党的好干部——焦裕禄》纪念邮票 1 枚,邮票图案是根据 1963 年焦裕禄在泡桐树旁的一张黑白照片设计的。2014 年,山东省陶瓷艺术大师任国栋历时 5 个月创作成功大型陶艺焦裕禄半身塑像,整个塑像面部微侧,神情庄重。

　　跨越百年时光,重温激情燃烧的岁月。2022 年是焦裕禄诞辰100 周年,电影《我的父亲焦裕禄》根据焦裕禄女儿焦守云口述回忆改编创作,由焦守云担任总监制,导演范元执导,郭晓东领衔主演。影片以真挚的感情、细腻的描写展示了焦裕禄短暂而又光辉的一生,以其子女的视角描绘了他与家人相处时的温情点滴,再现了一位言传身教的好父亲、温柔体贴的好丈夫、至孝至诚的好儿子,塑造了一个更加温暖、立体的焦裕禄形象。

　　从个人视角来呈现一位公众人物,是《我的父亲焦裕禄》一次大胆的尝试和突破。影片既包含个人视角,又没有完全局限于纯个人化的体验,而是把人物放在亲情、友情、爱情的故事与人物关系中,最大限度打开了能与大多数人共情的空间。片中,郭晓东出演兰考县原县委书记焦裕禄。郭晓东说,这是他等了太多年的角色,他所有的人生感悟和表演经历都在为扮演焦裕禄铺垫。同时这也是一部他不敢去看的电影,只要回想起一些拍摄中的细节,郭晓东就会止不住地落泪。表演中的亢奋、积极和投入的感情,完全化作他心中的感悟,影响着他今后生活的点点滴滴。在郭晓东看来,很多时候忠孝难两全,焦裕禄为了他的工作没法陪伴家人,他很执着,即使母亲生病,也得工作,自己病入膏肓了也惦记着百姓。"我作为演员,也经常和家人聚少离多,一年到头都陪不了家人几日。我太懂他的那种迫不得已,在他的身上也找到了很多共情的地方。他是一个有温度的人,他的故事是有温度的,我希望这种温度能温暖人。"

电影《我的父亲焦裕禄》中的场景

  名为裕禄，人民得裕己无禄；心系国家，夙夜谋国身忘家。观众被焦裕禄为兰考奉献一生的事迹所感动，"心中装着全体人民，唯独没有他自己"更令人心疼。首映现场一位老婆婆带着小孙女前来观影，祖孙二人都被焦书记鞠躬尽瘁的事迹深深感动，一同泪洒现场。老婆婆坦言，电影中兰考人民所经历的饥寒困苦、集体逃荒讨饭的场景她都曾亲眼见过，看到电影画面不禁感慨良多；小孙女则被焦裕禄精神所感染，现场稚嫩告白"焦裕禄爷爷，我们永远记着您"。影片独辟蹊径地从家人的角度展开叙事，把共产党员的修养、为人民服务的初心贯穿整部电影的始终。创作者对电影特性具有良好的认知和把握能力，把独特性挖掘出来，在细节方面也处理得非常得当。同时将人物放置于历史进程中，发现人物的优秀品质，讲中国故事，使观众产生共情，不仅能够感动对那个年代有记忆的人，也能感动对那个年代并不知情的年轻人。许多观众被焦裕禄的奉献与坚持所打动，集体力赞影片为"催泪的电影"。很多观众听了片尾曲,一路哭着离场,纷纷"抱怨"口罩被眼泪浸透,"太感动了,一包纸巾完全不够"。

电影《我的父亲焦裕禄》中焦裕禄舍己为民、鞠躬尽瘁的场景

仰时代楷模,生也沙丘,死也沙丘,化作焦桐万顷荫兰考;做人民公仆,食于百姓,衣于百姓,定当赤胆无私为国家。焦裕禄临终前与家人团圆的春节,他告别时给母亲下跪诀别的场景,让现场观众纷纷落泪。有感于焦裕禄家风传承和母子情深,"要做一个好人,做最亮的那颗星"成了观影后最让人念念不忘的台词。焦守云说,《我的父亲焦裕禄》提供了一个不同以往的家庭视角,其中的细节如父亲让姐姐卖酱菜、父亲吃大雁粪等,都是真实的事情。

有评论家认为,从30多年前的影片《焦裕禄》到新时代影片《我的父亲焦裕禄》,有了精神内核和现实主义美学品格的历史延续性,与《焦裕禄》相比,《我的父亲焦裕禄》也呈现出鲜明的艺术风格和审美品格。在性格塑造方面,一是强硬的性格,敢于抗争;二是仁厚的性格,对人才的珍惜和对百姓、家人的仁厚。影片有着丰满的典型塑造与精致的影音质感,对焦裕禄病痛的呈现是非常富有感染力的,身体的痛苦、精神的痛苦让人感同身受。其次对焦裕禄家风、家教的呈现,也是整部影片的亮点。的确,影片《我的父亲焦裕禄》在典型的环境中塑造典型形象,在真实的细节中丰富典型形象,通过现实主义的创作手法塑造了焦裕禄新形象,并在集体记忆中阐释和宣传典型形象,进而助力中国精神的传承与弘扬。

一生交给党安排,践行宗旨,鞠躬尽瘁,死而后已;五秩长教民想念,构建和谐,亮节高风,来者继之。近60年来,文艺工作者以焦裕禄为原型,通过丰富多彩的文艺样式和艺术创造,塑造了一个个真实、鲜活、感人的典型艺术形象,通过焦裕禄的故事,全面、立体、生动地展现了我们党带领人民群众开展社会主义建设的那段非凡历程和苦难辉煌,征服了读者、观众,为增强人民力量、振奋民族精神作出了贡献。焦裕禄为官、为子、为夫、为父,无论哪种身份都是时代榜样、精神旗帜,与无数共和国建设时期的英雄人物一起,汇聚成了一道红色血脉,永远被人民惦记。

生死皆为兰考魂,诚于事业,忠于革命;精神永化焦桐雨,绿了沙丘,红了中华。学习传承焦裕禄精神,需要感动,更需要行动。令人欣慰的是,各级党员干部正以焦裕禄为镜,在一言一行中诠释,在点点滴滴中坚守,将内心的共鸣和感动转化为推动高质量发展的激情和动力,扎实开展相关主题教育实践。

（十七）
焦裕禄还在兰考

丰碑蠹九州，勤立楷模廉立范；雄志除"三害"，非关功利只关民。这么多年来，兰考人一直用自己的方式表达着对焦裕禄的纪念。从兰考火车站一直往北的县城主干道被命名为裕禄大道，兰考还建设有裕禄小学、焦裕禄精神文化苑……焦裕禄把整个身心交给了党和兰考人民，党和人民也从来没有忘记他。他活在兰考城内以他命名的学校、道路里，活在群众对他的念叨中。

杯酒祭英魂，问一声书记，自古几人能似你？丰碑留史册，想二字党员，而今何事敢轻民！今天的东坝头张庄村村民奔走在致富的路上。村民游富田说起焦裕禄，几度哽咽，不时擦着眼角的泪水："无论到什么时候，我们也不能忘了老焦。他那个吃苦耐劳的劲头，那种实干劲，我们几十年都忘不了！没有他，就没有兰考的今天。忘了老焦，那就是忘本啊！"在张庄村村民心里，焦裕禄从未离去。

兰考人对焦裕禄的怀念一直没有停止。兰考县葡萄架乡农民王洪伟说："群众无论是过上了好日子，还是有了困难，都会想起老

河南兰考到处有焦裕禄的影子（余玮 摄）

焦裕禄深情地关注着兰考的发展与群众的幸福生活（余玮 摄）

焦。在兰考人心目中，老焦没有死。"

　　循着焦裕禄当年的足迹走村串户，只见到处是成片的树林，一个个村庄掩映其中，麦田里长着一排排泡桐。"我是听着焦裕禄的故事长大的。"三义寨乡南马庄村村支书杨士祥说，父辈们常常讲起，我们这儿曾是水淹地，又是内涝又是盐碱。村里涨大水，焦裕禄冒着雨蹚水过来，组织干部群众挖引流河、排水沟。村民们感谢焦裕禄，就在村头修了一座木碑，村民们叫它"焦裕禄牌子"，现在已做成水泥牌，还刻上了"挥泪继承壮士志，誓将遗愿化宏图"14个大字。当年挖的沟壕就在附近，这么多年来，河水从"焦裕禄牌子"边上缓缓流过，流进需要灌溉的田间，流进老百姓的心里。展现在"焦裕禄牌子"面前的是平坦的柏油路，整齐干净的房屋，一片片绿油油的麦田。

　　尽瘁云何？看看焦公业绩；勤廉有范，听听兰考民声。老韩陵村村民杨德龙依然记得,焦书记生前爱拉二胡。焦裕禄去世后,他和村里的宣传队队员,自编了很多戏段,颂扬焦书记。声声板胡中,这位老农放开喉咙唱起戏曲《焦裕禄》中的片段:"抗洪救灾上前线,全县人民大动员,一边走一边看,洪水茫茫漫无边,一脚深一脚浅,行走不便,左一扭右一弯,如簸似颠……"听着听着,俨然焦裕禄没有走远,就在这段段深情的唱腔里。

做官当效焦桐树,埋骨甘为兰考魂。焦裕禄去世后,除了"文革"时期,自1977年起,党组织派到兰考任县委书记的同志已经有10多位。他们经历不同,年龄不同,时代也不同,但有一样是相同的——必须坚定继承焦裕禄书记遗志,努力践行焦裕禄精神,让我们党的这笔宝贵精神财富在自己任上发扬光大,无愧于兰考人民,无愧为焦书记的接班人。

刁文做了20多年县委书记,其中在兰考6年。1977年到1983年,刁文受命担任焦裕禄去世之后兰考第4任县委书记,也是粉碎"四人帮"之后兰考第一任县委书记。刁文到兰考县走马上任前,河南省委的5位主要领导花了两个半天时间找他谈心,这是前几任县委书记所没有享受的政治殊荣。后来刁文听说,河南省委领导人在审视了10多个候选者名字后,才把他的名字画上圈。

1977年11月13日,刁文来到兰考。当天晚上,他就独自一人到焦裕禄墓前站了很久,既是报到,又是保证。他说自己在心里宣誓:"请焦书记放心,我一定要带领党员干部,与全县人民一起继承、发扬、学习焦裕禄的崇高精神,尽快地改变兰考贫困落后的面貌。"

2014 年 4 月 23 日，兰考县委简陋的办公楼上"传承弘扬焦裕禄精神 加快建设美丽兰考"的标语十分醒目（余玮 摄）

此时"四人帮"已经粉碎，各地都在欢庆。在兰考，却因为种种原因，看不到这样的喜庆场面，也感受不到被压抑许久之后突然释放出来的干劲儿和积极性。因为"四人帮"极左路线多年的干扰破坏，兰考的"三害"又重新猖獗，社员口粮每人只有 300 斤，分配到每人的钱只有 40 元，兰考是当时河南省最穷的县之一。

当年，在兰考县城关公社老韩陵村的一个大队考察灾情时，焦裕禄从几个老农的口中听到了"兰考三件宝，泡桐、花生和大枣"的民谚，求取了治理沙荒的妙方："要想富，栽桐树。挖穷根，种花生。要过好，栽大枣。"十年动乱中，兰考三宝全都被淹没在"卖钱就是资本主义"的思想里——花生几乎绝种，泡桐、枣树没人管。到了兰考后，刁文一直苦苦思索着这样一个问题：兰考穷困的"风口"究竟在哪里？怎样才能让全县人民尽快吃饱肚子？他透过黄河故道上的风沙迷雾，分明看到一个人为的"风口"：多年的"左"的错误剥夺了农民作为农业生产主体的权利，许多农村政策从根本上违背了农民的利益。要尽快改变兰考面貌，必须最大限度地解放生产力；纠正极左路线，实事求是，把群众的疾苦放在第一位。

1978年春，兰考县委帮助全县人民大量栽种泡桐。次年，城关公社杨三寨大队的支部书记张中周进城找刁文，说："你看过，我们那里枣树多。往年没人管，人们随便摘枣，有人用枣喂猪，全糟蹋了。我们想了个办法，把枣树都估好产量，每家分几棵管理。秋后收下枣，各家和队上四六分成。"刁文听得清楚，这里明明有个"包"字，"包树到户"。刁文很干脆："包吧，只要能收枣，到时候问罪下来，承担责任，我刁文不装'鸭子屎'！"

为让兰考农民尽快吃饱肚子，刁文像焦裕禄那样求真务实，顶压力，冒风险，在全省最早实行联产承包责任制。为了顶住大家对"包产到户"的担心和怀疑，刁文说过一句话："只要社员能吃饱，宁愿自己被打倒。只要群众不要饭，我就不怕挨批判。"这句话很好地调动了群众的积极性，农村出现了一番新景象。此外，他还派人从山东老家弄来花生种子，带着兰考县委机关干部到城北开荒，种了35亩花生。面积不大，却产生了轰动效应，一传十，十传百，多年撂荒的花生地又种起来了。3年后，兰考的花生产量攀升到一个新高点。1980年，兰考结束了吃统销粮的历史。

当年，刁文天天骑着自行车下乡，一身泥一身汗，他自己一个人在兰考工作,没人照顾,也没空洗衣服,时间长了,裤子后面都是汗渍,百姓们看到他都忍不住笑,他也不在乎,只是实干。很多年后,兰考的老人们还总讲刁书记当年的狼狈相,想一想这个像焦书记一样的老书记。

焦裕禄是山东人,刁文也是;焦裕禄参加南下工作团离开山东到了河南,刁文也是。两个人认识,曾经在开会时碰过面。他们很像,都是一心扑到党的事业上。有人说刁书记是焦书记一样的好书记,刁文总说比起焦裕禄书记自己还差得远,他是学习焦裕禄精神永远不毕业的好学生。

1983年9月,王祖德担任兰考县委书记。新官上任第一把火就是深入群众,调查研究,在完善联产承包责任制上下功夫,制定了林业生产责任制。"地定权、树定根、人定心",兰考林业自此发展更迅速,形成农林结合、林茂粮丰的新格局。

1983年到1987年,在焦裕禄生活、工作过的这片土地上,王祖德接过焦裕禄精神的接力棒,尽心竭力地为兰考的发展贡献了自己的力量。即便是他后来官至开封市委组织部副部长,一直都念念不忘焦裕禄精神对他的指引。他曾无限感慨道:"焦裕禄精神是兰考发展的动力,也为兰考提出了更高的要求,在兰考工作过的人,会永远将焦裕禄精神铭记在心,不懈努力。"

徐宗礼在兰考土生土长,从1987年7月到1992年2月担任兰考县委书记。徐宗礼出任县委书记时,兰考正处在一个特殊的困难时期。他说,虽然国家改革开放多年,个体、私营经济已经开始发展,但步子还不大,没发展起来;同时国营企业开始亏损,濒临垮台边缘,全县财政收入只有六七百万元。徐宗礼在任上主持了大规模的农田基本建设,并且向上级争取了较大数额的财政支持,改善县容县貌。

民意声声呼裕禄,清风阵阵荡尘埃。1988年,因为给妻子看病,徐宗礼债台高筑,供不起高中毕业的二儿子再去读大学,他儿子就到县酒厂去当搬运工。同学们或者上了大学,或者进了好单位上班,自己是县委书记的儿子,却在酒厂推着架子车进进出出拉酒瓶子。他无法理解父亲的做法,也无法承受个别人的耻笑,留下了一张纸条离家出走,两年没有音讯。徐宗礼说:"我当时是县委书记,也有能力给他们安排工作。但是我解决了自己孩子的就业问题,副职们怎么办?科长、局长们也要求安排孩子工作怎么办?要知道,上梁不正下梁歪呀。"

晚年,徐宗礼说:"兰考是焦裕禄工作过的地方,焦裕禄是全国人民学习、敬仰的对象,在兰考工作不容易。自己本事也不大,但是想一想,自己为兰考尽到了最大的努力,对得起兰考的老百姓,对得起党。工作期间,我总是拿焦裕禄的尺子量自己。跟焦裕禄比,我还差得远。"

1992年2月,时任焦作市武陟县委书记的卢大伟跨地区调任开封市兰考县委书记,并担任开封市委常委。卢大伟出生于洛阳,焦裕禄曾在洛阳矿山机器厂工作过。焦裕禄当过兵,卢大伟也曾参军入伍。"焦书记在矿山机器厂工作过,我后来被分配到了焦作矿院工作,也算是同行吧!"

在深入基层的调查中,刚刚上任的卢大伟就发现了一个问题——农民粮食不够吃。这个问题让他感到非常惊讶。都90年代了,他在武陟县任职的时候考虑的是如何让群众奔小康,而在兰考,群众连最基本的吃饭问题都还未解决。他立刻了解原因,其实很简单:兰考的小麦种子还是六七十年代的种子,麦子一茬种一茬收,上年的收成提下年的种子,由于年复一年使用相同的麦种,造成小麦产量普遍不高。这是科技观念的问题,没有科学种田观念不行。

卢大伟当机立断请来了全国小麦种子专家和省农委的技术专家到兰考实地测验,下决心推广良种。可是推广良种的初期就遇到了难题。有的群众认为这里面有些猫腻:是不是卢大伟拿了种子公司的钱,替人家推销? 一时间,各种牢骚、各种不满一同袭来。面对质疑声,卢大伟淡定自若,他对自己的决策很有信心,他给各乡镇干部鼓劲儿道:"该推广还得推广,现在老百姓骂几句,到明年吃粮食时,他们就高兴了。"

在卢大伟的带领下,全县80万亩麦田,有60万亩播上了新品种。到了第二年小麦收获时期,新品种小麦单产增收120多斤,全县小麦产量迈上了一个新台阶,从而彻底解决了老百姓的吃饭问题。后来,卢大伟到两家农户检查工作,两家农户的地挨着,同样的面积,结果收成大不一样。收成低的那个农民红着脸告诉卢大伟说,因为不相信当时发给他家的小麦种子,就偷偷磨面粉吃了,现在后悔得不得了，以后肯定改用良种。

卢大伟并没有满足于解决农民温饱问题，他要带领群众走上富裕之路。焦裕禄为了抗御风沙倡导栽植的泡桐如今为兰考提供了极为丰富的木材资源。卢大伟鼓励群众发展个体、民营经济，引导群众从以前单纯出卖原木，逐渐转变到开展桐木加工。各类木器厂在兰考如雨后春笋般地兴建起来。加工的产品也由简单的桐木电料发展到桐木拼板、装饰材料等。全县办起了十多家民族乐器厂。1994年，原轻工业部和中国音协把兰考确定为民族乐器音板生产基地。

"兰考4年，是我精神上收获最大的4年。从我到兰考的第一天起，焦裕禄这个精神标杆就如影随形，我时时用他丈量着自己。"今天，卢大伟还念念不忘在兰考的岁月。

刚到兰考，有很多关心党的建设的老同志就对卢大伟说，当年焦裕禄就是骑着自行车下乡，要求卢大伟把县委的车全部封了，带头骑自行车下乡。"我当时刚40多岁，骑自行车上班没问题，就对老同志说可以，但骑自行车根本跟不上现在的工作节奏。当时焦裕禄骑自行车，县委就两辆，他骑一辆，而且是从英国进口的'飞利浦'自行车，这在当时也算是专车，是先进交通工具了。这实质上是对焦裕禄精神怎么看、怎么学的问题。我当时就想，现在的发展条件与焦裕禄那个年代的发展条件不一样了，难道这影响我们去学习焦裕禄精神吗？不能让兰考人民背政治包袱。"

在卢大伟看来，如果焦裕禄逝世30年后，还满足于让群众穿补丁衣服、吃粗粮馍，仍然在大雪天让老百姓住破房子，让干部去给群众送救济粮，这显然是把焦裕禄精神曲解了，偏离了党的宗旨，是一种倒退。如果焦裕禄还健在，他一定会像现在的县领导干部一样穿着西装，去招商引资，去带领群众谋幸福。"有些人学习的不是焦裕禄的精神，而是很机械地模仿焦裕禄，模仿他穿旧棉衣，模仿他手叉腰的动作。其实焦裕禄手叉腰，是因为肝病造成疼痛，直不起腰。"卢大伟说。焦裕禄就像一座丰碑屹立不倒，他的精神就像一面旗帜高高飘扬。

1999 年，朱恒宽 42 岁，由县长接任兰考县委书记。由于有了焦裕禄这面旗帜，兰考县成为全国闻名的地方，兰考县委书记也成为特殊的岗位——可能会是晋升前的历练，当然也会承受更多的压力。

在朱恒宽心中，焦裕禄精神不仅仅是一个口号、一面旗帜，更重要的是一种为民实干的情怀。只有心中装着老百姓，为老百姓谋福祉，那才是贯彻焦裕禄精神。在他任上的几年，每年的 5 月 14 日——焦裕禄的忌日，他都会带领县里干部去焦裕禄陵园拜祭。那是一种精神朝圣，面临压力的时候，遭人误解的时候，或者心里有一丝丝懈怠的时候，在静静的陵园站一站，看着焦裕禄的雕像，心便会静下来，继续前行。

官是什么？不是身份，不是权势，那是老百姓的信托，是一种为人民服务的责任。为老百姓带来福祉，为老百姓带来好生活，那才不枉当一回官。焦裕禄精神是什么？是心里装着老百姓，为老百姓实实在在做事。从这一点来说,朱恒宽问心无愧。在兰考的工作历程中,他的耿直,他的率真,他的认真,形成了一个基层领导干部的鲜明性格。对于朱恒宽来说,他感觉更多的是一种心底无私天地宽。在焦裕禄曾经奉献过的热土上,他全心全意地奉献过,他施展拳脚做过事,他热血沸腾过,他接受过焦裕禄精神的洗礼。他认为自己对得起脚下的热土,没有辱没焦裕禄这面旗帜,为老百姓,他的心一直是热的。

2006年,黄道功从河南省安阳市滑县县委书记调任开封市兰考县委书记,是焦裕禄去世之后兰考的第12任县委书记。"实在是突然,没有半点思想准备。"他甚至都没有时间回自己在安阳市的家里一趟就直奔兰考。兰考的政治意义不言而喻,又由于焦裕禄榜样力量的影响,这里的每一任县委书记都备受瞩目。

时隔多年,黄道功还是觉得当年走马上任最需要勇气,因为"只能干好不能干坏",压力可想而知。兰考的自然条件不好,跨入新世纪,虽然百姓温饱已经不成问题,但是经济如何发展、社会怎样稳定,仍旧是兰考面临的大问题。黄道功上任时,兰考县一年国民生产总值才7000多万元。眼看着自然条件好的地方经济噌噌地往上升,黄道功知道自己责任重大,已经远远不是"从玉米馍到白面馍"那样简单。

兰考代表了一种精神,但不等于脱离了世俗。社会的变迁、人心的变化,都同样影响这里。到兰考第一天,上午组织部刚刚公布完任免令,黄道功下午就赶去处理一个突发事件。第二天上午,黄道功到焦裕禄陵园祭扫。

当年，黄道功的办公室大门永远为老百姓敞开着，谁都可以推门就进。他跟老百姓在一起的时候很像一家人。他还走到田间地头，走进他们的家里，和他们一起吃饭。黄道功把兰考任职的这段经历看成挑战和考验。

兰考有个"焦裕禄式好干部"评选，年年都在评，但以前以精神奖励为主，影响不大。黄道功上任第一年，提出给名给利给地位：评上"焦裕禄式好干部"的，奖摩托车一辆，提拔一级；评上"十大村官"的，奖农用三轮车一辆，连续两年评上的提拔为乡长助理或副乡长。最初，很多人质疑，觉得违反了焦裕禄精神。黄道功说服大家，时代变了，奖励方式跟着变化不代表焦裕禄精神被腐蚀了。"甘于清贫、清苦是焦裕禄精神，但是不能把清贫、清苦认为是焦裕禄精神的核心。"

"焦裕禄书记留下的是一种精神，是我们党的一种品质。"黄道功说。践行与继承是习惯和信仰，与身在何方无关，与官至何处无关。

2009 年春节刚过，河南省委组织部一纸任命，让时任郑州市管城回族区委书记的魏治功连续数日夜不能寐。从政已逾20年的他，经共青团工作、乡镇工作，宣传部部长、市政府一把手、党委一把手的历练，先后在巩义、登封、荥阳、郑州留下履职的坚实足迹，时不常地调任他职本应习以为常，而这次为何如此激动？原来，这次去的地儿非比寻常，新任的职务非同小可——开封市委常委、兰考县委书记!

兰考,一个全中国人民耳熟能详的地方;兰考县委书记,一个令全党干部高山仰止、熠熠绽放圣洁光环的职位。自 1964 年一个时代的英雄焦裕禄走进历史的背影,屈指算来,这个地儿的这个职位已悄然历经了 12 任。如今,第 13 任书记之责,竟在没有任何先兆的情况下突然落在了自己身上,怎能不让魏治功心潮澎湃?

这年 3 月 9 日,在到任兰考的第一天,魏治功率县四大班子领导集体拜谒焦裕禄陵墓。如同当年焦裕禄一到兰考便顶风冒雪视察灾民、访贫问苦一样,魏治功来兰考后要做的首要功课,同样是调查研究。深知责任重大的魏治功不敢有丝毫懈怠,他白天认真走访,实地察看,广泛座谈,晚上则看材料文件,研究县情县况,第二天再把掌握的情况跟实地调查的情况进行佐证对照,如此反复研究。

调研归来,魏治功从心底感谢他的所有前任们,正是几代人的努力,奠定了今天兰考良好的发展基础。他只有带领兰考人民在科学发展的道路上继续快马加鞭的份儿,绝无躺在前人功劳簿上歇歇脚的权利。

很快,兰考人惊喜地看到:兰考的干部实行了"456"工作制度——不论哪级干部,只要不是外出招商,每星期都要在单位住够 4 天、干满 5 天、星期六奉献 1 天;各部门坚持白天不开会,让大家真正有时间、有精力抓工作、干事业,有效解决了过去以会议贯彻会议、以文件落实文件、抓落实的力度不够的问题;完善了领导干部调查研究制度、下访制度和一线工作法，激励广大党员干部大力弘扬求真务实精神，大兴求真务实之风，以实绩论英雄，以发展做结论，在全县上下形成比干劲、比工作、比贡献的生动局面……魏治功以他亲民爱民的好作风，以他有能力、有水平、有气魄的开拓精神和廉洁自律的人格魅力，一下子征服了兰考的广大干部群众。

2012年10月，48岁的王新军任开封市委常委、兰考县委书记。到任的当天，王新军在会议上郑重表态："大力弘扬焦裕禄精神，在历届县委打下的良好基础之上，带领全县干部群众，千方百计加快富民强县步伐，为全面实现焦裕禄同志的遗愿而不懈奋斗，决不辜负省委和市委的信任，决不辜负全县人民的期望。"如前几任兰考县委书记到任一样，会后他与兰考县四大班子领导拜谒了焦陵。

2013年7月，焦裕禄民心热线开通，设置在兰考县行政服务中心一楼。"开通的目的只有一个，方便群众。"热线工作人员说。群众反映的每一个问题，他们都会受理，一一答复，决不让群众在失望中等待。习近平同志到行政服务中心视察时，对于这条集电话、微博、短信、电邮和来信"五位一体"的民意通道给予肯定，深情寄语。

2014年春，兰考成为河南省直管县。王新军清楚，兰考这个地方受到全党关注，"有焦裕禄这样一个榜样，我们一方面要做焦裕禄的传承人，要求我们干部的作风要好，我们的精神状态要好；另外一个方面，我们的发展也要非常好"。他要求全县各级干部要把学习和弘扬焦裕禄精神焕发出的强大动力，转化为兰考科学发展、跨越发展的生动实践,转化为务实重干、勇于担当的良好作风,转化为践行宗旨、改善民生的具体行动,用实实在在的业绩为焦裕禄精神增光添彩。

"兰考县所有的村子,新军,你走了多少个?"2014年3月,习近平总书记到自己的联系点兰考县调研指导党的群众路线教育实践活动时,这样问王新军。王新军回答说,走了一半多。习近平总书记语重心长地说:"这样还不行,你要走遍兰考所有的村。当县委书记一定要跑遍所有的村,当地(市)委书记一定要跑遍所有的乡镇,当省委书记一定要跑遍所有的县(市、区)……"

总书记的话,王新军牢记在心。他说:"焦裕禄曾说,共产党员应该在群众最困难的时候出现在群众的面前,在群众最需要帮助的时候去关心群众、帮助群众。农村群众还有哪些困难?还有哪些所需、所急、所盼?怎样带领兰考人民实现焦裕禄未竟的宏愿?我要在兰考全县所有行政村中寻找答案。"

"干部不领,水牛掉井。"这是焦裕禄曾常说的话,也是王新军的座右铭。在王新军外出调研的中巴车上,常带有两样东西:一个是兰考新火车站的规划图,一个是《兰考县建制镇示范试点项目实施方案》。他说:"我们集中力量抓深化改革,发挥省直管县体制改革试点优势,启动了第一批28个重点改革事项,包括农村综合改革、城乡一体化等;抓主导产业,构建现代产业体系,突出抓好产业集聚区、商务中心区和现代农业产业化集群三大建设;抓扶贫攻坚,实施'三年脱贫攻坚计划',启动黄河滩区移民迁建、高标准良田建设等三大重点扶贫项目;抓城乡建设,借力全省'新型城镇化综合改革试点'和'新农村建设试点'机遇,着手完善村镇体系建设规划和新农村建设总体规划;抓民生保障,加强农村劳动力技能培训和职业教育,健全县、乡、村三级医疗卫生、教育、养老保障服务体系;抓基层基础,加强基层党组织书记队伍建设,投资新建村级组织活动场所,提升基层综合服务功能。兰考要抓好产业聚集区,发展我们的城市,把我们的城市做大、做美,提高对就业的吸纳力、承载力、吸引力。"王新军还说,在农村这一块,要推进农业现代化,抓好、培育农业产业化的龙头企业,加快土地流转,带动农民致富。

习近平总书记曾给市、县委书记们念过一副对联:"得一官不荣,失一官不辱,勿道一官无用,地方全靠一官;穿百姓之衣,吃百姓之饭,莫以百姓可欺,自己也是百姓。"对此,王新军说:"老百姓心里有杆秤,知道你是重还是轻;老百姓心里有面镜,知道你是浊还是清。只有做一个干事的干部,正派的干部,心中有民、心中有责的干部,才能不辜负总书记对我们的嘱托,才能有勇气去面对在身边时时看着我们的焦裕禄书记,才能对得起兰考这片热土上的父老乡亲……"

走村串户,王新军总是那几件上衣和那几双皮鞋来回穿。进村,看看这家的猪圈又多了几头小猪崽,和那家的老人拉拉家常……有的老百姓拦着他"告状",说村里不给自己家门口修路。他立即把村干部、乡干部叫来,问明情况,叮嘱一定要做到村民满意。尽快让村民脱贫致富是王新军心里的头等大事。他曾从乡镇和县直部门抽调 450 多名干部组建 115 个工作队,深入 115 个贫困村,开展驻村扶贫,弘扬焦裕禄对群众的亲劲、抓工作的韧劲和干事业的拼劲,帮助贫困村理思路、上项目,实施精准扶贫。

2015 年 5 月,王新军荣获"全国优秀县委书记"称号。2016 年 2 月,蔡松涛任兰考县委书记,并晋升为开封市委常委。他也成为焦裕禄去世之后的第 15 位兰考县委书记。蔡松涛说:"到兰考来工作本来就是一种压力,这里是焦裕禄精神的发祥地,也是习总书记的联系点。兰考是国家级贫困县,在 2014 年提出了率先脱贫的目标。我到兰考工作,从王新军书记手里接过接力棒后,我就在思考,光有压力不行。怎样才能真正把压力变为发展的举措,更重要的是,怎样把兰考干部的内生动力激发出来,让大家都参与到经济社会发展中去。"

2017 年 2 月 27 日,经国务院扶贫开发领导小组评估并经河南省政府批准,兰考县退出贫困县序列,成为河南贫困退出机制建立后首个脱贫摘帽的贫困县。在十九大上,共选举产生 204 名中央委员、172 名候补中央委员。172 名候补中央委员中,时任开封市委常委、兰考县委书记的蔡松涛是唯一在任的县委书记。

2020 年 11 月,50 岁的李明俊成为河南开封市委常委、兰考县委书记。2021 年 2 月 25 日上午,在北京举行的全国脱贫攻坚总结表彰大会上,习近平总书记为荣获"全国脱贫攻坚先进集体"的兰考颁授奖牌,李明俊代表兰考领奖。李明俊十分激动:"我接受了总书记给我们的颁奖，又聆听了总书记的重要讲话，心情非常激动。我们要认真学习总书记的讲话精神，继续弘扬脱贫攻坚精神，弘扬焦裕禄精神，把我们兰考建设好，把我们兰考的各项工作干好，在乡村振兴中继续走在前、做示范。"

本土电影《千顷澄碧的时代》首映时，兰考县 3000 名基层扶贫干部与一线扶贫标兵，第一时间观看了"自己的故事"。影片取材于兰考县脱贫攻坚战，讲述了青年分析师芦靖生被派到兰考扶贫，与以兰考县委副书记范中州、兰考四方乡党委书记韩素云等为代表的兰考干部相遇在脱贫攻坚一线，和群众一同奋战三年，让兰考县实现脱贫的故事。影片展现了一个开放、创新、生机勃勃的新兰考，以及新时代兰考干部忠诚、奉献、担当的精神，深情呈现了中国脱贫攻坚一线人物群像，全面描绘了新时代中国农村的小康画卷。

作为全国第一批率先脱贫县，在新发展阶段、新发展理念、新发展格局下如何干？兰考县贯彻新发展理念服务生态文明建设、乡村振兴，定位建设新时代传承弘扬焦裕禄精神示范县、县域治理"三起来"示范县、巩固拓展脱贫攻坚成果与乡村振兴有机衔接示范县，围绕县域高质量发展总体目标，干在实处，走在前列，在新发展格局中走出一条中部地区县域经济高质量发展之路。

脱贫摘帽以后，兰考一如既往，把责任扛在肩上，继续保持攻坚态势，持续巩固脱贫成果，有效衔接乡村振兴，筑牢奔小康基础，让脱贫质量更高、成色更足。对照新发展阶段、新发展理念、新发展格局要求，兰考人大力传承弘扬焦裕禄精神，挖掘、延伸焦裕禄精神的时代内涵,讲好中国共产党治黄故事,从精神中汲取力量,把兰考打造成处处彰显焦裕禄精神的时代新城,实现"精神高地"助推"经济高地"。同时努力在推进城乡产业融合、要素融合和社会治理体制机制改革方面率先突破,把"强县富民、改革发展、城乡贯通"干到实处,推进治理体系与治理能力现代化,全力打造新时代中国特色社会主义县域治理的典范。继续坚持农业农村优先发展,建立健全防止返贫监测和帮扶机制,强化工作举措,在巩固脱贫攻坚成果的基础上接续实现乡村产业、人才、文化、生态和组织的全面振兴,为实现脱贫攻坚与乡村振兴有效衔接贡献"兰考智慧"。李明俊说:"我们将赓续精神血脉,汲取奋进力量,以永不懈怠的精神状态和一往无前的奋斗姿态,在乡村振兴中继续走在前、做示范。"

兰考的脱贫之路正是对焦裕禄精神的生动践行。"十四五"开局之时,兰考在全县 454 个行政村成立稳定脱贫奔小康党员服务组,进一步巩固脱贫攻坚成果,全面推进乡村振兴。

"兰考人民多奇志,敢教日月换新天。"焦裕禄曾用生命喊出的豪言,如今在兰考已变为现实。曾经的风沙、内涝、盐碱地再也没了踪影,昔日黄河边上百万亩的"三害"土地全部变成了丰收的良田。目前,兰考县已成为全国粮食重要生产基地,全国小麦、棉花、油料生产百强县。黄河两岸的湿地每年都会有大雁、白鹭、天鹅等200 多种野生动物和鸟类在这里栖息繁衍。以前,风沙、内涝、盐碱是兰考的标识符;如今,拼搏、开放、生态、幸福成了兰考追赶跨越的新标签。今天的兰考大力推进绿化工程建设,优化产业结构,实现以业兴城,奏响一曲转型发展奋进曲。奔腾不息的滚滚黄河水见证着兰考广大干部群众大力弘扬焦裕禄精神,昂首阔步迈上乡村振兴的新征程。

热血化甘霖,育出焦桐千里绿;丹心酬赤帜,赢来兰考万家兴。兰考人从一位位亲民爱民的县委书记身影上依稀找到了当年焦裕禄书记的精气神和作风,看到了未来新兰考的灿烂图景。

（十八）
一代代中国人红色感动的背后

1966 年 2 月 7 日,《人民日报》发表社论《向毛泽东同志的好学生——焦裕禄同志学习》。作为毛主席的好学生,焦裕禄却一生都没有见过毛主席。1966 年 9 月 15 日,经周总理引荐,焦裕禄的二女儿焦守云登上了天安门城楼,见到了父亲一生的老师。毛主席亲切地握着焦守云的手,与她合影。焦守云内心充满了幸福和自豪。

焦守云日后回忆说:"那次回到兰考以后,乡亲们知道我和毛主席握过手,都来抢着握我这双和毛主席握过的手,人山人海地排队。我实在招架不住……每次做报告,我都会带上见毛主席那天穿着的打补丁的大襟儿褂子,对我来说,它是无价的宝贝呀!"

焦裕禄烈士陵园始建于 1966 年,2007 年更名为焦裕禄纪念园。

整个纪念园主要有革命烈士纪念碑、焦裕禄烈士墓、焦裕禄同志纪念馆等。纪念碑位于纪念园南部的中心。碑高 19.64 米(寓意纪念焦裕禄 1964 年逝世)。碑正面镌刻毛主席手题"革命烈士永垂不朽" 8 个大字。碑座刻有 3 幅大型浮雕——《解放兰考》《访贫问苦》《除"三害"》。碑背面为碑记。四周苍松翠柏相衬,纪念碑显得庄重肃穆。墓碑位于纪念碑北侧墓区最高处，由大理石雕砌而成，碑高 2.75 米，正面镌刻"焦裕禄烈士之墓"，背面为焦裕禄生平简介。墓盖由汉白玉外镶。墓后有屏风墙，镶嵌着毛主席的题词"为

作者余玮在兰考拜谒焦裕禄烈士之墓

人民而死，虽死犹荣"。墓前方两侧竖立有两座题词牌，分别刻有董必武、郭沫若撰写的长诗。焦裕禄同志纪念馆位于墓区西侧，序厅正面立焦裕禄半身铜像一尊，像后墙上镶嵌着江泽民同志的题词"向焦裕禄同志学习，全心全意为人民服务"，馆内展板与文物等生动地展示了焦裕禄平凡而伟大的光辉一生。在纪念馆里，亲眼见到焦裕禄坐过的因镇痛止疼而被顶开一个大窟窿的藤椅和他赠送给邻居小孩的小棉裤，凝神端详他用清秀的字迹亲手起草的"雪天工作法""干部十不准"，仿佛触摸到历史的真实与厚重。

当年心系灾民，治水封沙，奈何天太无情，万里黄河流浊泪；此日梦圆兰考，丰林茂草，如是地能载德，一抔厚土护苍生。令人感慨的是，这里曾经是黄河故道，而纪念园就建在黄河故道的河滩上。墓碑上有焦裕禄的照片，照片上焦裕禄的脸庞清瘦坚毅，眼睛凝视着远方，仿佛要实践自己临终前的愿望："我死后只有一个要求，要求组织上把我运回兰考，埋在沙堆上，活着我没有治好沙丘，

死了也要看着你们把沙丘治好！"

在焦裕禄的墓后，镌刻着毛主席的题词"为人民而死，虽死犹荣"。这是对焦裕禄人生价值的最好诠释。

1990 年 6 月 15 日，邓小平为华夏出版社出版的纪实文学《焦裕禄》题写书名。这本书还辑录了陈云、宋任穷为纪念焦裕禄逝世 26 周年的题词和董必武、郭沫若为焦裕禄所作的诗词。

1991 年 2 月 9 日，江泽民总书记来到兰考，向焦裕禄陵墓献了花圈，在墓前深深三鞠躬。他对在场的干部群众说："我们各级领导干部学习焦裕禄同志，就要像他那样廉洁自律，克己奉公。既然居官在位，就要兢兢业业地为人民办实事。是菩萨就得显灵，为官一任就要造福一方。"江泽民还接见了焦裕禄的妻子徐俊雅及其子女，合影留念，并题词："向焦裕禄同志学习，全心全意为人民服务。"

同年 4 月 9 日，现代戏《焦裕禄》在中南海演出。看戏时，江泽民总书记对河南省委书记和河南省长说，兰考确实困难，兰考的发展不光是兰考的事儿，也不光是河南的事儿，兰考是全国人民都关注的地方，河南省委、省政府应该具体帮助兰考。不久，河南省委、省政府在兰考召开大规模的现场办公会，具体部署安排对兰考的扶持工作。曾任兰考县委书记的徐宗礼回忆说，当时，全国正掀起学习焦裕禄的热潮，兰考进入了一个大发展的时期。

1994 年 5 月和 2003 年 12 月，胡锦涛先后两次视察兰考。1994 年 5 月，胡锦涛在纪念焦裕禄逝世 30 周年大会上发表重要讲话，并为焦裕禄同志纪念馆落成剪彩暨焦裕禄铜像揭幕。

胡锦涛发表讲话说："焦裕禄同志是全党同志和全国各族人民公认的中国共产党的好党员，人民的好公仆，县委书记和广大干部的好榜样。他的一生，是为党的事业、为人民利益鞠躬尽瘁的一生……在今天，认真学习和弘扬焦裕禄精神仍然是我们这个伟大时代的要求，是全国各族人民的呼唤，是加强党的建设、发展社会主义现代化事业的需要。"

死葬沙丘言在耳，生谋民利口皆碑。焦守云说，中央领导都很关心焦家，总是说："生活上有什么困难和要求，请跟我们讲。"她说，党中央不忘焦裕禄，不光是对焦裕禄的褒扬，更重要的是倡导"心中装着全体人民，唯独没有他自己"的公仆情怀。

2009年4月1日上午，在河南调研的时任中共中央政治局常委、中央书记处书记、国家副主席的习近平专程赶赴焦裕禄纪念园，怀着无比崇敬的心情瞻仰了焦裕禄烈士纪念碑，向焦裕禄陵墓敬献了花篮，并参观了焦裕禄事迹展室。一幅幅栩栩如生的图片，一件件饱经风霜的遗物，仿佛又把人们带回到了当年焦裕禄带领兰考人民治理"三害"、战天斗地的动人场面中。习近平同志认真地看着、沉思着，并不时俯下身去凝视着焦裕禄生前用过的物品，诵念着焦裕禄的豪言壮语，深切缅怀焦裕禄的感人事迹。

习近平同志专程来到焦裕禄夫人徐俊雅生前居住的地方，看望了焦裕禄的子女和其他亲属，与他们一一握手。握着老大焦国庆的手，习近平同志说："你就是当年那个看白戏的孩子吧？你看了一场白戏,你父亲还专门召开了家庭会议,起草了《干部十不准》,规定任何干部在任何时候都不能搞特殊化。看白戏的故事始终深深地印在我的脑海里。"当介绍到老三焦守云时,习近平同志说:"你可是大名人,毛主席接见过你,当年照片上的你穿得很朴素,你梳的那个发型我还记得呢!"老五焦跃进曾经当过杞县县委书记,时任开封市委常委、统战部部长,习近平同志对焦跃进说:"你在北京商场推销杞县大蒜的报道我看过!"对焦裕禄的事迹,习近平同志是那么熟悉;对焦裕禄的子女,习近平同志是那么关注。

与焦裕禄亲属围坐在一起,习近平同志亲切地询问着他们工作、生活的点点滴滴,感怀着焦裕禄的崇高品质、伟大精神。习近平同志动情地回忆了他上初一时被焦裕禄的事迹深深震撼的事情。他说:"焦裕禄精神对我影响很大。我任福州市委书记时,在焦裕禄同志纪念日,我感慨万千,就填了一首词,有感于纪念焦裕禄,当时《福州日报》登过。焦裕禄同志是一个很高很高的标杆,虽不可及,但我们要见贤思齐。"长期以来,习近平同志在不同领导岗位上始终强调学习和弘扬焦裕禄精神。这次亲赴兰考缅怀焦裕禄的丰功伟绩,是习近平同志多年来的心愿。

习近平同志感慨地说:"直到生命的最后一刻,焦裕禄始终保持人民公仆的本色,想的仍然是人民群众的幸福安康,充分体现了共产党人立党为公、执政为民的崇高风范。焦裕禄同志用自己的实际行动,塑造了一个优秀共产党员和优秀县委书记的光辉形象,铸就了亲民爱民、艰苦奋斗、科学求实、迎难而上、无私奉献的焦裕禄精神。焦裕禄同志离开我们45年了，但他的崇高精神跨越时空、历久弥新，无论过去、现在还是将来，都永远是亿万人民心中的一座永不磨灭的丰碑，永远是鼓舞我们艰苦奋斗、执政为民的强大思想动力，永远定格在历史上，永远不会过时。"

"今天我终于如愿以偿来到兰考，实地感受老一代共产党人的崇高风范，我心情很激动、很不平静，很受教育、很受启发、也很受鼓舞，深感在新时期广大党员干部更要加强党性修养，转变工作作风。我们要与时俱进地保持和发展党的先进性，不断适应新形势、新任务、新命题，探索新途径，总结新经验，赋予焦裕禄精神以时代精神、时代内涵，把焦裕禄精神发扬光大。"

临行前，习近平同志说，见到你们很高兴、很亲切，就像见到自己家里人一样。也希望你们工作得好，生活得好。我也代表党中央转达对你们的问候。

习近平同志还来到焦桐园，瞻仰了焦裕禄当年亲手种下的那棵泡桐。习近平同志认真地看着那张焦裕禄站在焦桐旁的照片，兰考县委宣传部退休干部刘俊生介绍说："焦书记的照片很少，拍他的照片一般只能偷偷地拍，每次下乡当我把镜头对准他时，他总是摇摇头、摆摆手，不让照。焦书记说：'人民群众改天换地的劲头这么大，多给他们拍些照片，多有意义，拍我有啥用！'"习近平同志听了之后感叹说："焦裕禄同志的确心里只装着群众，只想着群众，唯独没有他自己啊！"

随后，习近平同志还在焦桐园附近一片绿油油的麦田中，亲自植苗、培土、浇水,栽下一棵泡桐,留下一腔思念,希望生生不息的焦裕禄精神在神州大地永远传承、永放光芒。

下午,习近平同志主持召开兰考县干部群众座谈会。他强调,我们要深刻理解焦裕禄精神的时代意义和现实意义,紧密结合现在正在开展的深入学习实践科学发展观活动,大力弘扬焦裕禄同志的好思想、好品德、好作风,用以改造客观世界和主观世界。希望兰考在开展深入学习实践科学发展观活动中,把大力弘扬焦裕禄精神作为实践特色的重要着力点,切实搞好学习实践活动,促进经济社会又好又快发展。

2014年,根据中央统一安排,中央政治局常委在党的第二批群众路线教育实践活动中分别联系一个县,习近平总书记联系兰考县。3月17日至18日,习近平总书记深入农村和窗口服务单位,同干部群众交流座谈,听取意见和建议,实地指导兰考县教育实践活动。

3月17日10时许,习近平总书记一下飞机就直奔兰考,前往焦裕禄同志纪念馆。纪念馆就坐落在兰考县城北黄河故道的沙丘上,正门前的焦裕禄事迹群雕沐浴在和煦春风和温暖阳光里。习近平总书记拾级而上,神情庄重。

虽然5年前来兰考时参观过,但这次参观,习近平总书记仍然自始至终认真听取讲解,不时提问。在焦裕禄半身铜像、"十条工作方法"电子屏、"干部十不准"图示、焦裕禄生前办公桌等展品前,他仔细察看。

馆里展出的 300 多幅版面、照片，90 多件遗物，生动展示了焦裕禄鞠躬尽瘁、死而后已的光辉一生。习近平总书记倾听着，询问着，沉思着，深切缅怀这位人民的好公仆、县委书记的好榜样。

在纪念馆序厅，看到焦裕禄的子女焦守凤、焦国庆、焦守云、焦跃进、焦守军等候在那里，习近平总书记快步走上前去，和他们一一握手，亲切交谈。

"我们这一代人都深受焦裕禄精神的影响，是在焦裕禄事迹教育下成长的。我后来无论是上山下乡、上大学、参军入伍，还是做领导工作，焦裕禄同志的形象一直在我心中。再次踏上兰考土地，依然心情很不平静。刚才，尽管看的、听的都比较熟悉，但我还是想多看一看、多听一听，因为这里的每一件实物、每一个故事，都能引起我的心灵共鸣。"习近平总书记动情地说，"很多东西存在的时间虽然短暂，但这短暂铸就了永恒。焦裕禄同志是县委书记的榜样，也是全党的榜样。虽然他离开我们 50 年了，但他的事迹永远为人们传颂，他的精神同井冈山精神、延安精神、雷锋精神等革命传统和伟大精神一样，过去是、现在是、将来仍然是我们党的宝贵精神财富，我们要永远向他学习。"

当天傍晚时分，习近平总书记回到住地焦裕禄干部学院，又同在此学习的兰考县部分乡村干部学员进行了座谈，习近平总书记对学习弘扬焦裕禄精神作出了很多论述和要求。他的思考发人深省："焦裕禄同志在兰考工作只有一年多，但在群众心中铸就了一座永恒的丰碑。大家来这里学习，要深入思考这样一个问题：焦裕禄同志给我们留下了那么多,我们能为后人留下些什么?"

3月18日上午,习近平总书记在兰考县委老办公楼举行的县委常委扩大会议上开门见山:"我之所以选择兰考作为联系点,一个重要考虑就是因为兰考是焦裕禄同志工作和生活过的地方,是焦裕禄精神的发源地。我希望通过学习焦裕禄精神,为推进党和人民事业发展、实现中华民族伟大复兴的中国梦提供强大正能量。"

说到动情处,他还吟诵了自己担任福州市委书记时于1990年7月15日填写并刊登在7月16日《福州晚报》上的《念奴娇·追思焦裕禄》:

中夜,读《人民呼唤焦裕禄》一文,是时霁月如银,文思萦系……

念奴娇·追思焦裕禄

魂飞万里,盼归来,此水此山此地。百姓谁不爱好官?把泪焦桐成雨。生也沙丘,死也沙丘,父老生死系。暮雪朝霜,毋改英雄意气!

依然月明如昔,思君夜夜,肝胆长如洗。路漫漫其修远矣,两袖清风来去。为官一任,造福一方,遂了平生意。绿我涓滴,会它千顷澄碧。

习近平总书记说:"这首词我是有感而发,直抒胸臆。"

这首词寄意高远,感情真挚,语言质朴,意象鲜明,格调清新。全词上阕抒情,下阕言志,脉络清晰,结构分明。上阕深情表达了对焦裕禄的思念和赞颂，下阕细腻地抒发了自己的意气和志向。

中华诗词学会常务理事王国钦有感于《念奴娇·追思焦裕禄》，原韵调寄《念奴娇》：

> 大河千里，忆兰考，曾是不毛之地。赖有桐花，间粉紫，赢得春风化雨。志在青天，根盘碱土，蕾叶生民系。魔降林网，黯然收尽邪气。

> 知否公仆情怀？呕心沥血，把贫穷涮洗。任重双肩举鹏翔，孰料英魂仙去。两袖清风，存心慈爱，大写焦公意。龙腾华夏，报君江海澄碧。

曾任兰考县委书记、河南省纪委常委的魏治功也挥笔填词《念奴娇》：

> 中原喜雨，焦桐新，黄河故道尽绿。群众路线入人心，固我江山根基。鞠躬尽瘁，死而后已，世代擎大旗。仰望星空，英烈前赴后继！

> 我敬人民父母，长夜无眠，报国敢捐躯！征途漫漫，往事历历。清廉为官，致富为民，榜样在心底。阳光一缕，温暖世间旦夕。

政协第十二届全国委员会经济委员会副主任项宗西步《追思焦裕禄》原韵：

> 桐花初放，紫霞飞，绿满中州大地。笑貌音容今宛在，魂化年年春雨。故道黄沙，荒畴苦碱，重任苍生系。桑田

沧海,全凭拼搏豪气!

世事掉阔纵横,鞠躬尽瘁,明镜廉泉洗。身处中枢念黎庶,爱伴大河流去。举国"聚焦",中华圆梦,百载炎黄意。扶摇振翼,长空千里凝碧。

焦裕禄的人生如诗,值得咀嚼。

3月18日当天,习近平总书记专门听取兰考县教育实践活动情况汇报,并发表重要讲话。习近平总书记指出,教育实践活动的主题与焦裕禄精神是高度契合的,要特别学习弘扬焦裕禄同志"心中装着全体人民,唯独没有他自己"的公仆情怀,凡事探求就里、"吃别人嚼过的馍没味道"的求实作风,"敢教日月换新天""革命者要在困难面前逞英雄"的奋斗精神,艰苦朴素、廉洁奉公、"任何时候都不能搞特殊化"的道德情操。要见贤思齐,组织党员、干部把焦裕禄精神作为一面镜子,从里到外、从上到下反复照一照自己,努力向焦裕禄同志看齐,做焦裕禄式的好党员、好干部。

一路轻车简从,一路亲民务实,一路深情寄语。近两天的密集行程中,习近平总书记走村入户,访贫问苦,察看便民服务,倾听群众呼声,召开座谈会,和县、乡镇以及村基层干部亲切坦诚交流,悉心听取基层干部群众意见、建议。

谁将民瘼记于心,治水治沙治碱,为一地生春,不遗余力;我把焦桐撑作伞,遮风遮雨遮霜,喜五旬接力,永葆芳春。

早年,《人民日报》的有关报道发表后,许多民众前往兰考,一时间兰考成了许多人的目的地,原铁道部要求陇海线上所有经过兰考的列车必须停车,以满足大家参观学习的需要。今天,全国上下了解焦裕禄事迹、学习焦裕禄精神的热情再次被点燃。今天,兰考的民风是朴实的,朴实如脚下的沃野;兰考的政治气象是清明的,清明如晴朗的天空;兰考的经济是充满生机的,像遍植的泡桐树一样叶茂枝繁。

为党、为国、为民、为兰考,鞠躬尽瘁;治风、治沙、治涝、治盐碱,死而后已。焦裕禄在这个世界上只生活了短短的42年,却感动了一代代中国人。每年的清明节和5月14日焦裕禄逝世纪念日,总有上万人从全国各地自发来到河南兰考,祭奠、怀念这位全心全意为人民服务的好公仆。

（十九）
焦桐花开，清香四溢

　　笔者用脚步丈量兰考这片热土，用镜头记录时代变迁，去寻觅，去发现……如今，兰考变了。原来一眼望不到边的黄沙地、盐碱地早成了绿茵如毯的良田，原本成片的洼窝上挺起条条如龙干渠。一树树粉紫的泡桐花开得正盛，一座座高楼向来者展示着繁

兰考新貌（兰考县委宣传部供图）

兰考新貌（兰考县委宣传部供图）

华，一张张笑脸写满幸福与快乐。更令人高兴的是，一个不朽的名字不仅感动了全中国，而且仍影响着一代代中华儿女。

生死共沙丘，魂伴焦桐荫百姓；精神昭日月，德辉星宇耀千秋。焦裕禄纪念园里，松柏苍翠，柳丝低垂，2米多高的汉白玉碑庄严肃穆。几十年来，兰考的面貌发生了翻天覆地的变化，但老百姓对焦裕禄的感情到现在还一点没有变。据纪念园管理处工作人员介绍，前几年每年从全国各地甚至国外来参观的有近40万人次，近几年更是突破了百万人次。每到新麦收获时，就有农民从家里带来新蒸的白面馒头，摆在焦裕禄墓前。当地一些上了年纪的人提起焦裕禄，依然亲切地称他为老焦。

"墓园里本来不让烧纸，但是一到清明节前后，很多老乡宁可

兰考成了红色朝圣之地（余玮 摄）

如今，看不到"三害"痕迹的兰考大地处处是麦浪与泡桐（余玮 摄）

翻墙头过来，也要在焦书记的墓前烧上一把纸，用这种最朴素的传统方式来表达他们对焦书记的敬意和思念。"焦裕禄纪念园的一位工作人员表示。

"焦裕禄的事迹以前听过很多，但是真正到了这里，才觉得有那种心灵的震撼，会在心里不自觉地对比：如果我在那个年代，能否像焦裕禄一样去工作？ 在如今条件已经好得多的时代，我们又该怎么去做？"一位来兰考学习参观的公务员如此表示。

被称为"县委书记的榜样"的焦裕禄的主要政绩是什么？ 有的人说，是他带领群众治理风沙、内涝、盐碱，不屈不挠地向自然灾害作斗争；有的人说，是他牢记党的号召，时刻关心人民群众的疾苦；有的人说，是他坚持原则，向错误的思想进行抵制和斗争；有的人说，是他严于律己，不搞特殊化；等等。这都是事实。如果说他建了多少大楼，拓宽了多少条马路，带领人民群众致富，那都是没影的事。

那么焦裕禄有没有"政绩工程"？ 是什么？

焦裕禄不但有"政绩工程"，而且还十分壮观和伟大，那就是：他在广大人民群众心目中树立起了一座无坚不摧的精神丰碑——自力更生，艰苦奋斗；关心人民群众疾苦，与人民群众患难与共；不怕困难，不怕牺牲，不搞特殊，严于律己；公而忘私，抱病工作，以党和人民群众的利益为重；等等。这些"政绩工程"与现在所谓的"政绩工程"可能有很大的差别，但从价值上来讲，从捍卫和树立党和政府的形象上来说，要高大得多，有用得多，在人民群众中的反响要强烈得多。

宋人欧阳修说过，众人之中有圣贤者，"虽死而不朽，逾远而弥存也。其所以为圣贤者，修之于身，施之于事，见之于言，是三者所以能不朽而存也"。焦裕禄修之于身，全心全意为人民服务；施之于事，全然不顾重病之躯而决战"三害"；见之于言，留下了悲壮的遗嘱——"活着我没有治好沙丘，死了也要看着你们把沙丘治好"。因此焦裕禄是一个平凡而伟大的人，他是不朽的！

"三害"不再，兰考早已难觅当年灾害踪迹；焦桐成荫，仿佛无言诉说当年感人故事。政声人去后，民意闲谈中。焦裕禄虽然在兰考仅工作470多天，但在群众心中铸就了一座永恒的丰碑，在党员干部心中留下了不可磨灭的印象。他的事迹之所以历经岁月风雨永为人们传颂，他的精神之所以穿越半个世纪仍然历久弥新，就是因为他"心中装着全体人民，唯独没有他自己"的公仆情怀，凡事探求就里、"吃别人嚼过的馍没味道"的求实作风，"敢教日月换新天""革命者要在困难面前逞英雄"的奋斗精神，艰苦朴素、廉洁奉公、"任何时候都不能搞特殊化"的道德情操；一句话，源于党的群众路线化作他的一言一行。

2014年春，在第二批党的群众路线教育实践活动全面开展之际，习近平总书记来到兰考，重温焦裕禄的感人事迹，号召全党同志大力学习弘扬焦裕禄精神，强调领导干部的示范带头作用，要求在对标立规中查找差距，在上下互动中解决问题，在攻坚克难中提振信心，在思考辨析中把握规律。这不仅对确保教育实践活动坚持高标准严要求、善始善终、善作善成具有重要指导意义，还对引导党员、干部向焦裕禄看齐，更加严格地要求自己、更加主动地勘误纠错，进一步提出了明确要求，指明了整改努力的方向。中央明确指出，党的群众路线教育实践活动的总要求是"照镜子、正衣冠、洗洗澡、治治病"。对于党员干部来说，学习弘扬焦裕禄精神，就是要树起一面镜子，用这面镜子来对照，更好地查摆问题、发现差距，扫除精神之垢和行为之弊，弘扬新风正气，抵制歪风邪气，达到"照镜子、正衣冠、洗洗澡、治治病"的目的，从而更好地团结带领广大人民群众推进改革发展。

直面群众的眼，赢得群众的心。我们常说，群众的眼睛是雪亮的。面对群众的眼睛，任何花拳绣腿、表面文章，可能蒙蔽一时，但最终都难以遁形。干部作风存在哪些问题，老百姓心里最清楚、最有发言权。面对群众的眼睛，领导干部不宜躲躲闪闪、吞吞吐吐，要敢于对照焦裕禄精神衡量自己，襟怀坦白，公道正派，脚踏实地，勇于担当。领导干部心里如果连人民的位置都没有，不问苍生安危，不知百姓疾苦，那么在履职行权时，怎么能解决好"为了谁、依靠谁、我是谁"的问题？怎么能实现好、维护好、发展好最广大人民的根本利益？又怎么能避免权力运行时的"滴漏跑冒"乃至"歪嘴和尚念经"呢？焦裕禄真挚的公仆情怀，是我们党的宗旨的生动体现。

常修为政之德，不移公仆之心。焦裕禄曾说："共产党员应该在群众最困难

焦裕禄就像一棵泡桐树，普普通通，腰杆挺直（图为余玮与刘俊生夫妇及焦桐看护者在兰考焦桐前留影）

的时候出现在群众面前，在群众最需要帮助的时候去关心群众、帮助群众。"他是这样说的，也是这样做的，坚持经常深入基层调查研究，做到了一切为了群众、一切依靠群众。

焦裕禄逝世后，人们在他病床的枕下发现两本书：一本是《毛泽东选集》，一本是《论共产党员的修养》。是呀，作为新时期的共产党员，加强自身修养和作风建设是塑造人格、提高素质的基本要求。一个人，尤其是一个共产党员，最终能有多少成就，能为国家做多大贡献，很大程度上取决于他自身的人格和素质力量。一个真正的共产党员，应该不盼生时荣华辉煌，只求死时党旗遮身！

同焦裕禄所处的时代相比,今天的中国社会经历了一场深刻的历史性变革,改革开放的大潮,尤其是社会主义市场经济体制的建立,对人们的物质追求与价值观念都产生了巨大的影响。在新的历史条件下,继续保持党与人民群众鱼水相依、血肉相连的优良传统和作风,对每一个党员干部来说,都是非常严峻的考验。面对市场经济大潮的冲击,能否高扬理想和信念的旗帜,能否满怀无私奉献的高尚情怀,能否恪守那份与人民患难与共的清贫,能否视个人名利"淡似狮泉河水",能否一身正气,是每名共产党员都可能经历的考验。有些党员干部却经不起执政和改革开放的考验,忘记了入党时的誓言,背离了党的宗旨,以权谋私,甚至贪赃枉法,投机钻营,横行霸道,玷污了党旗,败坏了党风。

历史为我们树立了许多光辉的榜样,也证明了一个朴素的真理:作为领导干部,只有时时把人民的疾苦放在心上,以人民高兴不高兴,人民答应不答应,人民满意不满意,人民赞成不赞成,作为想问题、办事情的出发点和归宿,人民才会拥戴你、支持你。反之,置人民利益于不顾,当官做老爷,欺压百姓,终将被人民所唾弃。

几十年来,焦裕禄精神影响教育了一代又一代共产党人,也培养造就了一批又一批优秀党员干部。他们像焦裕禄那样对待群众、对待组织、对待事业、对待同志,树立正确的世界观、人生观、价值观和权力观、政绩观、事业观,实实在在做人做事,做到严以修身、严以用权、严以律己,谋事要实、创业要实、做人要实,堂堂正正、光明磊落,敢于担当责任,勇于直面矛盾,善于解决问题,不搞假大空,努力做出经得起实践、人民、历史检验的实绩,不断取得事业发展新业绩。

孔繁森、任长霞、牛玉儒、沈浩、杨善洲……无数优秀共产党人正是以焦裕禄为榜样,以党和人民的事业为最高追求,不断丰富着党的精神宝库,烛照更多的干部奋然前行。

总有一种精神让我们深受感动,总有一种力量让我们格外感奋。焦裕禄精神就是这样,感人肺腑,动人心魄,历久弥新,给人以无穷力量。这些年来,各地涌现出一批批焦裕禄式的好党员、好干部。正因为有千千万万个焦裕禄,党的事业、国家的发展、人民的福祉,都将不断呈现新的面貌!

榜样的力量是无穷的。正如县委书记的榜样焦裕禄的精神影响教育了一代又一代人一样,新时期领导干部当中也有许多楷模,激励鼓舞更多的党员干部为党和人民的事业而献身。

"严"是焦裕禄精神的底色。焦裕禄用自己的一言一行生动地演绎了什么叫"严以修身、严以用权、严以律己,谋事要实、创业要实、做人要实",赢得了干部群众的一致称赞。开展党的群众教育实践活动,宜扎实并长效化,大力弘扬焦裕禄精神,勇于开展批评和自我批评;要敞开大门搞整改,让群众来出题,像焦裕禄当年查寻风口那样,"一个风口一个风口"地解决问题,最后让群众来给党员干部"改卷"。群众不满意的,就推倒重来,仔细分析是哪个地方没有做好,并立即改、用心改,直到群众满意为止。要用焦裕禄精神强壮我们的筋骨、畅通我们的血脉,铸就思想上的"金钟罩",增强抵御各种"病毒"的免疫力,任何时候都不能搞特殊化,把权力关进制度的笼子,把笼子的钥匙交给群众来保管,始终做到秉公用权、为政清廉。

"实"是一种境界,也是一种能力。焦裕禄精神的一个重要体现,就是老老实实做人、踏踏实实干事。做人要实,就是要对党、对组织、对人民、对同志忠诚老实,做老实人、说老实话、办老实事,襟怀坦白、公道正派、埋头实干。做人实了,才能谋事实,出的点子才能接地气;才能创业实,努力创造经得起实践、人民、历史检验的实绩。在党的群众教育实践活动中大力弘扬焦裕禄精神,就要向实处着力,要有"一日不为、三日不安"的责任感,以"身影"而不以"声音"实施领导,以实际行动带动群众,敢于担当责任、勇于直面矛盾、善于解决问题,在真抓实干中不断取得事业发展新业绩,让广大群众看到实效、得到实惠。

有人认为焦裕禄精神过时了,不能再讲老皇历了,认为再讲下去会影响和制约当地的发展,用焦裕禄的廉洁和艰苦招不来资,引不来商;用焦裕禄的勤勉和清白玩不转市场和官场。他们不欢迎提焦裕禄,一提焦裕禄就惹他们烦。因为焦裕禄这面镜子高高挂起,对比之下,使一些人总感到衣帽不整、官德不正,感到不自在,感到渺小;因为焦裕禄这把尺子堂堂挺立,对那些投机钻营和热衷腐化的人来说,犹如眼中钉、肉中刺。然而人民的嘴巴捂不住,口口相传是最好的舆论。

接地气君为榜样,肝胆系民,千秋足迹;树清风汝是标杆,勤廉报国，一座丰碑。基础不牢，地动山摇。对广大群众来说，基层就是最有说服力的参照物，一个好干部可以照亮一大片，一匹害群之马同样可以抹黑一大片。不可否认，随着经济社会快速发展，基层工作的环境和内容也在发生变化，如何更好地学习弘扬焦裕禄精神已经成为我们必须面对的重大时代课题。一方面，基层工作的内容更加复杂，大量的地方建设、招商引资任务正在挤压很多党员干部深入基层调查研究的时间和精力。另一方面，随着利益格局的深刻调整，群众内部利益主体、利益诉求、利益表达和维护方式也发生着巨大变化，凝聚共识的难度在加大。越是处于改革攻坚期，越需要汇聚民智、增强合力；越是处于发展关键期，越需要凝聚人心、众志成城。在这种形势下，更需要我们的基层党员干部像焦裕禄一样，"心中装着全体人民，唯独没有他自己"，努力把基层工作做得更好、更扎实。

人民呼唤焦裕禄，也在寻找焦裕禄。近些年来，邀请焦守云做讲座的单位特别多，她明显应接不暇。焦守云在接受采访时说："我爸的事迹感动着别人，其实别人对我爸的感情也感动着我。在鞍山，在林州，在武汉，在全国许多地方，我收获了许多感动。有些现场哭声一片，大家的情绪有些失控。有些场地因想听的人多，不得不加塞150把小凳子。我尽可能多做一些传承父亲精神的工作，近一个月没有回家了，一直在外跑。"

裕于民，禄于民，好梦终圆赤县；生以国，死以国，清风长起焦桐。焦裕禄的事迹，应验了诗人臧克家为纪念鲁迅逝世13周年而写的名篇《有的人》:"有的人活着,他已经死了;有的人死了,他还活着……"是的,骑在人民头上的人,虽然昂首挺胸,自封伟大,但实际上是渺小的;给人民当牛马的人,尽管俯下身子,毫不显眼,却是伟大的。诗人王意林在诗《永恒的丰碑——致焦裕禄》中赞道:"你不是医生,却能妙手回春。你的灵丹妙药,只有一味——大爱,奉给兰考大地;真爱,献给兰考人民。为根治兰考'三病',顾不上给自己治病。四十二岁的你走得太早,不,你没有离去——你的生命融入了一垄垄绿油油的麦穗,你的身躯在一棵棵枝繁叶茂的泡桐中挺立……"

春天,兰考这座黄河边的小城满城飘香,被大片淡紫色的泡桐花所笼罩。焦裕禄干部学院门口前不远的焦桐粗壮挺拔,华盖如云。这棵已生长了近60年的老树不负期待,在春天再次绽放桐花。泡桐,一种常见的树,在兰考却有特殊含义。焦裕禄当年带领父老乡亲种下的泡桐,已将根深深地扎在兰考的大地上。泡桐,如今被兰考人民称为"绿色银行"。它们的根往下面扎,树往上长,成材快,又不影响农作物的生长,还能挡风沙。焦裕禄就像一棵泡桐树,普普通通,腰杆挺直。泡桐与焦裕禄的形象相映衬,已变得不可分割。数不清的粉紫色桐花迎风绽放,继续述说着它们对焦裕禄的思念,一年又一年。

"绿我涓滴,会它千顷澄碧",几十年来,许许多多优秀的共产党员传承发扬焦裕禄精神,为党和人民的事业艰苦奋斗、无私奉献。"保持劳动人民的本色,发扬艰苦奋斗的精神,我立志成为像焦裕禄一样的人民公仆……"在焦裕禄纪念园里，一群又一群青年党员面向焦裕禄的墓碑庄严宣誓。时光荏苒，丰碑永恒，焦裕禄精神正鼓舞和感召着新时代中国共产党人，为建设社会主义现代化强国、实现中华民族伟大复兴的中国梦矢志不渝、一往无前。

为官一任，造福一方，千里焦桐留美誉；汗洒四时，情倾四野，万家挚意念深恩。跟随焦裕禄工作过一年零四个月的兰考县委办公室原通信干事刘俊生生前深有感触地说："人民呼唤焦裕禄，是在呼唤我们党一贯同群众血肉相连的好传统，呼唤一切为了人民、一切依靠人民的好作风，呼唤我们党的崇高理想。"令人欣慰的是，焦裕禄精神流淌在一代代共产党人的血液中。

2021年，中国共产党人精神谱系第一批伟大精神公布，共有46种，焦裕禄精神名列其中。

历史长河奔流不息，精神代代相传，焦裕禄精神历久弥新，价值永恒。在实现中华民族伟大复兴的新征程中，学习、弘扬焦裕禄精神，将激励全体干部群众进一步牢记初心使命，矢志奋斗前行，汇聚起全面建设社会主义现代化国家、实现中华民族伟大复兴中国梦的磅礴力量。

再也找不到以前荒凉的兰考印记，通过兰考变化的表象，笔者捕捉到变化深处的那个精神之魂。村口、学校、街道，纪念园、塑像、碑刻，诉说着一位县委书记的故事，诉说着一种代代传承的精神。一任富兰考，功刻焦桐容貌上；终生洒惠风，德藏百姓口碑中。如今，根扎这片沃土的焦桐树枝繁叶茂，老根上新生发的几株新苗向

永远的焦裕禄（余玮 摄）　　　　焦裕禄塑像（余玮 摄）

阳而生，就像焦裕禄精神历经几十年依然深植党员干部心中，而且不断赓续传承、发扬光大。

那一朵朵浅紫色的泡桐花怒放枝头，看似朴实无华，但在霞光里飘逸婀娜，把整个大地装扮得绚丽多姿，在微风中散发出阵阵清香。